後宮の死化粧妃
ワケあり妖妃と
奇人官吏の
暗黒検視事件簿
里龍
Illustration
夢子

## 人物

綏《スイ》紫《シ》蓮《レン》
屍をよみがえらせる死化粧師。
屍を愛しており、
妖妃と噂され恐れられている。

姜《キ》絳《コウ》
後宮の事件を管轄し、
調査する後宮丞という役職の男。
紫蓮に愛執する。

青《ショウ》青《ショウ》
絳つきの宦官。
怖がりであまり役にはたたないが、
絳を敬愛している。

刹《セツ》琅《ロウ》邪《ヤ》
紫蓮の顔なじみで絳の幼馴染の獄吏。
荒々しい言動だが、
紫蓮を思いやる素振りも見せる。

胡《コ》琉《ル》璃《リ》
紫蓮の旧友で青青の姉。
親からの呪縛で
微笑むことしかできない。

珀《ハク》如《ジョ》珂《カ》
妖艶な雰囲気を漂わす皇太妃。
高慢だが皇帝である息子に
惜しみなく愛を注ぐ母親。

斉《サイ》靖《セイ》紫《シ》
斎の頂点に君臨する齢八の皇帝。
幼いが皇帝として
気品ある振る舞いをする。
通称 幼帝。

# 目次

# 第一章

## 屍の花嫁

夏椿《シャラ》がしぼんでいた。

燃えるような夏の暑さにさらされて、夕に落ちるまで咲き続けることもできず、夏椿はぢりぢりと黄ばんでしなびている。

夏は酷く死のにおいがした。

＊＊＊

茹《う》だるように暑い夏の昼さがりだった。

斎《サイ》の都から遠く離れた諸侯《しょこう》の宮邸《きゅうてい》に柩車《きゅうしゃ》がついた。

白は斎において喪を表す。白絹の帳《とばり》に蓋《おお》われた柩車には、後宮にあがった妃嬪《ひひん》の亡骸《なきがら》が乗せられていた。妃嬪の遺族はすでに訃報を受け取っていたが、担ぎおろされた柩《ひつぎ》をみて、母親である夫人が泣きだす。

「ああ、どうか、柩をあけてください。最後に一度だけでも姑娘《むすめ》に逢わせて」

「この暑さです。なかはご覧にならないほうがよろしいかと」

柩を搬送した官吏《かんり》がこまったように頭を低くした。

日盛《ひざか》りに蟬《せみ》が喧しく騒ぎたて、暑さにやられて夏椿がしおれていた。

例年にない酷暑だ。都からの搬送に五日掛かったため、妃嬪の遺体はとうに腐敗して悲惨な有様となっていることは想像に難くなかった。

「おまえの気持ちはわかるが、やめておいたほうがいい。私も姑娘の変わり果てた姿をみるのはしのびない」

髭《ひげ》をたくわえた諸侯は夫人の震える肩を抱き寄せて、なだめる。

「それに姑娘は病死だった。さぞや、やつれて、息をひきとったことだろう。愛らしかった姑娘の姿だけを、胸に遺しておこうではないか」

「ですがこの眼で確かめなければ、どうしても姑娘の死を受けいれられないのです。こんなことになるのならば、病弱だった姑娘を後宮になどいれなければよかった。後悔ばかりが募《つの》るのです」

涙ながらに訴える夫人の言葉に諸侯が「わかった」と頷いた。

「柩の蓋《ふた》を」

官吏たちは露骨に眉根を寄せたが、諸侯の命令を拒否できるはずもなく、柩の蓋を滑らせた。

その場にいたものたちがいっせいに息をのむ。

「うそだ、こんなことがあるはずが」

そこには生前と違《たが》わぬ姿で、納棺された妃嬪がいた。

瑞々《みずみず》しい雪肌《ゆきはだ》も、紅《べに》を差した唇の張りも、重なりあう睫《まつげ》も、後宮に迎えられた時と変わらない。

病におかされ、苦しみ抜いて死んだとは想えぬほどに穏やかな微笑を湛えている。

なんて美しい屍《しかばね》だろうか――

誰もが胸を打たれて、安息の眠りについた妃嬪を眺める。

「奇蹟よ！　こんなことがあるなんて」

夫人は感極まって声をあげ、諸侯もまた愛しい姑娘との最後の再会に涙をこぼした。

官吏は信じられない思いで眺めていたが、後宮で囁《ささや》かれていた噂を想いだす。

いわく、ひらかれた後宮には屍をよみがえらせる妖妃《ようひ》がいると。

柩のなかの妃嬪はさながら、死せぬ屍だ。

よもや、あの噂は実《まこと》だったのか。

蟬噪《せんそう》がいっそうに強くなる。遺族たちの歓声は蟬の声とまざりあい、眩暈《めまい》がするほど青い真夏の天《そら》にとけていった。

✦

斎《サイ》の後宮は眠らない華《はな》の宮だ。

時は黄昏《こうこん》の終《しゅう》（午後九時）。民はとうに眠る時刻だが、殿舎《でんしゃ》から燈火《あかり》が絶えることはなく、賑やかな声や箏《こと》の調べが響きわたっていた。

夜風は梔子《くちなし》の香《か》を漂わせ、噎《む》せかえるほどにあまい。

「へえ、後宮の妖妃ですか」

後宮の廻廊《かいろう》を進みながら、姜絳《キコウ》は髪を掻きあげて微笑んだ。

しなやかな細身に赤紫の官服《かんふく》をまとい帯を締めた彼は、まだ二十五歳という若さでありながら宮廷の刑部丞《けいぶじょう》を務めていた。もっとも、刑部《けいぶ》の第三官といえば聴こえはいいが、現実には厄介ごとばかりを強いられる中間管理職だ。彼がこうして後宮にいるのも、まわりから貧乏くじを押しつけられた結果である。

「ああっ、絳様、疑っておられるでしょう。ほんとうに妃嬪の屍がよみがえったところをみた官吏だっているんですから」

絳についていた宦官《かんがん》の青青《ショウショウ》がむきになって言い張った。

「そうは言っても、ずいぶんと馬鹿げた噂ですからね。昔は方術《ほうじゅつ》を修めたものがいて、遺体を故郷まで歩かせ、搬送したといいますが」

「ならば、妖妃は方術をつかうのですよ。まちがいありません」

青青は齢《よわい》十六になったばかりだ。絳につかえ、雑事を担いつつ刑部の文官《ぶんかん》となるべく勉強している。夢想に憧れる年頃ではあるが、宮廷に勤めるのにそれではこまると絳は苦笑する。

「眉唾物《まゆつばもの》です。現実にそのようなことができるのならば、帝はとうに不老不死になっておられることでしょうね。死者は、よみがえらないものですよ。梅枝《うめがえ》に桃の実がならず、雉《きじ》の卵から鹿が産まれぬように。それが理《ことわり》です」

前方から男たちが歩いてきたのをみて、絳は喋るのをやめる。絳よりもさらに身分の高い官人《かんにん》ばかりだ。絳は廻廊の端に避《よ》け、袖をかかげて頭をさげる。

後宮は皇帝のための華の宮だ。

よって皇帝の他に男人《なんにん》が踏みいるべからずとされ、去勢《きょせい》した宦官だけが後宮に勤めることが許される。

そんな後宮に男人など、ほんとうならば、あってはならないことだ。だが、現在の斎においてはそのかぎりではなかった。

ひらかれた後宮。それが、斎の後宮の別称だ。

五年前に先帝が崩御して三歳の皇子《みこ》が皇帝に即位したとき、不要となった後宮は一度解体の危機に瀕した。だが後宮の役割は皇帝が子を儲けるためだけではない。地方の諸侯や郡守《ぐんしゅ》、士族《しぞく》の姑娘を後宮に迎えることで宮廷との結びつきを強め、統制しやすくなるという利点がある。易々と解散させては政《まつりごと》にも支障をきたすと考えた宮廷は、皇帝の親族や宮廷の官人が妻や妾《めかけ》を得るための場として後宮を開放した。

これにより男人禁制のはずの後宮にも男人があふれ、絳のような宦官ではない官吏でも後宮に勤めるようになった。

官人たちが通りすぎ、続けて女官たちとすれ違う。

女官たちは絳をみて、振りかえりながら頬をそめる。絳が涼やかな眼もとを綻《ほころ》ばせ、愛想よく微笑みかけてやれば、女官たちは黄色い声をあげて湧きたった。

「絳様ってば、よく恥ずかしげもなくそんなことができますね。世渡りじょうずというか、なんというか」

じとっと青青があきれたような視線を投げてきた。うぬぼれているわけではないが、端麗な風貌をしているという自覚ならばそれなりにはある。

「この後宮が新たな職場になるのですから、すこしでも働きやすいほうがよいでしょう」

後宮がひらかれたことで、様々な事件が頻発するようになった。宮廷における事件の調査や取締《とりしまり》、検察《けんさつ》を管轄しているのは三省六部《さんしょうりくぶ》のひとつである刑部《けいぶ》であるが、今期からは後宮の事件に携わる専門の官職《かんしょく》が設けられることになった。

それが後宮丞《こうきゅうじょう》だ。

姜絳は刑部丞《けいぶじょう》に加えて、新たに後宮丞にも任命された。

「でも、後宮がこんなに物騒なところだとは知りませんでした。先程だって女官が妃を突き落として殺めたとか。女の争いというのはおっかないですね」

青青がぶるりと身震いをする。絳があきれて、ため息をついた。

「いまさら、なにを言っているのですか。私たちはまさにその事件の後処理で、こんな時刻まで働かされているんですよ」

「え、そ、そうなんですか？　はっ、後処理ということはまさか……」

絳はかたちのいい唇を緩やかに持ちあげた。

「ええ、そのまさかです。大変に疑わしく、信頼するに値しない噂だとはおもいますが――屍をよみがえらせていただけるよう、妖妃とやらに頼みにいきましょう」

＊＊＊

妖妃の殿舎は後宮のはずれにある。

眠らない後宮でもこの一郭《いっかく》だけは燈火《あかり》もまばらだ。もとは心が壊れた皇后をここに軟禁していたという。ひらかれた後宮とはいえども、こんなところまで渡ってくる男人はいない。

「ほんとうにいくんですか。わざわざ後宮丞である絳様が赴かずとも、遣いのものをむかわせればよろしかったのに。そ、それに妖妃かどうかはわからないですが、その」

青青は青ざめ、言い難そうに続けた。

「死の穢《けが》れ……があるのは事実ですし」

「は、くだらない」

絳は鼻さきで嗤《わら》った。

死は穢れている。

それは斎を含め、大陸に等しく根づいた死生観である。

死は不浄なるものであり、死の穢れに触れると身を患ったり不幸に遭うと考えられてきた。死穢《しえ》はうつる。だから死にまつわる職は身分が低く、葬るためであれ屍に触れることはいとわれる。

「死の穢れなどをおそれていては、刑部の任《にん》は務まりませんよ。殺人現場の捜査をすることもあれば、死刑に立ちあうこともあるのですから」

「そ、それは……でも」

「ほら、つまらないことを喋っていないで、提燈《ちょうちん》を」

肩を縮ませていた青青が慌てて提燈に火をいれた。燈火係《とうかがかり》の宦官が怠《おこた》っているらしく、ここから先は燈火《あかり》が絶えている。

「今頃は妃に例の依頼物がひき渡されているはずなのですが」

離宮のふるぼけた殿舎がみえてきた。重々しい扉のすぐ側に荷を積んだ荷車が置きっぱなしになっていた。藁《わら》で編んだ被せ物に被《おお》われているので、積みこまれているものがなにかはわからない。ただ、妙に腥《なまぐさ》い臭いが漂っていた。搬送した宦官が妃に声をかける義務を怠り、後からくる絳たちにまる投げしたらしい。青青と同様に死の穢れをいとったのだろう。

（どいつもこいつも）

絳は胸のうちで毒づきながら、扉を抜けて殿舎にあがる。

「失礼いたします。綏紫蓮《スイシレン》妃に折り入って依頼があり、参りました」

声をかけたが、殿舎は静まりかえっている。廃墟ではないかと疑うほどだ。月明かりだけを頼りにうす昏い廊下を進んでいく。

「こっ、絳様、おいていかないでくださいよぉ、ってぎゃあああっ」

後から提燈をさげておっかなびっくりついてきた青青が絶叫する。

尋常ならざる声に絳がなにごとかと振りかえれば、牙を剝いた虎が青青に襲いかからんとしていた。絳が腰に帯びていた剣を抜きかけたが――

「造り物か？」

その虎が動かないことに気づいた。

だが、何処《どこ》からどうみても本物だ。もっとも、これは。

「死骸ですね」

腰を抜かした青青が目を白黒させる。

「死んで、いるんですか？　ほ、ほんとうに？」

奇妙だ。死骸にしては綺麗すぎる。毛艶もよく腐臭も漂ってこない。まるで死せぬ屍だった。

あらためて宮のなかをみれば、いたるところに死骸がおかれていた。鹿の死骸、猫の死骸、鴉の死骸、鵲の死骸。どれも美しく静寂を湛えている。

「屍をよみがえらせる妃、でしたか。なるほど……」

噂とは頼りにならぬものだ。だが嘘からでた実《まこと》のように真実が隠れていることもある。

ふらふらになっている青青を連れて、絳は廊下を進む。

不意に声が聴こえた。

「ふふふ、……だよ。きみは青みがかった肌をしているからね、柔らかいうす紅が似あうだろうね。……髪はそうだな、……しようね」

鈴を振るような姑娘の声だ。細部は聴きとれないが、ずいぶんと嬉しそうに語らっている。枕べで囁きかけるような、艶めいた響きを帯びていた。

絳は呼びかけることもわすれて、声のする部屋を覗《のぞ》きこむ。

満月を背にして、ひとりの姑娘《むすめ》がすわっていた。

絳は一瞬だけ、姑娘が咲き誇る蓮のなかにいるのかとおもった。

床一帯に拡がる裙《スカート》のすそに紫の蓮の刺繍が施されていた。葬礼の孝服《もふく》を想わせる白絹の襦《どうぎ》に裙《したばき》という組みあわせだから、よけいにその紫が眼を惹《ひ》いた。

もっとも夢想家でもない絳が、刹那《せつな》とはいえど幻想をみたのは、姑娘そのものが漂わせている妖艶なふんいきにあてられたせいでもあった。

だが幼い。推測するに十五歳ほどか。笄《こうがい》を挿していないので、十四ということも考えられた。笄とは髪を結いあげるための装身具で、十五歳（成人）を迎えた時に髪に挿すというきまりがある。

透きとおるような白皙《はくせき》の肌に紫の瞳。唇は真紅に潤《うる》んでいて、雪に落ちた紅椿《べにつばき》を彷彿《ほうふつ》とさせる。絹糸《きぬいと》を想わせる髪が毛氈《もうせん》に垂れ、拡がっていた。

姑娘は身をかがめ、傍《かたわ》らに横たえられたものに唇を寄せる。愛しいひとと睦みあうように。

しかしながら彼女が接吻《せっぷん》を落としていたのは男ではなく、まして命あるものでもなく、裂けた腹から腸を剝きだしにした女の屍だった。

「ひっ、あっ、うわあああっ」

悲鳴をあげ、今度こそ青青が転がるように逃げだす。絳が呼びとめるまでもなかった。姑娘が不快げに眉根を寄せて、こちらに視線をむける。

「ああ、まったくもって、騒々しいね」

姑娘があからさまにため息をついた。

「これだから、生きているにんげんは喧《やかま》しくてきらいなんだよ。死人《しにん》の凍りついたような静謐《せいひつ》さを、ちょっとくらいは見習ったらどうかな」

男のような奇妙な喋りかただ。

「……大変失礼いたしました」

絳は瞬時に気を取りなおして、慇懃《いんぎん》に頭をさげる。

「私は姜絳《キコウ》、刑部所属の後宮丞《こうきゅうじょう》です」

「後宮丞か。……聴きなれない官職だね」

「今期より新たに設けられた官職で、後宮の事件の捜査、事故の処理を管轄しております。あなたさまは綏紫蓮《スイシレン》妃とお見受けいたしますが」

「いかにも僕が綏紫蓮《スイシレン》だよ」

綏紫蓮《スイシレン》――彼女は妖妃と噂されていることを除いても、訳アリの妃だ。ほんとうならば妃にはなれない素姓でありながら後宮におかれている。皇帝に寵愛《ちょうあい》される望みがないにもかかわらず、妃という階位《かいい》を賜っているのは彼女にしか務まらない役職があるためだ。

「〈後宮の死化粧妃《しげしょうひ》〉であるあなたに依頼があり、参りました」

「いいよ。屍の声ならば、僕は聴きいれよう」

紫蓮は妖しげに唇を綻ばせた。

絳があらためて荷車に乗せられていた物を運んできた。程々に重さがある。悪臭が鼻をついた。

「あなたさまはいかに損傷した屍であろうと、よみがえらせることができるとか。このような有様でも？」

藁の被せ物をほどいた。

惨たらしい屍があらわになる。

「黄花琳《オウカリン》妃です。後宮の知更雀《コマドリ》と称される歌姫でした」

黄妃は眼を剝き、絶望した表情で息絶えている。首の骨が折れ、頭は熟れた果実のようにぐちゃりと割れていた。骨折した脚はあらぬ角度にまがっている。

不条理な死を具現したようなかたちで横たわる亡骸には、彼女が皆から愛される歌姫であったときのおもかげはない。いかに窈窕《ようちょう》たる媛《ひめ》であろうとも、死んでしまえば肉の塊だ。華やかな服をきて、高価《こうじき》な耳飾りをつけているのがよけいに無残だった。

酸鼻《さんび》をきわめる屍をみても、紫蓮は眉の端ひとつ動かさなかった。それなりに経験を重ねてきた絳でも直視にたえかねるというのに、笄年《けいねん》を迎えてもいない姑娘が視線を逸らさず、死を眺める様は異様な凄《すご》みがあった。

「ああ」

水鏡《みずかがみ》のように紫蓮の瞳が透きとおる。

「彼女は殺されたんだね」

絳が息をのんだ。

「誰かに高いところから落とされた。三階くらいかな。石畳に勢いよくたたきつけられたみたいだね。死んでから経過した時は推定二刻（四時間）ほどかな」

「……左様です。しかしながら、なぜ、わかったのですか」

絳は事件の経緯を語ってはいない。

ただ、屍《したい》をひき渡しただけだ。

損傷の程度から転落して死んだことまではわかっても、事故なのか、投身《とうしん》なのか、はたまた他殺なのかを推理することは不可能だ。

「屍は語るからね」

妖妃という異称《いしょう》にふさわしい猫の笑みで、紫蓮は唇を弧《こ》にする。

「霊媒《れいばい》のようなことができると？」

「霊媒、ねぇ。立派な官職についている割にずいぶんと愚かなことを言うね？」

まっこうから愚かだと言われているのに、絳はなぜか不愉快にはならなかった。

「死者は黙して語らず。死人に口はなしさ。けれども屍は語るものだ。まわりに知らせてほしいと語られた真実ならば、代弁するのが聴いた者の務めだろう？」

絳は唾《つば》をのむ。

妙な昂揚《こうよう》が胸のうちから湧きたつのを感じた。

事件の概要をみだりに部外者に話すべきではない。刑部の官吏として論ずるまでもなくわきまえてはいたが、絳は一考を経て、おもむろに喋りだした。

「事件の経緯はこうです。晡時《ほじ》の終《しゅう》(午後五時)ごろ、黄妃は背後から女官に突き落とされて、三階にある渡り廊《ろうか》から転落。頭を強打して死亡した。女官は現場にかけつけた捕吏に取り押さえられ、投獄されました。殺人の罪で後日死刑に処されることになっています」

「女官が殺害したという証拠はあるのかな。突き落としたところをみたものがいるとか」

「同時刻に三階にいたのはその女官です。別の人物がいたという証言はあがっていません」

絳の言いまわしから紫蓮はなにかを察したように眼を細めた。

「ですが、女官は一貫して容疑を否認しています。それどころか、大理《だいり》少卿《しょうけい》が黄妃を殺害したと嘘の証言を繰りかえしており、始末に負えません」

大理寺《だいりじ》は事件の審理《しんり》を掌《つかさど》る部署で、第二官である大理少卿はその最高権力者である大理寺卿《だいりじけい》の補佐にあたる。宮廷裁判所における書記官《しょきかん》だ。

「証拠もなく、身分のある官吏に疑いをかけるなんて、もってのほかです」

絳が頭《かぶり》を振る。

「そうかな」

紫蓮がつぶやいた。

「その女官の証言は、あながち嘘とも言い切れないよ」

意外な言葉に絳は眉の端をあげる。

「事実、黄妃は背後から突き落とされたのではなく、揉みあってから後ろむきに落ちている」

「現場をみてもいないのに、なぜ、そんなことが？」

「わかるよ。彼女の鼻は、折れていない。顔のなかで最も軟らかい骨であるにもかかわらずね。割れているのも後頭部から側頭部にかけてだ。うつぶせに落ちたわけではないということだよ。かわりに腰と背を強打しているね。まだ、確かめていないが、尾てい骨を骨折しているはずだ」

紫蓮は静かな声で続ける。

「黄妃の首をみてごらん」

「折れていますね」

美しい声を紡《つむ》いできたであろう歌姫の首はいびつにまがっていた。

「いいや、潰れているんだよ」

紫蓮が乾いた布を取りだして、黄妃の喉もとについた血潮を拭う。

「ほら、痣《あざ》があるだろう。これは鬱血痕《うっけつこん》といってね、転落死ではまずつかない。首を絞められた証拠だよ」

黄妃の肌には赤紫がかった痕が残されている。

「ここが親指、こっちが人差し指だね。わかるかな、僕の手ではどれだけ指を拡げても押さえきれない。女では無理だろうね。きみ、首に指をまわしてくれるかな」

絳がさすがに頬をひきつらせる。指を添えるだけとはいっても、死人の首を絞めるなど進んでやりたくはない。だが、検証するためにはやむを得なかった。

指をあてがえれば、男が指をまわしてちょうどのところに痣がきた。

紫蓮の推理通りだ。

指があたったのか、妃の耳飾りが微かに音を奏でた。

隻翼《せきよく》の鳥を模《かたど》った風変わりな耳飾りだ。確か、容疑者の女官が全く同じ物を身につけていたと想いだす。女官に私物を払いさげる妃もいる。だとしても、そろいで身につけるだろうか。奇妙ではあるが、特に重要なことではないだろうと絳は思考を切りあげた。

「黄妃は男に首を絞められ、殺害されたということですか？」

「黄妃の首を絞めたのが女官ではないことは痣の幅からも明らかだ。まして女の握力では気管を潰して、骨まで折るのはとても無理だね」

「ですが、検視官《けんしかん》は転落死だと」

検視官とは下級の官職だ。屍の外傷や腐敗の進行などを確認する検視のほか、葬礼にまつわる役割を担っている。死にまつわる職は不浄とされるため、身分としては奴婢《ぬひ》に近い。奴婢とは律令制《りつれいせい》における奴隷のことだ。

「黄泉の舟が六文銭《ろくもんせん》で乗れるんだ。検視官くらい、一文銭でも黙らせることができるかもしれないよ。もうひとりの容疑者は、大理少卿ということは士族《しぞく》なんだろう？」

「ご明察です」

宮廷で昇進するには、まずは家柄が要《よう》となる。大理少卿のような高官になれるのは士族や貴族といった名家のものにかぎられた。

「転落死ではない証拠はもうひとつある。三階から転落したら大抵は脚から落ちるか、咄嗟《とっさ》に腕を伸ばすものだよ。彼女は後ろむきに頭から落ちた。それにもかかわらず、腕を伸ばした様子がない。落下時にはすでに意識がなかったからだ」

年端《としは》もいかない姑娘とは思えないような考察に舌をまく。

絳が圧倒されて言葉を失っていると、紫蓮がことりと首を傾《かし》げた。

「なにをぼうっとしているのかな」

「いえ、感心していました。素晴らしい観察眼です。刑部は検察を担う官職ですが、遺体を視ただけでここまで推理できるものは私の知るかぎりではいません」

「……へえ」

紫蓮は虚《きょ》をつかれたように睫《まつげ》をしばたたかせた。絳が紫蓮を褒めたことが意想外《いそうがい》だったらしい。

「しかしながら、何処でそのような知識を。後宮の死化粧妃というには、あまりにも」

「僕は、死に寄りそうものだからね」

謎めいた愁《うれ》いを漂わせて、紫蓮は微笑する。

「死の穢れという言葉があるけれどね、死に穢れはないよ。だが穢された死というものはある」

穢された死――彼女の言葉は異様なほどに重く、絳の胸に落ちてきた。

紫蓮の検視によれば、黄妃は転落死ではなく扼殺《やくさつ》ということになる。扼殺とは手で首を絞めて、殺害することだ。

絳は乾いた唇を微かに舐めてから、こう尋ねた。

「ですが、大理少卿が黄妃を殺したという証拠はない、そうですね？　大理少卿ご自身は、黄妃の宮にはいなかったと、そう証言しているわけですから」

紫蓮はそれにはこたえずに黄妃の腕を持ちあげた。指の先端をひとつひとつ、愛おしむような手つきで確かめていく。

「ああ、やっぱりね」

黄妃の爪のなかに残っていたものを、白紙《しらがみ》にだす。

乾いているが血の塊だ。

「首を絞めあげられたとき、かなり抵抗したんだろうね。爪はか弱い女の武器だよ。彼女を殺めたものにはさぞや酷い傷が残っていることだろうね？」

「は……」

腹の底から、ふつりと歓喜が湧きたつ。

(これで有罪の証拠をつかめる)

こらえきれずに唇が緩むのを感じて、絳は咄嗟に口もとを覆う。

「参考にさせていただきます。話が逸《そ》れてしまい、大変失礼いたしました。依頼は黄妃の遺体の修復です。これでは遺族にひき渡すのも難しいもので」

「ああ、そうだったね」

裙のすそに施された蓮を咲かせて、紫蓮がふらりと窓べにむかった。

「でもまずは、死化粧を施すにあたって、彼女の死を最も悼《いた》むものが、どのような葬りかたを希望するのかを聴いておきたい」

「希望、ですか？　希望といわれましても」

あらためて、屍に視線を落とす。

熟れて、落ちた果実のような酷い損傷だ。人らしいかたちだけでも取りもどせたら充分だとおもうのだが――

「彼女はどんなふうに微笑んだのか。なにを喜び、なにを愛し、いかに愛されてきたのか、知りたい」

絳には知るよしもないことばかりだ。

それどころか、屍を修復するのにも不要なことばかりに聴こえる。

「黄妃の遺族は都におられますので、連絡することは可能ですが」

「いいや、違うよ」

紫蓮は透徹《とうてつ》した眼で微笑んだ。

「遺族ではなく、投獄されている女官に逢いたいのさ」

✦

招かざる客が帰り、離宮はしんと静まりかえっていた。

紫蓮は剝《む》きだしになっていた黄妃《オウ》の眼に指を添えて、瞼《まぶた》をおろす。

「つらかったね。ゆるりとお眠りよ」

続けて、紫蓮は水桶《みずおけ》を持ってきた。

固く絞った布で黄妃の肌についた血潮を拭き、髪にまとわりついた汚れを濯《すす》いだ。もうひとつの女官の屍の死化粧も途中だが、あちらはすでに洗い浄め、傷まないように処理をしてある。

そうなると、先にするべきは黄妃の屍の処置だ。

屍を浄めていく姑娘《きょ》の手つきはいたわりに満ちていた。

「ずいぶんと変わった官吏だったね。大抵の官吏は僕なんかとは喋ることもいやがるものだというのに。興が乗って、ちょっとばかり喋りすぎてしまったよ」

黄妃の髪を櫛《くし》で梳《す》きながら、紫蓮は独りごとをつぶやいた。

「訊《き》かれたら語るのが筋《すじ》というものだからね」

屍は語るものだ。いつ、どうして、いかなる死にかたをしたのか。恨んでいるのか、嘆いているのか、悔やんでいるのか。詳《つまび》らかに教えてくれる。

彼女らは静かだが、雄弁だ。そして嘘をつかない。

紫蓮はこれまで屍が訴える真実を官吏たちに語ってきたが、耳を傾けるものはいなかった。

それにたいする憤《いきどお》りはない。端《はな》から、そういうものだと諦めているから。

紫蓮は清拭《せいしき》を終え、髪を洗うにあたって外しておいた黄妃の耳飾りをつけなおす。耳飾りは左側にひとつだけ。

「耳飾りのかたわれは、例の女官がもっているのだろう?」

後宮丞の視線が教えてくれた。

彼は耳飾りをみつめ、なにかを想いだすように視線を動かした。そろいの耳飾りをみたことがあるという証拠だ。

「まあ、でも」

諦めを滲ませて、紫蓮は微笑む。

「結局は話を聴いただけで終わるだろう。僕はそれでも構わない。構わないことだけれどね」

死刑が確定した罪人とは面会できない。後宮丞はそう言った。

「もっとも冤罪《えんざい》が判明するなりして、彼女が晴れて放免されれば、話は別ですが――」

最後につけ加えた言葉には妙な含みがあったが、再調査したところで大理少卿《だいりしょうけい》を摘発することは難しいだろう。

そもそも、再調査しても彼に利得がない。

宮廷《ここ》は正義が功績となるようなところではなかった。女官を死刑に処したほうが、身分の高い大理少卿に瑕瑾《かし》を残すよりも都合がいい。宮廷がそう考えたからこそ、現場にいたというだけで女官は殺人の罪をかぶせられた。大理少卿をみたものがいるかどうかは、はじめから調査もされなかったはずだ。

不条理だが、のみこむ他にない。

「ゆううつ、だねぇ」

紫蓮は濁った水桶にひとつ、ため息を落とした。

✦

「大理少卿《だいりしょうけい》はどちらに」

宮廷内にある庁舎《ちょうしゃ》へもどった絳は大理少卿を捜していた。

庁舎は大部分が消燈していたが、一部の部署には残業している官吏がまだいた。大理少卿もこの頃は朝まで庁舎から帰らないことが続いている。

（もっともそれは彼が勤勉だから、ではない）

「書庫室《しょこしつ》に」と教えてもらい、絳は慌ただしく舎内を移動する。大理少卿は書庫室で煙草を喫《す》いながら麻雀《マージャン》をしていた。而立《じりつ》（三十歳）の男だ。父親が大理寺卿《だいりじけい》であり、親の推挙で大理少卿の官職に就いたが、有能かといわれたらそもそも働いているところをみたことがない。

　偶然をよそおって近寄っていくと、大理少卿のほうから声をかけてきた。

「やあやあ、刑部丞《けいぶじょう》ではないか。おっと、いまは後宮丞《こうきゅうじょう》だったか」

職場に酒を持ちこんで、大理少卿はずいぶんと酔っている様子だ。酒臭い息を吹きかけられても、絳は眉の端も動かさずに袖を掲げて挨拶をする。

「どうだ、後宮丞。一緒に飲みながら賭けごとでもしないか」

「たいへん嬉しいお誘いですが、仕事が残っておりますので」

「左様か。人定《にんじょう》の終（午後十一時）だというのに、慌ただしいことだなぁ」

「ええ、異動したばかりなもので、朝から晩まで休みなく後宮をかけまわっております。大理少卿はお変わりないようで」

「まあな、私ほどになると些事で動かずとも、どんと構えておればよいからな。功にもならぬ事件に振りまわされ、どたばたとかけずりまわる身が哀れでならんよ」

「恐縮です」

　絳が愛想笑いをかえす。

「だがなあ、君のことは残念におもっているのだよ。君ほど有能な男が後宮にまわされるなど」

　絳の秀眉《しゅうび》がぴくりとわずかに跳ねる。

「後宮への異動は左遷《させん》だとお考えですか？」

「違いないだろう？　刑部丞にまでなったものがやるような役職ではない。後宮にいるかぎりは、今後の昇進は見こめんだろう。まあ、姜家にはふさわしい役職かもしれないがな」

　大理少卿が明らかな嘲《あざけ》りを浮かべた。

「そもそも、姜家の生まれで刑部丞まで昇進できたのがおかしかったのだ。そう考えれば、いまくらいが身のたけにあっているのではないか、はははっ」

　出自を侮られても、絳は微笑を崩さなかった。

「さすがは大理少卿です。仰る通り、新たな職場のほうが、姜家の私にはあっているように感じますね。とても血腥《ちなまぐさ》い職場なもので。今しがたも、とある事件の再調査をおこなっておりました。まあ、地道な聞きこみ調査ですよ。貴公が仰るようにどたばたと地をかけずりまわって、女官たちの証言を集めていました。なんでも黄《オウ》妃が女官に突き落とされ、殺害されたそうで」

　麻雀牌《マージャンパイ》を摘まんでいた大理少卿の指がとまる。

「でも、不可解でしてね。黄妃は扼殺《やくさつ》されたあと、高所から投げ落とされているのです。女官にそんなことができるでしょうか」

「っ……そ、それは妙だな」

「ええ、それで証言を集めた結果、大勢の者が現場で大理少卿の姿をみたと。青い顔をして階段をかけおりていったとか」

　眠らない後宮が幸いした。

紫蓮から話を聴いてすぐ、黄妃の宮に赴いて調査したところ、女官たちはおずおずと喋りだした。

彼女たちの表情からはやっと真実を言ってもよいのだ、という安堵の色が見て取れた。

「まあ、それだけでは偶《たま》さかにその場を通りかかられただけかもしれませんが。かねてより大理少卿は黄妃を妻に――と度々逢いにむかわれていたそうですし」

「そ、そうだ。実はだな、お、黄妃が突き落とされるところをみてしまい、それで……」

「それではなぜ、黄妃の宮にはいなかったと証言されたのですか？　事件現場にいた非常に有力な証人だというのに」

大理少卿が牌を取り落とした。

慌てて牌を拾おうとした大理少卿の腕を、絳がつかむ。

「黄妃は首を絞められた時に抵抗し、爪で犯人の腕を酷く掻きむしったそうです。なので、犯人には傷が残っているはずなんですよ。ですが、拘禁《こうきん》されている女官に傷はなかった」

大理少卿の袖をひと息にめくりあげる。

腕に残された酷い掻き傷があらわになった。ともに麻雀をしていた官吏たちが、ぎょっとした。

「こちらの傷、どうなさったのか、詳しくお尋ねしても？」

大理少卿は椅子を蹴り、唾をまき散らして喚《わめ》きだす。

「違う！　ね、猫だ！　庭にいた猫にやられて――」

「ご懸念《けねん》ありませんよう。医官に確かめさせれば、猫の爪によるものか、はたまた女の爪によるものか、すぐにわかりますよ。大理少卿が冤罪を被《こうむ》らないためにもご協力のほどお願いいたします」

ざわめき始めた書庫室から、絳は大理少卿を連れだす。

証拠がないかぎり、逮捕はできない。だから、高官に容疑がかかるくらいならば、そもそも調査をしない。証拠も捜さない。

それが宮廷のやりかただ。

だが裏をかえせば、証拠さえつかんでしまえば罪に問えるということだ。

絳の双眸《そうぼう》の底に昏《くら》い火が燃える。怨嗟《えんさ》の火だ。

権力者たちの強いる不条理を、姜絳は強く憎んでいた。

✦

夏の朝は青い。

早朝から蟬の声が絶えまなく続き、離宮の静寂を緩やかに掻きまわしていた。離宮に客が訪れることはまず、ない。女官はおらず、官吏たちは碌《ろく》に声もかけずに荷車をおいていく。

だから、後宮丞《こうきゅうじょう》が再訪してきたのをみて、紫蓮は柄《がら》にもなくびっくりした。

「きみは」

「姜絳《キコウ》です。昨晩ぶりですね」

絳はみだれなく結わえた髪を朝風になびかせて、涼やかに微笑みかけてきた。

「黄《オウ》妃の事件に進展がありました。昨晩、大理少卿《だいりしょうけい》が妃殺害の容疑で逮捕され、朝から取り調べを受けています。これにより死刑が確定していた女官は再審理となりました。大理少卿の有罪がきまるまでは女官も勾留《こうりゅう》されることになりますが、面会はできます。あなたのお陰です」

紫蓮は事態を理解して、たまらずに笑いだした。

「は……はは、そうか、おどろいたな。……きみはずいぶんな愚か者だったらしいね？　女官の冤罪を晴らして大理少卿を逮捕するなんて、命知らずもいいところだよ。功績をあげたと勘違いして喜ぶほどに純朴なわけではないだろう？」

辛辣な言葉を投げかけられても動じず、絳はいっそうに笑みをふかめる。

「ああ、やはり――――貴女は聡明だ」

絳の真意を測りかねて、紫蓮はため息をついた。

「きみにとっては損しかないはずだけどね？」

「ええ、そうです。けれども、それはあなただって一緒だ。これまでも不可解な屍を視ては、あれこれと語ってきたのでしょう？」

「訊かれたら語る」と紫蓮は彼に言った。

だが、ほんとうは「語られたからには語る」というのが紫蓮の信条だ。

官吏が尋ねようが尋ねまいが、屍が語ったことは伝えるのが誠実さだと紫蓮は考えていた。屍の声を聴けるのは彼女だけなのだから。

官吏たちが紫蓮を徹底して避けるのは死の穢れをいとっているばかりではない。

知りたくない真実を語るからだ。

「虚偽を語っていると逆に訴えられたら、即、死刑だ。あなただって、命を危険にさらしている」

風が吹きつけてきた。

遠くから運ばれてきた梔子《くちなし》の香《か》が漂う。強すぎる花の香りはなぜか、死を連想させた。風に白い袖をはためかせながら、紫蓮は静かに微笑する。

「僕は死をおそれないからね」

ああ、でも、そうだねと紫蓮は続けた。

「ありがとう」

これは言っておくべきだろう。

絳が意外そうにする。紫蓮は彼のことを愚かだと言った。だが、嘲ってではない。事実として言っただけだ。損か得かで論ずれば、彼は明らかに損を選んだわけだ。だがそれによって、救われたものはある。

「これで、女官に逢って、話を聴けるね。黄妃を最良のかたちで葬るためにも便宜をはかってくれるだろう？　後宮丞」

✦

現在、斎の後宮には妃妾や女官、宦官あわせて五百余が暮らしている。これでも先帝が崩御した時に比べては妃妾が百ほど減った。

眠らずの花都《かと》と称されるだけあって、街ほどの規模がある。

離宮のある一郭《いっかく》を除けば、何処も財を投じて華やかに飾りたてられていた。後宮の庭は日差しも豊かで、季節折々の花が咲き群れている。いまは梔子と睡蓮の花ざかりだ。

雲ひとつない晴天にさらされて、紫蓮は睫をふせる。

「ううっ、酷い天候だね。眩暈がしてきたよ。日差しが肌に刺さりそうだ。というか、刺さった」

「日にあたったくらいでそんな。妖魄《あやかし》じゃないんですから」

言葉だけではなく、紫蓮はほんとうにふらついている。

「ここ三年は離宮からでていなかったからね。真昼の日差しになんか、たえられないよ」

訳アリの妃である紫蓮は宴に招かれることもない。それをよいことにひきこもり続けてきたのか。

絳があきれて苦笑する。

「とんだひきこもり妃ですね。不摂生は祟りますよ。適度に日のもとで運動をしないと早死にするとか」

「早死にどころか、僕はいま、死にそうだよ……」

塩を振った青菜みたいにぐんにゃりとなっている紫蓮を振りかえりながら、絳は双眸を細める。

実に奇妙な姑娘《むすめ》だ。

屍に接吻《くちづけ》をしていたかと思えば、ぞっとするほどの観察眼を発揮し、洞察に富んだ推理を語ったかと思えば、晴れているだけでこのざまだ。

「あなたはいったい」

紫蓮が顔をあげる。

「ん、なんだい」

「いえ」

透きとおるような紫の瞳が、いやでも絳に想いださせる。

燃え滾る怨嗟を。取りかえしのつかない後悔を。

「なんでもありません」

絳は静かに視線を逸らして、胸のうちに湧きあがった想いをのみくだす。

彼の葛藤を知ってか知らずか。あるいは気を紛らわせたかったのか、紫蓮が尋ねてきた。

「黄妃は歌姫だったと言っていたね」

「ええ、後宮の知更雀《コマドリ》と称えられていました。私も宴の時に彼女の歌を聴いたことがありますが、じつに素晴らしいものでした」

実のところは絳には歌の妙《たえ》というものはわからなかったが、まわりがそろって感銘をうけ、涙をこぼすものまでいたので素晴らしかったのだろう。

知人いわく。

「春の訪れを歓《よろこ》ぶような雅やかな響きだと」

「へえ、だから知更雀《コマドリ》か」

「ああ、あともうひとつ、彼女には異称《あだな》がありました」

後宮の知更雀《コマドリ》に比べたら、さほど知られていない。ともすれば悪態だからだ。

「――舌きり雀《すずめ》」

意外だったのか、紫蓮は睫をあげた。

「ずいぶんと穏やかじゃないね」

「言うまでもないことですが、ほんとうに舌がないわけではありませんよ。そうであれば、歌うこともできませんからね。ただ、黄妃はいっさい喋らないのです。なにを尋ねられても、なにを言われても、微笑んで頷くばかりで。歌以外で彼女の声を聴いたものは後宮にはいません」

「誰も、かい？」

「ええ、女官でさえ、黄妃とは喋ったことがないと。必要な時は筆談をしていたそうですよ。後宮には識字《しきじ》のできないものもおりますから、容疑者の女官が側について読みあげ、黄妃の意を伝達していたとか。舌きり雀という異称《あだな》は妃妾たちがおもしろがってつけたようです。もっとも、男たちにはそのようなところもたいそう好まれていたようですが」

女はなにも語らず、微笑むだけの華がいい。

絳には理解できないが、そう語る男は多かった。結局のところは男に異を唱えない従順な女がいいということだろう。だが、それでいて「俺にだけは声を聴かせてくれ」と囁いて、都合のいい言葉だけを欲したりもする。

「くだらない話をしてしまいましたね」

「いや、参考になったよ。屍を預かったからには、ふさわしく葬らないとね」

いかに葬られようとも、黄妃はすでに死んでいる。

かといって、紫蓮は死後の霊魂の実在を信じているようにも思えなかった。

遺族にひき渡せる程度に修復してくれたら依頼は果たせるというのに、彼女には他の思惑があるようだ。

「じきにわかるよ」

くすくすと妖しげに微笑する紫蓮は、先程まで暑さにうだっていた姑娘とは様変わりしていた。

（さながら、透きとおった水の奈落だな）

知れば知るほど底がなくなる。ぞっとさせられるのに心惹かれ、覗きこまずにはいられない。

妖妃という異称《いしょう》はあながち誤りではないのだと、絳は思わずにはいられなかった。

◆

斎の後宮には牢獄がある。

後宮で罪を犯した者を捕縛するための牢屋だ。

もとは暴室《ぼうしつ》といい、病を患った下級妃や女官を隔離する施設だったが、ここに入れられたものは例外なく衰弱して死ぬため、死の部屋と怖れられていた。噂に違わず、石壁にかこまれた階段には骨にしみるような寒さが漂っていた。

真夏の後宮で最も寒いのはおそらくはここだ。

「足もとにお気をつけて」

提燈を掲げた絳に誘われて、紫蓮は奈落に続くような階段をくだり、地下室の廊下についた。結果がわからないため、現段階では再審理がおこなわれていることは女官には知らされていない。死刑を免れると期待させてから、再度死刑宣告するようなことはしたくないと絳は言った。

格子のはめられた独房がならんでいる。絳はそのうちのひとつを指して、紫蓮にうながした。

「やあ、きみが李鈴《リレイ》かな」

牢屋の壁にもたれて項垂れていた女官が視線をあげた。酷い尋問を受けたのか、あちらこちらに擦り傷ができて血が滲んでいる。

「黄《オウ》妃に頼まれて、きみの話を聴きにきたんだ」

「花琳《カリン》様に、ですか？　……でも、花琳様は」

鈴《レイ》は戸惑いをあらわにした。

「そうだね、命を落としたよ。喉を絞めあげられてね。きみはそれをみたんだろう？」

鈴が唇をひき結んだ。肯定だ。

「……誰も、私の話など、聴いてはくださいませんでした」

鈴の声からは底のない絶望が滲みだしていた。

「僕が聴くよ。だから、もういちど語ってはくれないか。黄花琳妃が殺された時のことをできるかぎり詳しく」

鈴はためらっていたが、ぽつぽつと事件の経緯を喋りだした。

「黄昏時でした。私は中庭の掃除をしていました。男人の声が聴こえてお客様かとおもい、声のしたほうに視線をむけると、三階の渡り廊《ろうか》に花琳様と大理少卿《だいりしょうけい》様がおられて」

「大理少卿とは、もとから面識があったのかな」

「ええ、まあ。……大理少卿様は二ヶ月程前から、花琳様に言い寄っておられたんです。花琳様は大理少卿様を遠ざけられ、お逢いになるのもいやだと」

ここはひらかれた後宮だ。身分のある官人は後宮のなかで妃を選び、皇帝から下賜《かし》されたという扱いで妻や権妻《ごんさい》にすることができる。

「最後にお逢いしたとき、大理少卿様は花琳様の親に掛けあうと仰せになられていました」

「親族の承認まで得られたら、妃に拒絶するすべはないね」

「左様です」

妃といっても女だ。女は貢物《みつぎもの》で、飾り物だった。

一族にとって有利な縁談ならば、女の想いなどは関係なく進められていく。

「そのとき、花琳様の御声が聴こえて。大理少卿様もさぞやおどろかれたこととおもいます。花琳様は他人と喋ることをいっさいなさらなかったので」

「ああ、舌きり雀といわれていたとか」

「失礼な噂です。花琳様は喋れないのではなく、喋らないのですから。……ですが、私とだけは日頃からお喋りしてくださいました」

鈴がわずかに頰をそめて、誇らしげに声を弾ませた。

「そうか。きみにはこころを許していたんだね」

「私は花琳様が幼い頃から側におつかえしてきましたから。花琳様が後宮にあがるずっと昔から、私は黄《オウ》家のお邸で働いていたんです……」

鈴は頭《かぶり》を振り、話をもどす。話しすぎたとおもったらしい。

「花琳様が大理少卿様になんと仰られたのかまでは聴こえませんでした。おそらくは大理少卿様の求婚を拒絶されたのだとおもいます。一拍遅れて、大理少卿様が激昂されて、花琳様の首に手をかけ――」

想いだすだけでもおそろしいのか、鈴が微かに震えだした。

「私は慌てて階段をあがり、おふたりのもとにむかいました。でも、私がやっと三階についたのと入れ違いに花琳様が落ちていきました」

紫蓮は想像する。知更雀《コマドリ》と謳《うた》われた妃が落ちていくさまを。

喉を潰された知更雀は歌えもせず、飛べもしない。

いや、もとから人に翼などはありもしなかった。地にたたきつけられ、惨たらしく潰れて、彼女は命を散らした。

「大理少卿様は由緒ある士族の御生まれで、花琳様にとっても申し分のないお相手だったはず……なぜ、頑《かたく》なに拒絶されたのか」

鈴は弱々しく首を振った。黄妃とそろいの耳飾りが揺れる。

「おとなしく婚姻を結んでいれば、こんなことにはならなかったのに」

「僕はそうは想わないけれどね」

紫蓮は哀しげに瞳を透きとおらせた。

「嫁ぐのが地獄ならば、嫁いだあとも地獄だよ」

「……女など産まれた時から地獄です」

しぼりだされた鈴の声は低く、命を呪うかのようだった。

「華であれ、鳥であれとばかり望まれて、ひとであることは許されないのですから。花琳様は……彼女は知更雀《コマドリ》でも雀でもなかった。なのに幼い時から歌を強要されて、喉を痛めて熱をだしながらも歌って、歌って、また歌って」

歌をわすれたら、捨てられるだけ。

だから、彼女は歌い続けた。

「そればかりか、鳥が喋るはずがないと幼い時から躾《しつ》けられて」

身をけずり、こころをすり減らして、望まれるように振る舞い続けた歌姫にゆずれないものがあるとすれば、ただひとつだ。

「女が、命を賭けるとすれば、それは愛だろうね」

鈴が息をのむ。

「なぜかと言っていたね。それは、きみがいちばん、わかっているんじゃないかな。黄妃と想いあっていたんだろう？」

「どうして、それを」

紫蓮が黄妃から預かってきた耳飾りを渡す。

「そ、それは花琳様の」

「きみとそろいなんだね」

鈴が視線を彷徨わせ、自身の耳につけている飾りを押さえた。

「か、花琳様はおやさしく、女官の身には過ぎた物をくださることがありました。これもそのひとつで――」

「隠さなくてもいいさ。女と女が愛を結んでいても、僕はおかしいとは思わないよ」

紫蓮は穏やかに理解を示す。

「これは伝承にある比翼《ひよく》の雀《とり》を象ったものだろう？　この雀《とり》は隻《ひとつ》の翼しか持たず、ふたりで寄りそってはじめてに双翼《そうよく》となって舞いあがることができるという。この雀《とり》に因んで、婚礼の時に比翼連《ひよくれん》理《り》の誓いが唱えられるようになった。ただの友愛《ゆうあい》で渡すものではないね」

鈴はわなわなと震えだした。

「そうです。愛していました。愛されていたのです。道ならぬ恋だとはわかっていても」

それは懺悔《ざんげ》のようで、誓いのようでもあった。

「だって、花琳様だけだったから。奴婢だった私にやさしかったのは」

識字もできる彼女が奴婢だったとは意外だ。

奴婢は姓をもたない。女官として後宮にいれるのに、姓のないものを連れていては外聞がよくないということで、ありふれた姓である「李《り》姓」を与えたのだろう。

「黄家で虐げられてきた私に花琳様だけは、食べ物をわけてくださった。歌を教えてくださった。

花琳の琳《リン》は珠《たま》が鳴る韻《おと》だからと、それに似せて鈴《レイ》という名も与えてくださった。私にとっては雲の上の神様みたいなひとでした。でも、後になって知ったのです……」

重い息をついてから、鈴は続けた。

「花琳様も一緒だと。良家の小嬢《おじょう》さまで、華やかな服を着てご馳走を食べていても、彼女もまた、黄家の奴婢にすぎなかったのです」

そこで、ふたりはつながったのだ。ちぎれた翼を寄せあうがごとく。

「黄妃はすでにきみと婚姻《ちぎり》を結んだ身だった。だから彼女は命を賭けてでも、あの男を拒絶したんだね。なにひとつ選ぶことを許されなかった彼女の唯一の抵抗だったんだ」

もはや逢えない愛するひとの指をたぐり寄せようとするかのように鈴は耳飾りを握り締めて、涙をあふれさせる。

「花琳様は……ほんとうに死んでしまわれたのですか」

最愛のひとの死を受けいれられない、受けいれたくないとばかりに彼女は頭をかかえてうずくまる。みてしまったからだ、変わり果てて崩れた悲惨な死を。

「あんなふうに落ちてつぶれたものが花琳様だなんて、ぐちゃぐちゃになった頭が、折れた首が、ゆがんだ脚が、崩れた赤い塊が――花琳様のものだなんて、そんな、そんなの」

紫蓮は柔らかく眥《まなじり》をさげた。

「哀しいことだけれどね、黄花琳は死んだよ。でも、崩れてなんかいないよ。腕も、脚も、頭も。ちゃんときれいに葬ってあげられる」

「で、でも、あんなにひどく」

「だいじょうぶだよ」

紫蓮は一度だけ、ちらりと絳を振りかえる。

「きみの罪が晴れるよう、いま、彼ができるかぎりのことをしている。だから、その時はきみが黄妃を葬《おく》ってくれ」

あらゆるものが死にいたる。

その死がいかに穏やかでも、どれほど悲惨なものであっても、死という現実に違いはない。だからこそ、いかに葬《おく》られるかが最も重いと紫蓮は考える。

死者はよみがえらない。離れてしまった魂魄《こんぱく》もまた、還ることはない。

だが、ひとつだけ、遺されたものがある。

「あなたの花嫁にふさわしく、よみがえらせるからね」

✦

呼吸がとまったその時から、ひとのからだは崩れていく。

まずは肌が青ざめて強張り、死斑《しはん》という痣が拡がりだす。唇はしぼんで厚みがなくなり、潤いを損なった眼は落ちくぼんで、頬が段々と垂れさがっていく。

死後三刻（六時間）も経てば、腐敗がはじまる。

死は刻一刻と変わり続けるものだ。

だからこそ、死化粧師がいる――


牢屋から帰ってきて、四刻（八時間）は経ったか。

黄昏のなかで、紫蓮は横たわる黄花琳《オウカリン》妃の屍に語りかけていた。

「どうかな。折れた骨をつぎ、破れてしまっていた肌を縫いあげたよ。しなやかな腕も元通りさ。これで愛するひとを抱き締めてあげられるね。割れていた頭は蠟で埋めさせてもらった。後から髪を結いなおせば、わからないはずだよ」

紫蓮は死者に祈らない。

囁きかける言葉は鎮魂を願うものではなく、死後の安寧を約束するものでもなかった。ただ、ここに遺された屍というものに、かぎりない愛をもって接する。

「ああ、唇がまた、乾いてきたね」

紅筆《べにふで》に椿《つばき》のあぶらをつけて、唇に塗る。こまめにこれを繰りかえしているおかげか、黄妃の唇はしぼむことなく、いまだに張りをたもっていた。

歌姫にふさわしい唇だ。

「あなたは、ほんとうに愛しそうに死者を扱うのですね」

後ろから声をかけられて、紫蓮が振りかえる。

いつのまにか、絳がたたずんでいた。窓にもたれて、くつろいでいるところからして、離宮にきてしばらく経っているらしかった。

「なんだ、きていたのなら、声をかけてくれたらよかったのに」

「かけましたよ。ですが、まったく聴こえておられないようでしたので」

死化粧を施しているとき、まわりの声がいっさい聴こえなくなるのは紫蓮の欠点だ。

「よい報せです。大理少卿《だいりしょうけい》が黄妃殺害を認めました。言い争いを経て扼殺《やくさつ》したあと、黄妃を廻廊から投げ落としたと――すべて、あなたが語ってくださった通りです」

「それはよかった」

死者は嘘をつかない。だが、語られたことから、詳細を推理するのは紫蓮だ。

「黄妃は喋らずの禁を破ってまで大理少卿になんといったんだろうね」

「それですが、大理少卿の話によれば――」

大理少卿は黄妃と女官の鈴《レイ》が想いあっていることに勘づいていた。

なんでもふたりが接吻《くちづけ》しているところを覗いていたのだとか。だが、ふたりのあいだに愛があったとは想いもせず、後宮における単なるたわむれだと思ったらしい。

好色な眼差しでふたりをみていた大理少卿は、せっかくならば女ふたりを物にしようと考え「喜べ、鈴は妾にしてやろう」と言った。

好きではない男に嫁ぐことになっても、みずからだけならばまだ辛抱できた。だが、愛する女まで奪われ、凌辱《りょうじょく》される。黄妃は絶望し、悲嘆に落ち――腸《はらわた》が煮えたぎるほどの怒りにかられた。

これまで、なにもかもを諦めて、堪え続けてきたのに。

たったひとつ、愛したものまで奪おうというのか。

許せない、許せるものか。

歌だけを紡いできた喉を荒らげて、黄妃は「親に寄生するだけの男」「能なしの怠け者のくせに」と悪態の嵐を吹かせ、最後に突きつけた。

「おまえなんかに嫁ぐくらいならば、いま、この場で舌をかみきって死んでやる――」

大理少卿は逆上して「だったら死ね！」と叫びかえして黄妃の首を絞めた。

結果、黄妃は殺され、その場にいた鈴がその罪をかぶせられた。

大理少卿は思っていたはずだ。再捜査などされるわけがないと。女官ひとり、死刑になれば事が収まるのだから。

だが証拠はあがり、真実が明らかにされた。

「これにより、大理少卿の身分の剝奪、宮廷からの追放処分がきまりました」

「女官の時は死刑だったのに、大理少卿ともなれば、ずいぶんと処分が軽くなるものだね」

「宮廷とはそういうものです」

絳の声に蔑《さげす》みがまざる。不条理にたいする義憤《ぎふん》、というには昏すぎる怨嗟が眼の底で燃えた。

「獬豸《カイチ》と称された先帝が崩御されるまでは、このようなことはなかったのですがね」

獬豸とは法治《ほうち》と公正を象徴する瑞獣だ。

羊の躰《からだ》に竜頭《りようとう》を持つと伝承され、争いがあれば姿を顕《あらわ》して理《ことわり》に背いているほうを裁くとされる。

先帝はその称にふさわしく、産まれた時の身分にかかわらず功績をあげれば昇格させ、罪があれば公正に裁いた。

だが、先帝は五年前に崩御した。

顔が崩れてひきつれるという異様な死にかたをして――

紫蓮はなにも言わず、睫をふせる。

「ですが、大理少卿の罪を糾《ただ》せた。李鈴《リレイ》も晴れて無罪となり、放免されました。充分です。あなたのおかげですよ、綏紫蓮妃」

絳は真摯に紫蓮をみつめ、頭をさげる。

「紫蓮で構わないよ。僕はただ、彼女が語ったままに語り、推理しただけさ。それに耳を傾け、再捜査してくれたのはきみだよ」

これまでは紫蓮が検視の結果を述べても、すでに捜査は終わっていると言われて終わりだった。だが、絳は女官の冤罪を晴らしてくれた。

紫蓮が白袖《しらそで》を掲げ、微笑みかける。

「ありがとう、後宮丞さん」

絳は不意をつかれ、瞬きをする。照れたように視線を彷徨わせてから彼はおずおずと申しでる。

「よろしければ、なのですが、私のことは絳《コウ》と。役職ですと、どうにも堅苦しくて」

「わかった。そうさせてもらうよ」

こうして、歌姫の死をめぐる事件の幕はおろされた。

だが、まだ黄妃は葬られていない。

紫蓮の本領はここからだ。

「素晴らしいですね。あれほど酷かった傷がすっかりと塞がって。感服いたしました。処置はすでに終わったのですか」

ひとのかたちを取りもどした黄妃の屍をみて、絳は感嘆の息を洩らす。

「いいや、まだだよ。これからさ」

復元。修復。それだけでは、屍をよみがえらせた、とまではいえなかった。

てっきり報告を終えてすぐに帰るものだとおもっていたのに、紫蓮が箱から様々な薬剤や器具を取りだしていると、絳は後ろから覗きこんできた。

「側でみていても構わないでしょうか」

「僕は構わないけれど……」

紫蓮はあらためて傍《かたわ》らの男をみる。

慇懃《いんぎん》な微笑を絶やさない穏やかな男だ。敏く、有能な官吏であることは疑いようがなかった。

だが時々眼に底知れない陰を覗かせ、唇に嘲りめいた嗤いをよぎらせる。なにを考えているのか解《わか》らない危うさがあった。

「逢った時からおもっていたけれど、きみはちょっとばかり変わった男だね？」

だが、紫蓮が最も奇妙に感じたのは、彼には死をおそれる素振りがないことだ。

「大抵のものは死の穢れをいやがるというのに」

「はっ……」

絳が嗤った。これまでとは違って、露骨な嘲笑《ちょうしょう》。彼らしからぬ荒っぽい嗤いかただ。あるいはこれが素なのではないかと紫蓮はおもった。

「死の穢れですか。そんなものは、生者のほうが上等だとおもっているものたちが創りだした幻想にすぎませんよ」

窓から差す夕日が陰る。

絳の声が喉にかかるように低くなった。

「人の腹を斬るとなかに収まっていた腸《はらわた》があふれだすのですが、破れた腸というのはね、非常に臭《にお》うのですよ。まだ息があってもね。腸の噎《む》せかえるような臭いこそが、人の本質だ」

「違いないね」

想像するだけで酸鼻《さんび》をきわめる話にも、紫蓮は臆さず唇を綻ばせた。

「死んでいるものが穢れているのならば、生きているものだっておなじくらいに穢れているさ。いいや、死者のほうがよほどにいいね」

横たわる黄妃の頬をなでる。

「彼女らは悪意をもたず、ひとを欺《あざむ》かない」

紫蓮の指は踊るように頤《おとがい》をたどり、首のつけ根にある血管を捉《とら》えた。

「ああ、ここだね」

絳が奇異な視線をむけてくる。

紫蓮は黒曜石《こくようせき》の医刀《メス》を執《と》り、首筋をわずかに切った。

絳が眼を見張る。紫蓮がまさか屍を切りつけるとは思わなかったのだろう。紫蓮は続けて傷に鑷子《ピンセット》を挿しこみ、動脈、静脈をつまんで取りだす。

「なにをなさるのですか？」

「血は腐る。だから抜きとって、腐らない秘薬と換えるのさ」

動脈と静脈に管を挿す。

動脈にうす紅の薬をそそぎこんでいった。梅の花を蕩《とろ》かせたような雫だ。替わりに静脈から押しだされた血潮が横に据えられた桶のなかにたまる。腐敗した血潮の、異様な臭いが漂った。

絳はわずかに眉を寄せたが、臭気にあてられてえずくようなことはなかった。もとから死臭になれているのか。彼はそれよりも紫蓮が黄妃の腕や脚を揉みほぐし、停滞している血潮を抜きだす姿を、熱心にみている。

「……あなたはどうやって、このような技巧を身につけたのですか？　失礼ながら、姑娘《おんな》の身では医師に習ったというわけでもないでしょう」

「母から教わったんだよ」

「あなたの母親といいますと」

「母も後宮につかえる死化粧師《しげしょうし》だったからね」

死にまつわる官職は総じて身分が低い。

紫蓮は後宮において妃という階級ではあるが、便宜上にすぎず、実のところは宦官や奴婢と変わらない身分だ。紫蓮の離宮に女官がつかないのもそのためである。

「綏《スイ》家は脈々と続く死化粧師の一門だよ。この秘薬も先祖から受けついだ叡智のひとつだ」

黄妃の肌が緩やかに息を吹きかえす。

吸いつくような肌の張りがよみがえり、血が取りのぞかれたことで死斑もなくなっていた。ふるぼけた蠟《ろう》を想わせた死人の肌が、すっかりと健やかな赤みを取りもどしている。

「死者に効能がある秘薬、ですか。どのように造られているのか、うかがっても？」

「ふふ、秘密だよ。ああ、でもきみにだったら、あるものをつかっていることだけは教えてあげようかな」

紫蓮が指をたてる。

「水銀と砕いた紺青《こんじょう》だよ」

絳は敏い。すぐに表情が変わる。

「……どちらも致死毒ですね」

水銀は不老不死の霊薬《れいやく》と語られた劇毒《げきどく》で、水銀中毒をひき起こし、神経を破壊して命を奪う。紺青は壁画等につかわれる鉱物のひとつだが、こちらも有毒でつかい続けては身を蝕む。

「ああ、そうだよ。死化粧には毒がある。だからね、死の穢れなんてものはないが、死化粧師の側にいると寿命が縮むという噂だけは真実《ほんとう》さ。死化粧師も次第に毒に蝕まれていき、きまって而立《じりつ》（三十歳）から不惑《ふわく》（四十歳）のうちに命を落とす」

紫蓮が声を落として瞬きをする。

「死者にちょっとずつ、命を分けているみたいだろう？」

毒物が体外に洩れだすことのないよう、動脈と静脈を糸で縛った。

血液の交換は終わりだ。

紫蓮は再度医刀《メス》を執る。かぶせていた布を、腹のところだけまくりあげた。

「ああ、そうだった。きみが言っていた通り、腸も腐敗するんだ。だからね、さきに取りのぞいておくんだよ」

言いながら、紫蓮がひと息に屍の腹を割《さ》いた。

背後で絳が息をのんだ。無理からぬことだ。

斎において解剖は禁じられている。すでに死したものをなおも傷つけ、遺体を損壊するのはいまわしいことだと考えられているためだ。よって検視官は外傷、死後の経過による損傷だけをみて調査をする。

だというのに、紫蓮は禁を破った。

絳は言葉を絶しているのか、沈黙している。

「おどろかせたかな。解剖は禁だが、死化粧師だけは特例として屍を割《ひら》くことを許されて……」

喋りながら振りかえる。だが紫蓮は最後まで続けることができなかった。

絳の眼がまっすぐに紫蓮を映していた。

その眼は異様な事態に戸惑っているわけでもなく。

かといって禁忌をおかす姑娘を蔑むでもなく。

「――きれいだ」

あふれんばかりの歓喜を湛えていた。

絳の喉がごくりと動き、明らかに昂揚した息が洩れる。

なんで、彼がこんなに歓《よろこ》んでいるのか、紫蓮にはわずかも理解できなかった。

黄昏が強くなる。窓から差す斜陽が火をつけるように絳の睫を照らし、瞳孔に紅《くれない》の陰を垂らす。

昏く燃える眼のなかに強い欲がよぎったのがさきか。

絳は身を乗りだして、紫蓮の袖をつかんできた。

「っ……」

紫蓮は咄嗟に動けず、彼のほうに強くひき寄せられる。絳は紫蓮の血濡れた指をいとわず、みずからの指をするりと絡め、頰を寄せてきた。

「好きです」

「……は？」

絳は夢みるように微笑む。

「ああ、恋に落ちるというのはこういうことなんですね」

なんだか「恋」とかいう言葉が聞こえたが、聞き違いだろうか。

どうかそうであってくれ——紫蓮はいっそのこと、祈るような気持ちになる。

腹を割《ひら》かれた屍と、腹を割《さ》いた姑娘がいるこの場で「恋」だとか「好き」だとか、そんな言葉が飛びかうなんて異常にも程がある。

だが硬直する紫蓮をそっちのけで、絳は嬉々として喋り続ける。

「恥ずかしながら私は人を好きになった経験がなく、愛というものはくだらないとばかりおもっていたのですが、なるほど、これがそうなのですね。胸が弾んで、頭がくらくらして」

「――――っ」

ぞくぞくとした悪寒が、紫蓮の背をかけあがってきた。我にかえった紫蓮は絳の手を振りほどこうとして、わたわたと袖を振る。

「ちょっ、ちょっと待ってくれ！　なにがなんだか、わけがわからないよ」

「わかりませんか？　私は、あなたに惚れたんですよ、紫蓮」

「だから、そうじゃなくてだね」

なぜ、解剖をしている時に惚れたとかいう発想にいたるのかと糾弾したいわけだが、完全に会話がかみあっていなかった。

「ああ、もうっ、わかったよ。わかったから、まずは離してくれないかな！　屍と違って、生きているにんげんの肌はなまぬるくていやだ！　触れられると寒気がする！」

「っと、それは失礼」

ほんきでいやがっているのがわかったのか、思いのほか、あっさりと指はほどかれた。

「あなたがためらいもせずに屍の腹を割《ひら》くところが、あまりにもきれいだったもので――ほんとうにたまらない」

「……ちょっとばかりじゃなくて、きみはずいぶんな奇人だねぇ」

紫蓮はおどろきを通り越してあきれる。

「でも、こまりましたね。振られてしまったようで。女人《じょせい》は振った男と一緒にいるのはおいやでしょう。私としては最後まで、あなたが死化粧を施すところをみていたかったのですが」

絳は残念そうに肩を落とす。先程までの昂揚からは想像もつかないほどにしょんぼりしていた。その姿は叱られた犬を想わせて、紫蓮はやれやれとため息をついた。

「……わかった。ここにいても構わないよ。ただ、僕には触れないでくれるかな。ほんとうに人肌だけは無理なんだよ」

「誓います。あなたに嫌われたくはないので」

ようやく落ちついた紫蓮は割《ひら》いた腹から臓物を取りだす。洗浄して甕《かめ》にいれた。

「腐るのはこまるけれど、棺には一緒にいれてあげないとね」

紫蓮はからっぽになった腹に沈香《じんこう》や乳香《にゆうこう》といった香類と綿《わた》をつめ、縫いあげた。続けて髪から肌まで浄めてから、服を着替えさせる。清拭と着替えの時だけは絳には退室してもらった。

「さあ、ここからもっと、きれいにしてあげないとね」

紫蓮は持ってきた箱をあける。

「それは……化粧、ですか？」

「そうだよ、なんだい、意外でもないだろう？　僕は死化粧妃なんだよ」

寄木細工《よせぎざいく》の箱には唇紅《くちべに》に黛《まゆずみ》、烟脂《ほおべに》と女を華やかによそおうための道具がつめこまれていた。

「眉は細いほうがいいね。端は垂れさせて、うん、幸せそうに微笑んでいる時のかたちにしよう。花嫁さんなんだからね。紅は、これかな」

「唇紅《くちべに》だけでもこんなにあるのですね。ひとつひとつ、違うのですか？」

箱を覗きこみながら、絳がへえと息をついた。

「赤といっても青みがかったものから黄みがかったもの、紫を帯びたものまであるからね。唇のかたち、厚み、肌の色調をみれば似あう唇紅、似あわない唇紅がわかる。黄妃の素肌は黄みがかっているから、珊瑚《さんご》や桃の花びらを想わせるうす紅が映えるだろうね」

喋りながら水おしろいを施して、刷毛《はけ》で粉をはたいていく。

「ああ、きれいだよ。頰はどれがいいかな」

烟脂《ほおべに》は頰だけではなく額と顎のあたりにも施す。こうすると花が綻んだように顔の印象が明るくなるからだ。

「なきぼくろがあるんだね。可愛らしいな。隠さず、際だたせてあげようね」

紫蓮は睦言《むつごと》でもかわすように屍に声をかけながら、化粧を進めていく。絳は魅了されているかのように終始息をつめ、その様子を眺めていた。

「……失礼ながら」

絳がふつと沈黙を破る。

「これまで私は、妃たちがこぞって施す化粧というものに良い心証をもっていませんでした。けばけばしく飾りすぎていて、あれはいけない。ですが、あなたが施すと品がよくて清らかで、とてもきれいだと感じます。うまく言い表せないのですが」

「ああ、妃たちは鏡を持っていないらしいね」

妃が鏡を持たないはずがない。かといって、言葉通りの悪態でもなかった。

「ただ、飾ればいいわけじゃないのさ。ちゃんと、なにが似あうのか、なにが似あわないのかを理解して施さなければね。ついでにこれは、素の顔を隠すものでもないよ」

紫蓮は黄妃のなきぼくろに接吻《くちづけ》を落とす。

水だけではなく薬もつかい洗拭をしたので、屍に触れても腐敗による毒に感染する危険はない。

「ひとはなぜ、化粧をするとおもう？」

絳がなにかを言いかけて唇を結ぶ。おおよそ「男を誘うため」とでも言おうとしたのだろう。

「愛するためだよ」

絳は意外そうに尋ねかえしてきた。

「愛されるため、ではなく、ですか？」

「そう、産まれ持った顔を――強いて言えば、みずからを愛するためさ。死んではじめて、それは愛されるためのものになる」

愛することは受けいれることだ。

「葬るのは死者のためにあらず。遺され、哀惜《あいせき》するひとたちのため、屍は一度だけ、よみがえるべきだ」

最後にひとつ、花鈿《かでん》を施す。

花鈿とは紅をつかって額に絵を描く伝統化粧のひとつだ。

婚礼にはかかせないもので、女の持つ品格をひきだし、華やかさを際だたせてくれる。昨今では細工された紅紙《こうし》や絹をつけることもあるが、紫蓮の化粧は手描きだ。梅や桜、星や雲など意匠《デザイン》は様々だが、黄妃には月季花《ばら》だろうか。

紫蓮は睫をふせ、うっそりと微笑んだ。

「さあ、愛するひとにさよならを言っておいで」

✦

夜天《やてん》に月が満ちた。

李鈴《リレイ》は宿舎を抜けだし、息を弾ませて後宮の庭を駆けていた。

李鈴には愛するひとがいた。黄花琳《オウカリン》妃だ。身分が違っても、愛し、愛されていた。だが、花琳は殺された。

冤罪をかけられた鈴《レイ》は絶望していたが、逢ったこともない妃がきて、話を聴いてくれた。

妃は言った。罪を晴らすため、再捜査を進めていると。

とても信じられなかった。女官のためなどに官吏が動くとは思えなかったからだ。だがその後、ほんとうに鈴の無罪が立証され、かわりに大理少卿《だいりしょうけい》が裁かれた。

「だから、その時はきみが黄妃を葬《おく》ってくれ」

妃はそう言っていた。

だが、罪が晴れても、それは見果てぬ夢だ。

葬礼は黄家が執りおこなう。奴婢あがりの女官では葬礼に参列することはできない。愛するひとに再び逢うことは、かなわないのだ。

だからこそ、最後にみた花琳の死にざまが鈴の眼に焼きついていた。

割れた頭から血潮を垂れながし、腕も脚も折れまがった悲惨な姿。歌わなくなって、鳥籠《とりかご》から投げ捨てられた知更雀《コマドリ》みたいな。

きたならしく、みじめたらしく。

歌姫は死んだ。

その事実が、鈴を苦しめ続けていた。

彼女は幸せになるべきだったのに。

「恨みます。花琳様。ずっと一緒と約束してくださったのに……なんで、先に逝ってしまわれたのですか。私を遺して、なぜ」

花琳とそろいの耳飾りを握り締めて悲嘆に暮れていた鈴のもとに遣いがきた。

「婚礼は今晩、鶏鳴《けいめい》の正刻《せいこく》（午前二時）に月季花《ばら》の苑《にわ》で――」

どういうことかと尋ねたが、遣いの宦官は鈴に伝達するように命令されただけで詳しい事情は知らないと詫びた。

ひとつだけ、思いあたることがあった。

「あなたの花嫁にふさわしく、よみがえらせるからね――」

奇妙な妃はそう言い残していった。

無理だ。鈴の愛する彼女は壊れてしまった。再びに還るはずがない。

それでも、もういちど逢えたのならば。

（最愛のひとの死を受けいれ、許すことができるでしょうか）

鶏鳴の正刻の鐘が響きだすなか、鈴は月季花《ばら》の苑《にわ》にたどりついた。

あたりはしんと静まりかえっていた。雪を欺《あざむ》くほどに純白《しろ》い花が月影を帯びて、ぼうとあまやかに夜陰を融《と》かしている。

風が吹きつけると噎《む》せかえるほどの花の香が満ちて、微かだが、眩暈《めまい》をおぼえた。

「まっていたよ」

月季花《ばら》に埋もれて、紫の睡蓮を身にまとった妃がいた。

彼女の傍《そば》には柩《ひつぎ》が横たえられている。

黄花琳《オウカリン》。あそこに鈴の愛する女《ひと》が眠っているのだ。切ないほどに胸を搔きみだされ、鈴はふらふらと柩に吸い寄せられていった。

「さあ、ふたりきりの婚礼だよ」

紫蓮は袖を掲げて、踵をかえした。

最愛の人がどんな姿になっていても、受けいれよう。

意を決して、柩を覗きこんだ鈴は息をのんだ。

「花琳様」

最後に語らった時と変わらぬ美しい姿で眠り続ける最愛の女《ひと》がいた。

重ねられた花瞼《かけん》、微かにうす紅を帯びて華やいだ肌。しなやかな指を胸もとで組み、刺繍の扇をもっていた。

ああ、そうか。

つぶれて崩れたあの死にざまは、惨《わる》い夢だったのだ――

「……だって、こんなにきれい」

花琳が身につけているのは経帷子《きようかたびら》ではなく、紅絹《こうけん》で織りあげられた婚礼衣裳だった。額には紅の花鈿が施されている。

斎では婚礼の時にはかならず、真紅の絹をまとう。真紅という色はたいそう縁起がよく、厄を除けて夫婦に永遠なる幸福をもたらすとされているためだ。

幸せな花嫁にふさわしく、花琳は可憐な唇に微笑を湛えていた。この唇がどれほど雅やかに歌を紡ぐのか、鈴は知っている。

だが、彼女は喋っている時が、もっとも愛らしいのだ。

ころころと弾むような声で花琳は喋る。鈴だけが知っていた。歌姫と称えられる知更雀《コマドリ》の声ではなく、何処にでもいる姑娘《おんな》の声を。

彼女は嬉しかったことも、腹が立ったことも、さみしかったことも、想ったことを想ったままに声にするのだ。

「ばかじゃないの」「うんざりだわ」

「歌なんかだいきらいよ」

彼女の唇から紡がれた言の葉は悪態ひとつ、可愛らしく。

「側にいて、わたくしをさみしがらせないで」

「だい好きよ」「愛してる」

まっすぐに愛をぶつけてくる彼女が、どれほど愛しかったことか。

「花琳様、花琳様……愛しております」

鈴が涙をこぼしながら、花琳の髪に触れた。耳飾りが微か、揺れる。私たちはふたりでひとつの比翼《ひよく》だと言って、花琳がくれたものだ。

「願わくは」

鈴は歌を諳《そら》んじるようにつぶやいた。

「地にありては連理《れんり》の枝となり、天にありては比翼の雀《とり》となりましょう。天地は変わらずとも、万物は移ろい、つきる。されど、愛《かな》しみは永劫につきせぬと」

黄花琳が教えてくれた誓いの言葉だ。とある国の皇帝は最愛の皇后を娶《めと》るとき、比翼連理の宣誓をしたという。

黄花琳はいま、鈴だけの花嫁だった。

風が渡る。花が舞いあがった。

彼女は死せる女《ひと》の唇に接吻《くちづけ》をする。

月だけが、ふたりぼっちの婚礼をいつまでも祝福していた。

✦

夏の朝は青紫がかっている。

翌朝になって、喪に服した柩車《きゅうしゃ》が後宮の橋を渡っていった。

黄花琳《オウカリン》の柩は都にある黄家のもとに運ばれる。黄家は都では知らぬものがいないほどの名声を誇る士族だ。歌姫であった姑娘の死を嘆き、多額の財を投じて葬礼を執りおこなうに違いない。

だが、黄花琳はすでに葬られた。

彼女を愛し、彼女が愛したひとによって。

「路すがら、どうかやすらかに——一路走好《逝ってらっしゃい》」

遠くから柩車を眺めていた紫蓮は穏やかに双眸を綻ばせた。

日が昇ってきた。暑くなるまでに帰ろうとおもい、歩きだしたのがさきか、紫蓮の頭上から水が降ってきた。

「まあ、死臭がするとおもったら、死化粧妃じゃないの」

「いやねぇ、けがらわしい」

「後宮のなかで穢れをまき散らさないでちょうだいな」

殿舎を振りあおげば、二階の窓から妃妾たちが顔を覗かせ、嘲笑していた。ずぶ濡れになった紫蓮を指さして、妃妾が嗤う。

「離宮にこもっていれば、こんなことにならなかったのに。身の程も知らずに庭まで出てきたからよ。屍に触れるような女が妃として後宮におかれているなんて、まったくいとわしいったら」

侮蔑、嘲弄《ちょうろう》といった言葉のつぶてが紫蓮めがけて降りしきる。だが紫蓮は眉の端すら動かさなかった。ただ、やれやれとため息をついて、濡れた髪を掻きあげる。

「いとわしいとおもうのならば、僕には構わないことだね。触らぬ神に祟りなしというだろう?」

髪のすきまから覗く紫の眸《ひとみ》が、笑む。妖妃というにふさわしい凄みを漂わせて。

「それとも、祟られたいのかな」

妃妾たちは背筋を凍りつかせて、わずかに後ろにさがった。

だが臆しては負けだと思ったのか、頰をひきつらせながら喧々と声をあげた。

「なによ、おどすつもりなの? ほら、それも落としておやり」

「さ、さすがにそれは」

「私の命令がきけないの!?」

からっぽの水桶をかかえていた女官はさすがにためらったが、妃妾の命令にはさからえず、紫蓮にむかって桶を投げつけてきた。

「っ」

紫蓮には運動神経がない。

どう頑張っても落ちてくる桶を避けられそうにはなく、彼女は反射的に顔を背け、身を縮める。

だが、予想した衝撃はやってこなかった。

赤紫の官服が、視界の端で揺れる。

姜絳《キコウ》だ。

彼は剣を抜き、瞬時に桶を両断した。ふたつに割れた桶が石畳を転がる。

「これはいったい、どういうことですか」

絳は冷徹な眼差しで妃妾たちを睨みあげた。

「あ、あれって、後宮丞《こうきゅうじょう》の……」

「なっ、なによ。ただの遊びじゃない。死臭がしみついていたから、きれいにしてあげようとおもっただけよ」

官吏の登場に妃妾たちは慌てだす。

「遊び、ですか。姑娘に水をかけ、桶を投げつける――これは傷害罪ですよ」

「どっ、どちらもそこの女官がやったことよ」

妃妾はあろうことか、命令に従っただけの女官に責任を押しつけた。青ざめて縮みあがっている女官に視線をやり、絳はため息をついてから釘を刺す。

「……再びにこのようなことがあれば、つぎは捕らえます」

「っ……いきましょう」

妃妾たちがそそくさと逃げていった。

「厄介事にまきこんで、すまなかったね。これだから、生きているにんげんはきらいなんだよ」

紫蓮は辟易《へきえき》としながら、濡れた袖をしぼる。

ほたほたと髪からは雫が垂れた。朝ということもあって風がひんやりとしており、濡れた肌は微かに栗《あわ》だっている。

「触れるのはだめでも……外掛《はおり》だけならば、許されますか？」

絳が遠慮がちに外掛をかけてきた。

紫蓮はわずかに肩さきを震わせたが、拒絶することはせず「ありがとう」と微笑んだ。

「でも、気遣うことはないよ。ああいう扱いにはなれているからね。今はましになったほうさ」

強がりではなかった。

幼少期からずっと繰りかえされてきたことだ。つぶてを投げられたこともあれば、階段からつき落とされたこともある。慣れたというより諦めた。離宮からめったに出掛けないのも、他人《ひと》にかかわると碌なことにならないからだ。

「可哀想なひとたちだよ。どれほど死を疎《うと》んで穢れだと遠ざけても、結局は彼女たちだって遅かれ早かれ、死に逝くのにね」

妃ばかりではない。例えば斎では柩の乗った柩車が通りがかると、慌てて口を噤《つぐ》み、耳を塞ぐという風習がある。死者の穢れを避けるためだ。

「あるいは、だから、か。死に逝くとわかっているから、おそれるのかな」

おそれるだけならば、構わないのだ。

だが、ほとんどのものは死にまつわるものを蔑む。

「死者は下等で、命ある身は上等であるかのような振る舞いにはうんざりするね。ましてや、他人《ひと》を嘲ることが娯楽だなんて、そちらのほうが意地きたない」

「あなたは……あのようなことをされていながら、虐げてきた側を哀れむのですね」

強い風が吹きつける。絳の髪がさらさらと笹の葉のようになびいた。彼は嬉しそうに唇をなでて眼を細める。

「……ますます、好きになってしまいました」

「えぇぇ……？」

たいする紫蓮は眉を曇らせて、あからさまにげんなりとする。

「そんなにいやがらないでくださいよ。臓物を取りだす時も妃妾から虐げられた時も眉ひとつ動かさないあなたにこうもいやがられると、ふふ、嬉しくなってしまうではありませんか」

「ええええぇぇぇ……？」

紫蓮はまた一段といやそうな声をあげたが、絳はなおも幸せそうにはしゃいでいた。

「……あぁ、そうだ、あなたにこれをお渡ししたくてきたのでした」

絳が想いだしたように紙袋からあるものを取りだす。

「山査子飴《さんざしあめ》です。頂き物なのですが、こういう物は姑娘《じょせい》のほうがお好きではないかと思ったので」

赤い小さな果実を串に挿し、透きとおった飴をかけた甜菓《かし》だ。「御礼というには細やかですが」と差しだされたそれを、紫蓮はおずおずと受け取った。

「へえ、きれいだね」

きらきらとしていて、紅珠《ほうせき》みたいだ。

ひとくちかじれば、さくっと飴が割れて果実の甘酸っぱい味わいが拡がった。後宮ではめったに食べることができない希少な甘味《かんみ》だ。

「おいしい」

紫蓮が想わず微笑をこぼす。年頃の姑娘らしい笑いかたに絳が相好を崩す。

「喜んでいただけてよかったです。また、持ってきますね」

朝は終わって、また昼になる。

誰が逝っても季節は循環《めぐ》り続ける。遺されたものたちはただ、移ろう時のなかで死を受けいれ、愛の残り香を抱き締める他にない。

だが、そんな憂いもまた、過ぎゆくものだ。

他愛のないことを喋りながら、ふたりして夏の庭をいく。咲きにおっていた夏椿《シャラ》がひとつ、ほたりと落ちた。

✦

官吏の一日はとかく慌ただしい。

特に後宮丞《こうきゅうじょう》は連日朝から晩まで職務に追われていた。紫蓮のことが気に掛かって朝から時間を割いてしまったので、今晩は日を跨ぐまで働かないと間にあわなくなりそうだと絳は嘆息した。

だが、それはすぐに隠しきれない喜びにかわる。

（恋に落ちるというのはこうも幸せなきぶんになるものだったのか）

綏紫蓮《スイシレン》――彼女のことを考えるだけでも頬が熱くなり、ぎゅうっと胸が締めつけられる。

絳はこれまで女人に言い寄られた経験も一度や二度ではなかったが、くだらないとおもうだけだった。きっと死ぬまで、恋愛というものは理解できないだろうと諦めていた。

だが、紫蓮が屍の腹を割《ひら》いたあのとき、これまでの彼が崩れた。

視線を奪われる、どころではない。

たった一瞬で、呼吸も意識も、すべてを彼女に奪われた。酔いでもまわったようにぐらりと頭が揺れ、指の先端まで痺れた。それほどの衝撃だったのだ。

（産まれてはじめて、ひとをきれいだとおもった）

聞くだにおぞましい屍《したい》の解剖という禁を破りながら、紫蓮の眼差しは浄《きよ》らかに澄みわたり、死者にたいする敬重《けいちょう》の念に満ちていた。

みせかけを飾りつけるだけではなく、腹のなかの汚穢《おわい》まで浄め、最期まで腐敗や崩壊から人の尊厳を護ろうとする彼女の慈愛。

他の誰に理解できずとも、彼にだけは理解《わか》る。

たまらなく愛しかった。

紫蓮をずいぶんと戸惑わせてしまったが、あの時彼が伝えた言葉に嘘はひとつもなかった。

もっとも浮かれてばかりはいられない。絳はひと呼吸を経て、気を引き締める。

ひとけのない北廻廊を通り、尚書室《しょうしょしつ》にむかっていた絳は背後から声をかけられた。

「君が姜絳《キコウ》だね」

初老に差しかかった肥えた男——吏部《りぶ》尚書《しょうしょ》だ。

吏部《りぶ》とは文官を統轄する部署で、尚書はその第一官にあたる。部署は違うが、逮捕された大理少卿、刑部丞である絳と比較してもそうとうに身分が高い。

「左様でございます」

絳は袖を掲げ、畏まって挨拶をする。

「再捜査で裁定を覆し女官の冤罪を解いたとか。いやはや、実に有能な若者で頼もしいかぎりだ」

「恐縮です。吏部尚書ともあろう御方にお褒めいただけるとは」

「だが、君は考えてはみたかね。奴婢あがりの女官が減るのと、科挙《かきょ》を通った名家の官人が減るのとでは、どちらの損害がより重いか」

あからさまに釘を刺された。よけいなことをしてくれたなという敵意が強く感じられて、絳は失笑しそうになる。

かわりに愛想笑いを張りつけて、はぐらかす。

「妙なたとえですね。法廷で審理されるのは有罪か、無実かの二択であるはずですが……不勉強な身ゆえ吏部尚書のお考えを察することができず、失礼いたします」

「ふむ、青いな。月のある晩ばかりだといいがね」

「ご忠告、痛み入ります」

吏部尚書が完全に遠ざかっていってから、絳はようやくに頭をあげ、低くつぶやいた。

「あいにくと産まれた時から月どころか、星もあったためしがないんですよ。暗い径《みち》は歩きなれているものでね。月がなければ進めないのはそちらでしょう」

喉に絡《から》げるように嗤笑《ししょう》して、絳は官服のすそをさばく。

風で燈火《とうか》が揺らぎ、影の群れがいっせいに渦をまいた。

宮廷は敵だらけだ。腹のうちを詮索《さぐ》りあい、まわりを失脚させようと騙しあい、策略を張りめぐらせている。

後宮もまた、しかりだ。

華やかな暗がりのなか、彼は臆さず進んでいく。

その眼には、復讐の火がごうと燃えていた。

✦

夜降《よぐた》ちに月が、落ちた。

星あかりだけが微かにともるなか、紫蓮のもとに招かれざる客人があった。

風もないのに、燈火が揺らいだ。誰かがきた証だ。壁にもたれるようにすわって医刀《メス》を洗浄していた紫蓮は水桶から視線をあげる。

「こんな時刻に妃の寝室にくるなんて、不躾《ぶしつけ》な男だね、きみは」

振りかえれば、予想通り、絳がたたずんでいた。

「依頼かな」

「いえ、頼みがあり、参りました」

彼の眼が昏く燃えているのをみて、紫蓮は唇をひき結ぶ。

「宮廷は穢《けが》れています」

絳はよどみなく語りだす。

「政は腐敗して、権力者に都合のよい律令《りつれい》ばかりがつくられています。男尊女卑を含めた差別がまかり通り、士族は法を破っても咎めもなく放免され、あるいは端《はな》から調査も入らない。かわりに身分の低いものは無実の罪で殺されていく。貧富の格差は広がるばかりで、弱者は不条理に喘いでいる――あなたは、知っていますよね？」

「ああ、そうだね。その通りだよ」

刑部も大理寺もすでに義を損なった。

「不義を糾《ただ》すべき皇帝もまだ八歳になったばかりで幼い。それにつけこんで……いえ、違いますね。三歳の幼童《おさなご》を竜倚《ぎょくざ》につけたところから、奴らの侵蝕は始まった」

絳は声を落とすことなく、続けた。

「皇太妃か、他のものかはわかりませんが、裏で糸を引いているものがいます。ともすれば、先帝陛下の死から、すでに」

先帝の死、という言葉を聴いた一瞬。

絶えず冷静だった紫蓮の眼差しが、揺らいだ。

「陛下の死は異様だった。頬がひきつれ、瞼はねじまがり、唇がひずみ、おもかげもないほどに竜顔《かお》が崩れて、酷い有様でした」

紫蓮は唇をかみ締める。

「誰もが祟りだと噂しました。陛下はその夏、民の集落を焼き払うという、これまでの穏やかさからは考えられないような暴挙に及び、まわりに強い不信感を抱かせていましたから」

だが、祟りなどはない。死者の魂はただ、黙するのみだ。

あるのは暗がりでうごめき続ける生者の思惑だけ。

「……その真相を、僕に解明しろというのかな」

「解明ではなく、証明です」

つまりは、皇帝が暗殺されたという証拠をつかめということだ。

「危険をはらむことです。ですが、あなたならば」

絳は助けを求めるように声を強めて、紫蓮に訴えかける。

「あなたは屍の声を聴くことができ、なおかつ——先帝陛下の姑娘だ」

紫蓮は紫の眼をゆがめた。

「……先帝は紫蓮なんていう卑賤《ひせん》な姑娘がいたことも、とうにわすれていただろうけれどね」

怨みごとをこぼすように紫蓮がつぶやいた。

宮廷において、綏紫蓮が皇姫《こうき》だという事実は意識して隠されているわけではなかった。だが、後宮で最も身分の低い妾《しょう》が産んだ姑娘だ。もとから廃されているようなもので、彼女を姫として扱うものはいいなかった。

風が吹きつけ、窓を蓋《おお》っていた帳をごうと膨らませる。それは何処か、火が燃えさかるのとも似ていた。熱のない昏い火だ。

「先帝の骸《むくろ》はすでに埋葬された。僕には確かめようがないし、関係のないことだよ」

「ですが」

紫蓮の眼差しは凍てついている。彼女は絳を睨みつけ、拒絶する。

「諦めてくれたまえ、きみの頼みは聴きいれられない」

張りつめた一拍を経て、絳は取り繕うように微笑した。

「わかりました。今晩はひきさがります。ですが――」

絳は紫蓮に触れるか触れないかのところに腕をつき、壁にぐっと身を寄せてきた。壁ぎわにいた紫蓮は捕らえられるかたちになる。

「な、にを」

「あなたは死を愛し、死に愛されている」

絳は鼓膜に息を吹きこむように囁きかけてきた。

「それは、死に縛られているということですよ。あなたがどれだけ先帝を怨んでいようと、あるいは怨んでいるからこそ、死のほうがあなたを絡みとって離さないはずだ」

息もできずに身を強張らせる紫蓮にたいして、絳は蜜のようにまとわりつく声で続ける。

「あなたは、先帝陛下の死に呪縛されている」

「……！」

「ふふ、先帝のことを怨んでおられるのですね。……願ってもない幸いだ」

心から嬉しそうに絳は唇を弛《ゆる》ませた。

「……なぜ、笑うんだい」

「さて、なぜでしょうか」

理解できない。

「強いて言うならば、そうですね。あなたのことが、さらに愛しくおもえたから、でしょうか」

彼はさながら不知火《しらぬい》だ。しらじらと燃えているのに、近寄るほどに遠ざかる怪異《かいい》たる海の火。つかみどころがないというよりそもそも実《じつ》がないような虚ろさを感じる。

「つまらない冗談は」

「冗談ではありませんよ。私はあなたには誠実でありたいとおもっています。言ったでしょう？はじめて好きになった姑娘《ひと》に嫌われたくないんですよ」

それでいて、彼はこの期におよんでも、紫蓮に触れることだけはしていないのだ。指先ひとつ、彼女にかすめることがないよう、神経を張りつめているのがわかる。

「あなたはきっと、私とおなじだ」

絳は愛しげにそう囁きかけて紫蓮から身を離し、背をむけた。

「ああ、ひとつだけ伝えさせてください――先帝があなたをわすれたことはありませんでしたよ」

慈悲めいた呪詛を残して、絳は去っていった。

残された紫蓮は崩れるように壁にもたれこむ。

静まりかえった殿舎に夜の風が吹く。死んだ花の香を乗せた風だ。紫蓮は額をおさえ、呻くようにつぶやいた。

「なんで、いまさら……」

想いださせるのか。

五年前のことは、とうに終わったはずだったのに。

そう考えながら、ほんとうは紫蓮もわかっていた。

なにひとつ終わってなどいない。ほんとうに終わっていたら、夜ごとの夢に現れたりはしない。

紫蓮はまだ、ふたりの死に縛られている。

✦

皇帝が、死んだ。

いまから五年前の晩夏のことだった。

宮廷は嘆きの渦につつまれ、民は哀惜《あいせき》の涙で都を海に変えた。弔意《ちょうい》を表す白い幟《のぼり》が地吹雪のようにひるがえるなか、皇帝の訃報は後宮のはずれにある離宮にも舞い降りた。

皇姫《こうき》である綏紫蓮《スイシレン》はその時、庭で死にかけている蜻蛉《とんぼ》を取りとめもなく眺めていた。

父親が死んだというのに、紫蓮の心にはさざ波すら起こることはなかった。

蜻蛉が死んで逝くのとおなじだ。

紫蓮は産まれてから一度も、先帝と逢ったことがなかった。

母親は皇帝がいかに素晴らしいひとか、事あるごとに語っては姑娘に聴かせてきた。仁徳があり、奴婢《ぬひ》も士族も分けへだてなく接する懐《ふところ》の深い御方だと。

母親は皇帝を愛していた。それでも先帝の馬車が離宮を訪れることはただの一度もなかった。

だから、紫蓮が実の父親に逢ったのは、彼が死んだ時だった。

訃報から程なくして、豪奢な柩に横たえられた皇帝の屍が担ぎこまれてきた。後宮の死化粧師であった母親のもとに。

母親は柩をあけるなり、泣き崩れた。母親の取り乱した様に紫蓮は肝を潰して、思わず後ろから柩のなかを覗きこんだ。

そこには地獄の亡者《もうじゃ》よりも惨たらしい屍があった。

紫蓮は母に死化粧を教わりながら、様々な屍を検視してきた。腐乱しているものもあれば、ばらばらになったものもあった。だが、これほどまでに酷い屍は視たことがなかった。

顔が、異様なかたちに崩れている――

しかしながら、紫蓮を竦《すく》ませたのは凄惨な死に顔ではなく。

皇帝の眼だった。

（紫だ）

ひきつれた瞼から剝きだしになった眼だけが、紫蓮とまったく一緒だった。

それきり母親は涙をみせることなく、皇帝の竜顔《かお》を復元した。愛しげに微笑みながら語りかけ、夫婦ふたりきりの最後の時を惜しむように死化粧を施す母親の姿は、とても美しかった。

愛だとおもった。

母親はほんとうに皇帝を愛していたのだと。

その時に紫蓮は理解した。

死化粧とは死者のためのものではない。遺されたものが未練を絶ち、死んだ愛を葬るためのものなのだと。

だが、母親は復元の手順はおろか、復元した皇帝の屍すら紫蓮にみせることはなかった。なぜだったのか、今となってはわからない。

紫蓮の母親が死んだのはそれから七日後のことだった。

＊＊＊

燈火の絶えた部屋のなかでうずくまり、昔のことを想いだしていた紫蓮はか細い息をついた。

絳がなにを考えているのかはわからない。

だが、彼は紫蓮の知らないなにかを知っている。

「姜絳、きみの言う通りだよ、僕は」

紫蓮はこれまで五百を越える屍を葬ってきた。だが、たった一度だけ、死化粧に失敗したことがある。

母親の、屍《したい》だ。

「死に呪われている」

葬れなかった母親の死。葬られたところをみることのできなかった父親の死。

そのふたつが、いまだに紫蓮を呪縛している。

窓から風が吹きこむ。花に嵐の予感を漂わせていた。

死を愛づる姑娘と死を索《さぐ》る男の命運を暗示するかのごとく、月を喪《なく》した天《そら》は昏い。

されども、中天《なかぞら》では星がふたつ、陰《かげ》を退《しりぞ》けて瞬いていた。

# 第二章

## 怒りの屍

後宮に盛夏《せいか》がきた。

軒端《のきば》に飾られた風鈴の音までもが、涼を運ぶどころか暑苦しく感じるほどの酷暑が続き、後宮の華たる妃妾《ひしょう》たちもしおれはじめていた。

それでも、ひらかれた後宮に華を欲する男たちが途絶えることはない。

蝶が舞うかぎり、咲き続けるのが華の役割だとばかりに妃妾たちは意地でも着飾っていた。だが、女官たちにたいする態度は刺々しく、暑さでいらだっていることは疑いようもなかった。

「これだから、離宮の外にでると碌なことがないんだよ……」

綏紫蓮《スイシレン》はうんざりとしていた。

離宮には月に一度、食物や備品が支給されるようになっている。だが、化粧道具一式が荷から抜けており、紫蓮は後宮庁舎まで取りにいかねばならなくなった。

ひきこもり妃である紫蓮にとっては、昼から外にでるだけでも燃えさかる火を渡るほどにつらいことだったが、帰りがけに最悪の現場にいあわせてしまったのである。

「新人のくせに調子に乗ってんじゃないよ」

「あんたなんか年老いて後宮からつまみだされるまで何処にも嫁げっこないわよ、このぶさいく」

妃妾に八つあたりされた憂さを発散するためか、女官たちが寄ってたかって新人女官を取りかこみ、いじめていた。

「髪飾りなんかつけちゃってさ、ばかみたい」

女官たちは新人女官の髪飾りを奪い、池に投げこむ。それどころか、腕を伸ばす新人女官を突きとばし、橋から突き落としたではないか。

「やだあ、泥だらけできたなあい」

「ね、これ、さすがにやばくない？」

女官たちはしばらくは笑っていたが、やりすぎたと思ったのか、散り散りに逃げていった。

落ちた女官は泳げないのか、水を搔きわけてもがいている。

厄介事にまきこまれるのはごめんだ。浅い池だし、さすがに溺死することはないだろう。紫蓮は通りすぎようとしたが「助けて」という必死な声に後ろ髪をひかれる。

いつだったか、紫蓮も池に突き落とされたことがあった。呼吸ができず、もがくほどに藻が絡みついてもうだめかとおもったとき、通りがかった妃が助けてくれたのだ。

「まったく、やれやれだよ」

紫蓮はため息をつきながら、橋のたもとに荷を置き、女官を助けにむかった。

触れてもだいじょうぶなように手套《てぶくろ》をはめてから、腕を伸ばして声をかける。

「ほら、つかまってごらん」

「なっ、なんで」

「こまっているひとを助けるのに、理由なんかいらないよ」

微笑みかければ、女官は安堵して腕をつかんできた。

だが、わすれてはいけない。紫蓮は運動神経もなく、腕力も握力も猫の手ほどしかないということを。紫蓮は女官をひきあげるどころか、つかまれた途端に体幹を崩して一緒に池のなかに落ちていった。

盛大なしぶきがあがる。

女官は声にならない声をあげたあと、絶叫する。

「ほんとになんで、助けようとしたのよおぉぉ」

＊＊＊

結局、紫蓮と女官は仲良くずぶ濡れになって、命からがら池からあがってきた。夏の真昼だったのが幸いした。冬だったら、ふたりとも風邪をひいていたに違いない。

「その……なんだかごめんよ」

「いいわよ、べつに。それに……助けてくれようとしたのは嬉しかったし。まさか、一緒に落ちてくるとはおもわなかったけど」

女官はあきれながら、ころころと笑った。

一重《ひとえ》の眼が弛《ゆる》やかになって、あがったばかりの細い月を想わせる。頰にあるほくろといい、愛嬌のある顔だちをしていた。

「それにしても、なんであんなにいじめられていたんだい」

「髪飾りつけてたら、ばかにされてさ。もともと、他の女官たちから仲間外れにされてんの。ほら、あたし、ぶさいくだから」

女官がまた笑った。今度はひきつれたような笑いかただ。

「ふうん、変なことをいうね。君はぜんぜん不細工なんかじゃないよ」

「やだ、気を遣わないでよ。わかってんの、あたし、眼だってこんな変だし」

「一重《ひとえ》なんだね。眼瞼挙筋《がんけんきょきん》が枝わかれしていないから、瞼板軟骨《けんばんなんこつ》に瞼《まぶた》の皮膚が折りたたまれないというだけだよ。変なところなんて何処にもないけれどね」

「がんけんきょきん？　けんばんってなによ」

聞きなれない用語の連続に女官がぽかんとなる。

「でも、強いて言うならば、化粧があっていないね」

紫蓮は橋のたもとに置かれた荷を解いた。

「ちょっと、こちらをむいてごらん」

「な、なになに」

「せっかくだから、施してあげるよ」

乾いた布で濡れていた女官の顔を拭いてから、紫蓮は香粉《おしろい》をはたいた。黛《まゆずみ》をひいて、彼女が劣等感をもっている一重まぶたに眼影《アイシャドウ》を施していく。

「一重だと眼もとを強調したくなくて、眼影《アイシャドウ》を薄めにしがちだけれどね、じつは濃いめの眼影でも品のいい印象になるのが一重の特権なんだよ。かわりに華やかな緋色《ひいろ》とか珊瑚色《さんごいろ》あたりを取りいれて、暗くなりすぎないように」

息のあるものに化粧を施すのはいつ振りだろうか。

腫れぼったくならないよう、眼もとの紅は目頭の部分にぼかして入れ、下睫のところにはもう一段階、淡めの紅を乗せた。最後に細かな箔《ラメ》を散らす。

「ほら、一重がいっきに華やいだだろう？」

鏡をみせる。

女官が息をのんだ。

「うそ、これが、あたしなの？」

厚ぼったかった一重がすっきりとして、それでいてぱっと雅やかな印象を振りまいている。いっけんすれば近寄りがたい美人感を漂わせているが、微笑すると愛らしく、その落差が魅力的だ。

感激して、女官はきらきらと瞳を輝かせる。

「これだったら、ご寵愛《ちょうあい》も夢じゃないかも」

斎の後宮にあがった女官に与えられた道は三通りだ。

年季が明けるまで働き続けるか。女官を統轄する命婦《みょうぶ》にまで昇進して知命《ちめい》（五十歳）まで勤めあげ、莫大な報酬を貰い退職するか。高官に寵愛されて娶られるか。

昇進なんてどうでもいいから、高官の妻になって玉《たま》の輿《こし》に乗りたいと考えている女官が殆どだと、紫蓮も噂には疎《うと》いなりに聞きおよんでいた。

「そんなに嫁ぎたいものかな。良い官職についているとはいえ、どんな男かもわからないのに」

「条件のいい男をつかまえてこそ、後宮にあがったかいもあるってもんよ。胸を張って家族にも報告できるわ。それにどんな男だろうと、働きもせず麻雀《ばくち》ばっかしてる親父とか、貧乏でけちくさい商人なんかに嫁ぐよりも、ずっと幸せだもの」

「……たとえがえらく、なまなましいね」

　女官は地方士族や役人といった良家の姑娘から選ばれるものだ。正確には親が姑娘を差しだすようなかたちだろうか。器量がよければ、後宮についてから女官ではなく妃妾になることもある。良家とはいっても地方士族や役人たちは貧しいため、姑娘が地位のある男に嫁がないかと期待を寄せて送りだすのだろう。

「命婦《みょうぶ》になるっていう道もあるけど、努力に努力を重ねて、やっと昇進できるかどうかだもんね。冉《ゼン》命婦みたいにはとてもなれないわ」

　紫蓮が瞬きをする。後宮で有名な命婦なのだろうか。

「あれ、知らないの？　現皇帝陛下の養育係を務めたひとなんだけど」

　紫蓮は万年離宮にひきこもっているので、後宮の命婦にも女官にも知りあいがいないどころか、かかわることがまず、ない。

「ほんとにすごいひとだったのよ。若い時はたいそうな美女だったらしいけど、身持ちが堅くて、男を近寄らせないどころか蹴散らすくらいだったとか。仕事一徹で、男だったら尚書《しょうしょ》まで昇進していたでしょうね」

「へえ、そんなひとがいたんだね」

　女の身で仕事一徹か。よほどに強い信念のもとに突き進んできたひとなのだろう。

「五年前かな。華々しく退職されて。最後まで格好よかったわ。憧れはするけど、あたしはいい男をつかまえて楽をしたいなあ」

「それはそれで、たくましいことだね」

紫蓮は苦笑いをこぼす。

「でも、これでなんとかなるかも。ありがと、こんな眼でも可愛くなれるんだってわかって嬉しかった」

女官は頬をそめ、よりいっそう可愛らしい笑顔になる。

「それはよかったよ。化粧というものは他人のためじゃなくて、自分が自分を好きになるために施すものだからね」

「あなたって、変わっているのね。喋りかたもそうだけど」

「まあね」

変わっているどころか、後宮の妖妃《ようひ》とまでいわれているのだが、それについては紫蓮は敢《あ》えて触れなかった。

「また逢えたらいいわね、あっ、服をみるかぎりだとあなた、妃妾だったりする？　なら、あなたの宮つきの女官にしてくれてもいいのよ？　たまにお小遣いくれたらいっぱい働いたげるから」

ぶんぶんと濡れた袖を振って、女官は橋を渡っていく。賑やかな女官の声が蟬みたいに耳に残る。

紫蓮は苦笑しつつ、荷をまとめなおした。

その帰り道で、いつだったか窓から水をかけてきた妃妾の宮を通りかかった。妙に静まりかえっている。燈火は絶え、女官の声すら聴こえてこない。どうしたものか。

「紫蓮《シレン》」

　後ろから声をかけられた。響きのよい穏やかな声だ。

　宮に気を取られていたため、おどろいて振りかえれば、さわやかでありながら何処か陰《かげ》のある風《ふう》姿《し》の官吏《かんり》がたたずんでいた。夏の暑さをいっさい感じていないかのような涼やかな眼もとを細めて、彼は紫蓮に微笑みかけてきた。

　姜絳《キコウ》だ。

　紫蓮があからさまに後ろにさがる。

「ひどいな、そんなにいやがらなくてもいいじゃありませんか」

　絳はこまったように微笑んだ。

「反省がない、というのはどうかとおもうよ」

　最後に逢ったとき、絳は紫蓮に頼みごとをもちかけてきた。いわく、先帝の死の真実を解いてくれと。紫蓮は拒絶したが、絳は「死に呪縛されたあなたは先帝の死から遁《のが》れられない」と揺さぶりをかけてきた。

　警戒されても致しかたがないというものだ。

「そうですか？　私はあなたとの約束を破ったりはしていませんよ。あの晩だって、あなたには指先ひとつ、触れてはいないはずです。それなのに、そこまで露骨にいやがられると――まあ、それはそれで嬉しいですが」

「嬉しいんだ……」

「嬉しいですよ。私はあなたのことが好きなので、あなたにむけられる感情はどんなものであろうと――って、どうしたんですか、またずぶ濡れではありませんか」

絳がかけ寄ってきた。腕を伸ばしかけ、彼はいったんやめる。

「綺麗な御髪《おぐし》に水藻がついていています。……髪にならば触れてもよろしいですか？」

絳は律儀だ。紫蓮がいやだといった境界線はなにがあろうと破らない。警戒するのが馬鹿らしくなってきて、紫蓮はため息をついた。

「ありがとう。髪だったら、いいよ。ちょっといろいろとあってね」

「どなたかに突き落とされたわけではないのですね？」

「それはだいじょうぶだよ」

「安心しました。ほら、取れましたよ」

たいせつなものを扱うように髪を梳《す》いて、絳は名残惜しそうに指を離す。

「ところで、ここの宮がやけに静かなんだけどね。なにか、知っているかな」

「廃宮《はいぐう》になりましたよ」

静まりかえった殿舎を眺め、絳がにっこりと笑った。

「え」

「こちらの妃妾は宦官と密通《みっつう》していた罪で、後宮から追放されました。叩けば意外とかんたんに埃がでるものですね」

「なんで、そんなことを」

「だってあの妃妾はあなたをずぶ濡れにして、水桶を投げつけたんですよ」

絳がきていなかったら、紫蓮は頭に水桶があたって気絶していたに違いない。死にはしないだろうが、確実に怪我はしていた。

「でも、僕は別段、罰を与えてほしいなんて」

「そうですね。あなたはそういうひとだ。ですが、あなたは許しても、私は到底許せない」

微笑んでいるのに、眼だけが笑っていない。剣呑なものが漂っていた。

「上級妃妾が下級妃妾を虐げても、罪に問うことはできない。なので、捜しました。報いを与えられるだけの罪を――ちょっとばかり時間がかかりましたが、この通りです」

ああ、そうか、彼は怒っているのだ。

「ふ……」

紫蓮は思わず噴きだす。

「僕なんかのために怒るなんて、きみはほんとうに変わりものだねぇ」

報復なんてしてほしかったわけではない。それでもちょっとだけ、嬉しかった。これまで、こんなふうに紫蓮のことを想ってくれるひとはいなかった。

空っぽになった宮から視線を外して、絳は「そういえば」と話題を変えた。

「先程の女官はお知りあいなのですか？　親しげに喋っておられましたが」

「意外だったかな」

「まあ、そうですね。あなたは友人はおろか、知人もおられないものだとおもっていたので」

つまり、ぼっちではないか。

「けっこう辛辣なことを言うよね、きみ」

「ですが、あなたは傷つかないでしょう」

「これっぽっちもね。それにおおかた、あたっているとも。でも、僕にだって友だちはいたんだよ。後宮から嫁いでいってしまったけれどね」

「皇帝から下賜《かし》された、ということですか」

「便宜上はね」

ひらかれた後宮になってから下賜の意が変わった。昔は功をたてた官人に皇帝が後宮の妃をさげ渡すものだったが、今はある程度の役職があれば後宮から好きな妃妾を娶ることができる。

「やさしい妃妾《ひと》だったよ。喘息《ぜんそく》があってね、よく呼吸ができなくなっては倒れていた。嫁ぎ先ではたいせつにされて、幸せになっていればいいのだけれどね」

先程の女官ではないが、貧しい家に嫁ぐよりは穏やかな暮らしができているはずだ。

「なんという妃妾でしたか。こちらで調べることもできますよ」

「胡琉璃《コルリ》妃だよ」

めったなことでは微笑を絶やさない絳の表情が掻き曇った。

「じつは、あなたに依頼がきています」

絳が話の流れを堰《せ》きとめて、言い渡す。

「後宮から嫁いでいった妃妾が逝去《せいきょ》されました。遺書には『後宮の綏紫蓮妃に死化粧を施してもらい、美しく葬ってほしい』と書かれていたそうで」

紫蓮はこの段階で依頼者に察しがついてしまった。

「胡琉璃《コルリ》という妃です」

「そう、か」

紫蓮が睫をふせた。

紫蓮は死を嘆かない。ゆえに紫の双眸を陰らせても、唇から微笑を絶やすことはなかった。それが死を葬る技師としての誇りだ。

「ひとは死ぬものだからね」

愛していようと、恨んでいようと、家族だろうと他人だろうと、死は平等だ。

命あるかぎりは死にいたる。

あとはいかにして、死んだのか、だ。

「約束を、したんだよ」

紫蓮は哀しいほどに晴れた空を振りあおいだ。

雲ひとつない碧羅《へきら》の天だ。しんと眼にしみる。微かに涙が滲んできたのは空があんまりにも青すぎるせいだ。

「彼女がいつか、死ぬことがあれば——素顔で葬るとね」

想いかえせば、紫蓮と琉璃《ルリ》が逢ったのもこんな酷暑の夏だった。

まだ幼かった紫蓮は青空を映す池に突き落とされ、溺れていた。死にかけていた紫蓮を微笑んで、助けてくれた彼女の姿は、七年経った今でも昨日のことのように想いだせる。

れた紫の瞳が覗いた。

男物の服を身につけた姑娘——紫蓮が倒れこむ。肩にかかるほどに切りそろえられた髪から、濡

女官は怒鳴り声をあげ、幼い姑娘の腕を振り払った。

「死に穢《けが》れた身で、宮にあがらないでちょうだい！」

✦

紫蓮が七歳になったばかりの時だ。母親が熱をだして、倒れた。

うなされながら皇帝の御名《おんな》を呼び続ける母親をみるにたえかねた紫蓮は、皇帝が後宮にきているると聴いて、なんとか逢おうとした。一度だけでもいい、母様に逢っていただけませんかと頼みたかった。だが、皇帝がいるという殿舎の橋にたどりついたところで女官たちに阻まれた。

「おねがいします、陛下が、皇帝陛下がこちらにおられるのでしょう？　どうか、逢わせてください。ぼくは皇帝陛下の御子《おこ》です、ひとかけらでもお慈悲があるのならば」

「ねずみのように卑賤《ひせん》な身で、陛下の御子だと語るとは！」

「なんて浅ましいのかしら。けがらわしい職についているものは根性まできたないからいやだわ」

母親を侮辱され、紫蓮はたまらずに声を張りあげる。

「違います。母様のおしごとは、けがらわしくなんか、ありません」

紫蓮は幼心《おさなごころ》ながらに死化粧師という母親の職を誇りにおもっていた。

母親がいかに誠意をもって死にむきあい、屍を扱っているのか。紫蓮は絶えず、側で見続けてきた。腐敗を遠ざけ、崩れてしまった部分を復元する。香粉《おしろい》をはたいて紅をさし、最期に一度だけ、死者に息を吹きこむのだ。

それはともすれば、奇蹟のような。

「母様はちゃんとなすべきをなして、後宮におります。だれにも、ばかにされるいわれなんてありません」

「なによ、なまいきね」

幼い姑娘がこんなふうに反論するとは想わなかったのだろう。女官たちが眉をつりあげた。

「どうせ、おまえが産まれたのだって、なにか卑劣な手段を弄したに違いないわ」

「ほんとは宦官とのあいだにできたんじゃないの」

「男の服を着せて、男の言葉遣いをさせているのも、皇子《おうじ》ではなかったことを悔やんでのことでしょう？　なんて執念深いの」

紫蓮の瞳がゆがむ。

「そんなこと」

ないと言いかけて、声がつまる。

「どっかにいってちょうだい、死の穢れを振りまかないで」

女官が思いきり紫蓮を突きとばす。「あ」と声をあげ、紫蓮が橋から転落した。さすがにまずいとおもったのか、女官たちは慌ててその場を後にする。

「っ……かっ、たす、……け」

真夏のなまぬるく濁った水が喉に絡みつき、呼吸もできない。もがいても水藻を掻くだけで、浮かびあがることもできない。

溺れる――すぐ側に死を感じた。意識が遠ざかっていく。

「まあ、なんてこと」

誰かに腕をつかまれ、抱き締められるように紫蓮は助けだされた。

「ひどいわ、こんなに幼いこどもを突き落とすなんて。ほら、呼吸をして……」

背をさすられて咳こみながら、紫蓮はなんとか息をする。

華が綻ぶように微笑んでいる妃の姿がぼやけた視界に映る。

場違いなほどに嬉しそうな笑顔。とてもではないが、溺れかけていた姑娘に投げかけるものではない。

それが胡琉璃《コルリ》という妃だった。

＊＊＊

紫蓮には七歳まで、友だちといえるものがいなかった。

死化粧妃の姑娘だと知って、喋りかけてくるものはいない。遠ざけられるか、いじめられるかだ。

だが、胡琉璃だけは紫蓮が素姓を明かしても態度を変えなかった。それどころか、庭などで逢うと声をかけてきてくれるようになった。

他愛のないことを喋っているうちに、これが友だちというものなのではないかと紫蓮は思いはじめていた。

琉璃《ルリ》は笄年《けいねん》（十五歳）になったばかりで、後宮でも比肩《ひけん》するものがいないほどに美しかった。だが、貧しい士族の出身で芸事にも秀でていないため、皇帝の眼にはとまらないだろうと囁かれていた。加えて、彼女には喘息があった。喘息はうつるものではないが、無知な妃妾たちはあからさまに彼女を避けていた。

「紫蓮、また、いじめられたのね」

紫蓮が散りそうな梔子《くちなし》を眺めながら涙をこらえていると、琉璃が後ろから声をかけてきた。

振りかえれば、琉璃がいつもどおり、にこにこと微笑を振りまいていた。紫蓮のことを真剣に案じているとは想えない。それどころか、おもしろがっているのではないかと疑えるほど、琉璃の笑顔には屈託《くったく》がなかった。

「つらかったわね」

それなのに、彼女の微笑はいつだって、冬のにおいがするのだ。

「みんなが言うんだ。母様がなさっていることは、けがらわしいことだって。屍に触れるばかりか、腹を割《さ》いて腸《はらわた》を掻きだすおぞましい職だって」

黄ばみはじめていた梔子が、落ちる。

「でも、あなたはそうは想わないのでしょう？」

「おもわない。だって死んだひとを、いちばん幸せだった時にもどしてあげるおしごとなんだから。ちぎれたところをつないで、へこんだところをなおして、お別れの時に笑ってさようならができるようにするんだって母様が教えてくださった。だけど――」

他人《ひと》からどう想われていても紫蓮は傷つかなかった。そういう諦めを、七歳にしてすでに身につけていた。だが、皇帝陛下――彼女の父親が、母親の職をけがれたものだとおもっているのだとすれば、紫蓮はたえられないほどにつらかった。

紫蓮はいい。どうせ逢ったこともない父親だ。思慕《しぼ》を抱いたこともなかった。だが、母親はいつだって、皇帝のことを愛し、慕い続けていた。

姑娘である紫蓮に父親の影を捜すほどに。

黙ってしまった紫蓮をみて、琉璃はなにをおもったのか。

「紫蓮、どうか、変わらず誇りに想っていて」

ふわりと抱き締めてきた。

「一度だけね、後宮で執りおこなわれた葬礼に参列したことがあるの。階段から落ちて頭を強く打ちつけたとか。でも、柩に横たえられた妃様は眠っておられるみたいに穏やかで、割れてしまったという額もきれいになっていたわ。ほんとうに美しかった」

だからねと琉璃は続けた。

「恥じることはないのよ。胸を張って。死化粧師は素晴らしい役職《おしごと》なのだから」

これまで、紫蓮は一度たりとも、他人《ひと》からそんな言葉をかけられたことはなかった。

紫蓮の瞳からほつり、涙がこぼれた。菫《すみれ》の露を想わせる雫がひとつ、ふたつと地を濡らす。とめどなくあふれ続ける涙を、琉璃はやさしく拭いてくれた。

「うらやましいわ。あなたは涙が流せるのね。死んだひとのために泣いてあげることも、できるのね」

紫蓮は瞬きをする。

「まさか、あなたが微笑みを絶やさないのは」

「……そうなの。微笑むことしか、できないのよ」

何処までも穏やかな、雲雀のような声で彼女は言葉を紡いでいく。

「わたしってなんにもできないでしょう？　舞もできなければ、箏《こと》も弾けない。機《はた》を織れば縒《よ》れて縮《ちぢ》れるし、詩《うた》はちっとも風情がない。無理して動いたら、咳がとまらなくなって迷惑ばかり」

彼女は女らしいことが、なにひとつできなかった。

「でも、ほら、器量だけはいいのね」

人差し指を頬にそえて、彼女は華の貌《かんばせ》を誇る。

透きとおるような珂雪《かせつ》の肌にぽってりと潤みを帯びた唇。樹氷のような睫に縁どられた瞳は微睡《まどろ》むようにあまやかで、いやみにならない艶めかしさを漂わせていた。完璧だ。佳人《かじん》のことを〈物言う花〉とたとえるが、彼女はまさにそれだった。

「だから、微笑んでいれば、殿方に可愛がってもらえるはずだって教えられたの。育ててやったんだから、身分のある男に嫁いで恩をかえせってね。それからというもの、ちょっとでも微笑を絶やすと、微笑むまで殴られるようになった」

紫蓮が絶句する。こんなに酷い話をしている時まで、彼女は幸せそうに微笑み続けている。それがたまらなく紫蓮の胸を締めつけた。

「咳が続いて死にかけた朝も、大事に飼っていた猫が死んだ晩も、笑顔を絶やすことは許されなかったわ」

「それは」

心を殺して、華になれと強いることだ。

「五男坊だけが、僕と一緒の時だけは涙をながしてもいいんですよって許してくれたのだけれど」

罅割《ひびわ》れていた杯《はい》が砕けて壊れるように彼女は笑った。

「ふふふっ、もう、おそかったの」

杯はとうにからっぽだ。ひとしずくたりとも涙があふれることはなかった。

嬉しくてしかたがないとばかりに彼女は鈴の声を奏でる。だが、それは次第に咳へと変わった。

喋りすぎたせいか、咳がとまらなくなる。

「つらかったね……」

他に掛ける言葉が、どうしてもなかった。

なぐさめひとつ、想いつかないかわりに紫蓮は震える友の背をなで続けた。

「つらかった。そう、つらかったの、ありがとう」

彼女はそう繰りかえして、やはり、笑った。

「でもどれだけつらくても哀しくても、腹だたしくても、わたしにできるのは微笑むことだけなの」

青ざめて紫になってきた唇から、咳と一緒に血がこみあげてきた。それでも、幼い時からすりこまれた微笑が崩れることは、ない。

「だから、ねえ、紫蓮にお願いがあるの」

琉璃は縋《すが》るように紫蓮の手に指を絡め、訴えてきた。

声も、唇も、眼も、微笑んでいる。だが、紫蓮にだけは彼女が今、泣き崩れているのだとわかった。どれほど真剣に願いを託しているのかもまた。

だから紫蓮はこたえるかわりに琉璃と額をあわせた。

死にかけた心の声を聴き逃すまいとするように。

「紫蓮がいつか、死化粧師になる時がきたら、その時はあなたがわたしのことを葬ってね——わたしの真実《ほんとう》の、顔で」

✦

胡琉璃《コルリ》の屍は納棺され、離宮に運びこまれてきた。

蓋を外す。現れた女の顔は死んでもなお、完璧な微笑を湛えていた。

「やあ、久し振りだね」

紫蓮は親友と再会したような口振りで、物言わぬ屍とむかいあった。

姜絳からは病死だったと報告された。

琉璃は春の終わりごろから喘息が酷くなって、著《いちじる》しく体調を崩していたという。朝になっても起きてこないため、女官が寝室に声をかけにいったところ、すでに事切れていたそうだ。事故ではなく病死ということもあって、屍に損傷はなかった。だが、あれほど綺麗だった肌は死斑《しはん》に侵蝕されている。

報告によれば遺体発見時、琉璃は床に膝をつき、背を折りまげて寝台に上身を乗せるかたちでうずくまっていたとか。寝台にうつぶせに倒れて胸部と腹部を長時間にわたり圧迫していたためか、死斑は背だけではなく腹や胸にまで拡がっている。

人は、死ぬものだ。あとはどう死んだか、だ。

死斑を指圧《しあつ》する。

背部は圧迫すればすぐに、腹部は体重を掛ければ、死斑が退色した。

「死後半日は経過、かな」

死斑とは循環の停まった血液が遺体下部に沈滞して、皮膚組織に浸透することで起きる。死んでから五時間ほどだと死斑の定着も進んでいないので、指圧することで斑紋《はんもん》は薄くなる。

背部に比べて腹部の死斑の定着が進んでいるということは、彼女は死後七時間ほどは寝台に倒れていたと考えられる。そのあと、遺体があおむけに動かされたので、背にも死斑が生じたのだ。

「死亡推定時刻は昨晩の鶏鳴《けいめい》の正刻《せいこく》（午前二時）だね。眠っていて呼吸に異常を感じ、起きだしたはいいが、女官たちを呼びにいくこともできず事切れたのかな」

唇はすでに潤いをなくして、しぼみはじめていた。だが、口角だけは縫いつめたようにあがっている。死後は頬などが弛《ゆる》み、表情がなくなっていくのが常識だというのに。

彼女は息絶えたあとも、親の呪詛に縛られているのか。

「それとも、嫁いだ先では、ちゃんと幸せだったのかな」

いまから五年前、先帝が崩御して後宮がひらかれたとき、琉璃は変わらずに微笑みながら「嫁ぐことになったの」といった。

相手は牟勇明《ムユウメイ》という武官で、役職は衛尉卿《えいいけい》だという。

衛尉卿といえば、宮廷の門を守衛する兵の指揮を掌《つかさど》る官職だ。有事の際には都の暴動の鎮圧など治安維持にあたる長官である。つまり身分が高い。

「幸せになれるかしら」

琉璃はつぶやいた。

言葉の端から心細さがにじむ。

十七歳の身で、まともに逢ったこともない男に嫁ぐのだ。不安ではない、はずがない。

励ますこともできず。なぐさめることもできず。紫蓮は言葉を捜し続けて、想ったことをひとつ、つぶやいた。

「……あなたは、幸せになるべきひとだと、僕はおもうよ」

ともすれば、それは死にたいして祈らない紫蓮の、せめてもの祈りだったのだ。

別れの時を想いだしながら、病と闘い続けた友をいたわるように清拭する。

足を拭おうとしたとき、琉璃の足が異様なほどに張って、膨らんでいることに気づいた。浮腫《むく》みだ。紫蓮は強烈な違和を感じた。

日頃から屍に触れ、検視にたずさわってきた紫蓮の勘が異常だと訴える。

紫蓮はただちに腹部の死斑を再確認した。

「これは……」

腹部にある死斑の一部だけ、どれだけ指圧しても消退《しょうたい》しなかった。

緊張して医刀《メス》を執る。

ひと息に琉璃の腹を割《ひら》いた。

手套《てぶくろ》をはめ、腹腔《ふくこう》に指を差しいれる。慎重に腎《じん》を取りだした紫蓮は息をのむ。強く唇をかみ締めたが、こらえきれずに涙がひとつ、こぼれた。

「そうか、そうだったのか、………つらかったね」

紫蓮は彼女の哀しみに値する言葉を持たない。いつだって、そうだ。

でも、たったひとつ、死化粧妃だけにできることがある。

「約束は、果たすよ」

紫蓮の眼のなかで激しい怒りが、燃えた。

都にある衛尉卿《えいいけい》の邸《やしき》では、朝から盛大な祭りが催されていた。

中庭では芸妓《げいぎ》が舞を披露し、葬礼相声《そうれいそうせい》という漫才師《まんざいし》が賑やかに弁舌を振るっている。食卓にはご馳走がならび、日も高いうちから黄酒《ホアンチュウ》が振る舞われていた。軒から提げられた垂れ幕は白。

祭り——いや、これは葬礼だ。

衛尉卿である牟《ム》勇明《ユウメイ》の妻が昨日、逝去した。

斎においては葬礼の規模は家の格を表し、大勢の人が参列するほどに家の権威があがる。よって牟《ム》も催物《もよおしもの》を執りおこない、見境なく参列者を集めていた。騒ぎを聴きつけたものがのべつ幕なしに群がって、邸の敷地に収まりきらずに塀の外側にまであふれるほどだ。牟勇明はたいそう満足げで、妻の死を嘆いている様子はまったくといっていいほどになかった。

「旦那様、そろそろ開棺《かいかん》となります」

「ふむ」

妻の遺言書に書かれていた通り、屍の修復は後宮の死化粧師に依頼した。

かねてから、後宮の死化粧師は優秀だという噂は聴き及んでいた。準備でばたついていたため、後宮から帰ってきた柩のなかはまだ確認できていなかったが、支障はないだろう。

牟勇明は咳払いをして声を張りあげ、祭文《さいもん》を読む。

「最愛の妻。胡琉璃《コルリ》。彼女を妻に娶ったことは私の最大の幸福であった。お集まりくださった皆様がたも妻の冥福をお祈りください」

哀歌《あいか》が奏でられ、それにあわせて哭女《なきめ》という演者たちが大声をたてて号泣を始める。哭女だけでも三十人はいる。泣き声が多いほど名誉と考えられるためだ。

柩が、ひらかれた。

花を捧げようと柩を覗いた参列者たちが、絶叫した。

腰を抜かすもの、列にならんでいたものを突きとばして逃げだすもの、なにがあったのかと身を乗りだすものと、あたりは蜂《はち》の巣をつついたような騒ぎになった。

「な、なんだ、いったい」

遅れて柩を覗きこんだ牟勇明が絶句する。

琉璃の死に顔は鬼のような憤怒を漲らせていた。眼を見張り、眉をつりあげて、歯が剝きだしになるほどに口をあけている。今にも動きだし、喉もとに喰らいついてきそうな鬼気せまる形相だ。

「祟りだ！」

「呪われちまうぞ！」

怨嗟に満ちたその表情をみた参列者たちは恐慌をきたして、逃げだす。胡《コ》家の親族は震撼してへなへなと崩れ、気絶するものまでいた。芸妓も演者も漫才師まで先を争って、邸の中庭から飛びだしていく。

「どうなっているんだ、これは！」

面子《めんつ》を潰された牟が恐怖をも凌ぐ屈辱に打ち震え、喚きたてる。

「死化粧師の仕業か!?　許さぬぞ！　俺に恥をかかせよって」

牟家の女官たちは青ざめながら、互いに視線をかわす。震える拳を握り締めて、彼女たちは一様にうつむいた。

✦

死してなお、きれいな蝶だった。

宵の帳に似た黒を基調とした翅《はね》に青や緑のきらめきを帯びている。

部屋に迷いこんだはいいが、外に帰れなくなってしまったのか、格子窓の側で息絶えていた。

「可哀想に。もういちど、青空を舞いたかっただろうにね」

紫蓮は蝶の死骸をつかって、標本箱をつくろうときめた。錦織《にしきおり》を想わせる縞紋様《しまもよう》が崩れて、ぼろぼろになっていく様を想像するだけでも胸がきゅうと締めつけられる。せめてきれいなかたちで残したかった。

針のついた特殊な器具に沸かした湯をいれ、死骸に注入する。こうすると死後硬直がとけるので、とじかけていた翅を拡げ、展翅板《てんしばん》に張りつける。

「きれいだね。標本箱のなかは群青にしてあげよう。雲ひとつない青空の夢をみられるように」

飾られて愛でられることが幸せなのか。土に還るほうが幸せなのか。紫蓮にはわからない。だが葬礼とはそもそも残されたものが未練を絶ち、安堵するために執りおこなうものだ。屍は語れど、死者は語らない。喜んでも嘆いてもくれず、許すこともなければ恨んでくれもしない。

「これで、よかったのかな」

蝶の死骸に親友の姿を重ねて、紫蓮がこぼす。

その時だ。朝の静寂を破って乱暴な足音が押し寄せてきた。

ああ、きたか。

紫蓮は眉ひとつ動かさず、睫をふせる。

「綏紫蓮はいるか！」

声を荒らげて、捕吏《ほり》が踏みこんできた。

「そんなに大声をださなくとも聴こえているよ。まったくもって騒々しいね」

紫蓮は振りかえりながら、ため息をつく。

葬礼は昨昼《さくちゆう》に執りおこなわれた。屍の尋常ならざる様に会場は大変な騒ぎとなったはずだ。罰せられることは覚悟していた。いまさら慌てることもない。

「綏紫蓮！　牟《ム》勇明《ユウメイ》の妻である胡琉璃《コルリ》の屍を損壊し、死を穢した罪で捕縛する！」

「死を穢した、か」

紫蓮は唇をゆがませ、捕吏に微笑みかけた。

「そこだけは、訂正させてもらうよ。胡琉璃の死はすでに穢されていた。その証拠に彼女は病死ではなく――」

言いかけたところで、笞《むち》が振りおろされた。肩を思いきり打たれた紫蓮は声にならない声をあげ、倒れこむ。

「っ……は、はは、屍の声なんか聴きたくない、か」

また一撃。背に強い打撃をうけ、紫蓮が息をつまらせて噎《む》せこむ。床に拡がった紫蓮の髪を踏みつけ、捕吏が唾棄する。

「底気味の悪い妖妃め」

蔑みに満ちた視線が突き刺さる。

いつだってそうだ。誰も彼もが紫蓮のことを嘲り侮って、検視結果に耳を傾けてくれたものなどはいなかった。

ああ、でもひとりだけ。

姜絳は違った。

彼だけは彼女の語る死者の声を聴いてくれた。聴くだけではなく、真実かどうかを検証し、再調査までしてくれた。

だからなのか。

宮廷なんてこんなものだと諦めてきたのに、いまさらになって胸に冷たい風が吹きこむのは。

紫蓮は項垂れ、捕吏に連行されていく。

物も言わぬ蝶の標本が、ぽつりと哀しげに残された。

斎の後宮は堀にかこまれている。

宮廷から後宮に渡る橋はひとつだけで、朝から晩まで衛官がつき見張りをしていた。後宮がひらかれたいま、高官たちに紛れて部外者が侵入する危険もあり、妃妾たちを衛《まも》るために厳重な監視が続けられている。もっともそれは表向きで、女官や妃妾が結ばれぬ想いびとを追いかけて後宮から抜けださないための対策でもあった。

◆

そんな後宮の堀では五年に一度の大掃除がおこなわれていた。

後宮丞《こうきゆうじよう》である姜絳は、堀から大変なものがあがったと連絡を受け、青青《シヨウシヨウ》を連れて現場にかけつけたところだった。

「後宮丞、こちらが堀からあがったものです」

伝達にきた宦官が陳列されたものを指す。

「人骨、ですか」

頭蓋骨から肋骨、大腿骨《だいたいこつ》、おおよそ人ひとりぶんの骨がそろっていた。腕の骨などはまだ、あがっていないらしい。

絳の後ろにいた青青はひえぇっと悲鳴をあげて縮こまる。袖をつかまれた絳があきれてため息をついた。

「あなた、骨まで怖いのですか」

「だ、だって、未練を残した髑髏《されこうべ》は喋ったり嗤ったりすると言うではありませんか。こんな堀に落ちて死んだら、事件であれ事故であれ、未練が残るにきまっています」

「声帯もないのに、どうやって喋るんですか。まったく」

青青はすっかりと臆病風に吹かれている。純朴すぎるのも考えものだ。

他の宦官が「また骨があがったぞ」と声をあげる。伝達役の宦官は絳に頭をさげてから、堀にむかった。

その場には絳と青青が残される。

「ご存命だった時は女官だったのでしょうか。それとも宦官とか。妃妾ということはさすがにないですかね。あ、でも、骨になってしまったら調べようがないですよね」

怖がりつつ、青青なりに調査しようという気概はあるらしかった。

あらためて絳は骨の状態を確認する。骨になっている段階で死後一年から二年は経っていると推定される。水のなかにある屍は陸と比べて腐敗が緩やかになるが、蟹《かに》や小蝦《ざりがに》がいる堀ではそのかぎりではない。

「服も残っていませんし、骨から個人を識別することは不可能でしょうね。この五年間に後宮で失踪したものがいないか、調べさせているところです」

「そんなことまで記録に残っているんですか」

「ここは後宮ですよ。人の管理は厳たるものです。妃は勿論、下級の宦官だろうと失踪すればすぐに捜索されます。連れもどされたり、すでに死んでいたり、結果はまちまちですが」

そこまで言いかけて、絳が言葉を切る。

青青の眼が腫れていた。朝から慌ただしくしていたため気づかなかったが、昨晩泣いていたことは明らかだ。思いあたるところがあり、絳は声を落として語りかけた。

「……ご親族が逝去されたとか。葬礼にも参列させてやれませんでしたね。便宜をはかれれば、よかったのですが」

後宮とは踏みこめば抜けだせない華の籠《かご》だが、妃妾には皇帝の寵愛や下賜という望みが、女官には年季がある。宦官だけが、死ぬまでここに縛りつけられる。後宮から放りだされたら宦官にはいくあてがない。世間では子孫を残せない宦官はすでに男ではなく、人扱いもされないためだ。

だが、後宮においては男ではない宦官こそが求められる。

「とんでもないです。宦官として宮廷にあがる時からわかっていたことですから」

「ですが、あなたは罪をおかして宮刑《きゆうけい》となったわけではないのに」

昔は宦官といえば、罪人や親の罪を負った子孫がなるものだったが、昨今は青青のように良家の男児が志願して宦官となる例もあった。

宦官にはある特権が与えられるためだ。

前提として、宮廷で官職につくには科挙試験《かきよしけん》に合格する必要がある。

だが、試験は受けるだけでも莫大な受験費がかかる。

いかに能力があっても個人の財をもたない宦官の身では試験を受けることはできない。この格差を問題視した先帝は、宦官にかぎり無償で受験ができるよう、制度を改正した。

しかしながら事態は、先帝の意とは異なるほうに進んでいった。

家督を継ぐことのない三男、四男を去勢し宦官にして宮にあげ、受験させて、官職につかせようとする貧乏士族が後を絶たなくなったのだ。

青青もまた親から宦官になることを強いられた身だ。新たな制度の犠牲者ともいえる。

「宦官は野良犬と変わりません。野良犬が葬列にならぶでしょうか。はじめからわかっていたことです。宦官になった時に覚悟はしていました。だからぼくはだいじょうぶです」

青青らしからぬ自虐に絳が眼をとがらせた。

「誰に言われましたか」

青青はうつむいて、黙する。

はじめに青青と逢ったとき、彼は傷だらけだった。宦官になったばかりの男児を、教育と称して虐待する悪辣《あくらつ》な宦官がいたせいだ。

絳が拾っていなければ、今頃どうなっていたことか。

（陛下）

絳は胸のうちで、今は亡き先帝に語りかける。

（あなたは慈悲深く、弱き者の側で絶えず物事を考え続けてきた。ですが、弱者のなかには更なる弱者を喰い物にする狡猾な輩《やから》がいるということを、あなたはご存じなかったのでしょうね）

刑部官吏《けいぶかんり》が報告にやってきたのをみて、絳は思考を絶つ。

「姜刑部丞、確認したかぎりですと後宮で失踪したきり消息を絶っているものはおりませんでした」

「左様ですか、ご苦労」

刑部官吏は袖を掲げて低頭し、去る。

思惑がはずれた。絳は顎に指をかけ、考えこむ。

「後宮で失踪したものがいない、となれば、人骨の身元を捜すのはさらに難しくなりましたね」

「なら、後宮に渡ってきた高官が落ちたとか」

「後宮に渡れるのはよほどに身分の高い官人だけです。そんな官人が後宮で失踪すれば、それこそ大規模な捜索がおこなわれるでしょう。監視を掻い潜り、後宮に侵入していたものがいたか、あるいは」

侵入者だとすれば、刺客という線が強くなる。皇帝の死ともなにか、つながりがあるのではないか。絳はそこまで考えて、頭を振った。

「憶測では語れませんね」

「でも、こんな骨から身元を割りだすなんて、無理ですよ」

「彼女ならば、できるかもしれません」

屍に語りかける姑娘の姿が頭によぎる。

今頃は親友だと語っていた胡琉璃の死化粧が終わり、一段落ついているはずだ。死斑だらけの屍でも、紫蓮ならば綺麗に葬ったのだろうと想像する。死化粧を施すところがみられなかったのが残念だ。

「綏紫蓮に依頼しましょう」

「妖妃、ですか」

青青が顔を曇らせた。彼は妖妃を怖れている。だからかとおもったが、どうにも様子が違った。

「綏紫蓮は依頼された屍を損壊させたという疑いで、今朝がた獄舎《ごくしゃ》に連れていかれました。絳様にはまだ、報告されていなかったのですね」

「なんだって」

柄にでもなく、絳はさっと青ざめた。

綏紫蓮が屍を損壊するはずがない。損壊させたと誤解されるようなことがあったとすれば、重大な事情があるに違いなかった。

検視の結果、導きだされた真実を訴えたかったのではないか。

絳は険しい表情で踵をかえす。

「こ、絳様」

青青が慌ててついてくる。

濡れた風が吹きつけてきた。まもなく嵐になるだろう。

✦

うす昏い獄舎《ごくしゃ》の静けさを、笞《むち》の音が破る。

妃妾や女官が収容される後宮の牢屋とは違い、この獄舎には重罪をおかしたものが拘禁され、罪におうじた処罰を受けることになる。

真昼でも日の差さない懲罰房《ちょうばつぼう》で綏紫蓮は笞敲《むちたたき》の刑を受けていた。麻地の服に着替えさせられ、腕を縛られて跪《ひざまず》いている。

「っ」

背を打ち据《す》えられ、彼女は微かに細い呻きを洩らした。だが意地でも悲鳴はあげない。

「あいかわらず、懲りねェやつだな、おまえはよ」

獄吏《ごくり》の男がざんばらの髪を掻きあげ、嗤った。

眼つきが悪いことを除けば端整な顔だが、狼に似た剽悍《ひょうかん》さを滲ませている。

乱れた髪から覗く額には刺青《いれずみ》が彫りこまれていた。雷《いなずま》をかたどったその刺青は彼が罪人の子孫であることを表すものだ。

「なにを訴えたかったのかは知らねェが、口は禍《わざわい》のもとって昔から言うだろ」

「ついでに死人に口なしともいうね」

紫蓮は視線をあげ、微笑みかける。

「彼らの声を聴けるのは僕だけだ。語られたかぎりは語る。それだけのことだよ」

「そんで、おまえが死にかけてンだから笑えるよなァ」

またひとつ、笞が振りおろされた。麻紐の巻かれた棒が容赦なく骨を打つ。

「っ……やれやれ、知りあいのよしみで、ちょっとくらいは加減して、くれない、かな？　琅邪《ロウヤ》」

「はっ、他の奴らは知らねえが、あいにくと俺は銭を積まれようが情に訴えかけられようが、恩赦《おんしゃ》は与えねェときめてンだよ」

「わかっているよ。きみは、そういう男だね」

刹琅邪《セツロウヤ》とは親しいわけではない。だが、これまでにも紫蓮が触れてはならない真実に触れて罰を受ける時はきまって彼が刑を執行してきたため、いつのまにか知りあいとなった。

「知ってるか？　日頃から偉ぶって俺らを蔑んでやがる士族様や高官どもでも、獄舎にくると途端に態度が変わるンだよ。狗《いぬ》みたいに尻の尾を振ってすり寄ってきやがる。勘弁してくれって媚びへつらって賄賂まで差しだしてよォ」

揺れる燈火を映して三白眼がぎらついた。

「それを踏みにじって笞を振りおろす時の、奴らの絶望しきった間抜けヅラときたら……くくっ、ほんとにたまらねェよ」

彼は下卑《げび》た嗤いを絡《から》げた。

琅邪はこの職を楽しんでいる。罪人の子孫に産まれついた憂さを晴らすように獄吏としての役割を嬉々として果たしていた。

「それにしても、憤怒を漲らせた屍ねェ。柩を覗いただけでも祟られそうなシロモノだったたって聞いたぜ。ンなえげつないもんだったら、俺も見物したかったたよ」

紫蓮が睫をふせた。青ざめた唇から言の葉を落とす。

「……きれいだったよ」

誰に理解されずとも紫蓮だけは知っていた。

「彼女の怒りはとても、きれいだったんだよ」

呪縛に強いられた微笑なんかより、ずっと。

「はっ、いっちょまえに芸術家気取りかよ。それともなんだ、真実を明らかにするとかいう高尚な正義感に勇んでンのか。たいしたもんだよな、おまえはよ」

「そんなのじゃないさ、僕はただ……」

胡琉璃が怒っていたことを、誰かに知ってほしかっただけだ——紫蓮はそう言いかけたが、再び笞に打ち据えられて、言葉にはならなかった。

◆

「いったいなぜ、刑部丞かつ後宮丞である私の指示も仰がず、緌紫蓮を獄舎におくったのですか」

刑部《けいぶ》庁舎《ちょうしゃ》に帰るなり、絳は部下たちを叱責した。

紫蓮が獄舎へとおくられたと知り、絳はあせっていた。

後宮の牢屋ならば後宮丞たる絳の管轄だ。ある程度ではあるが、減刑など融通をきかせられる。

だが、刑部が管理する獄舎に投獄されては、第三官の身分ではどうすることもできない。

「刑部《けいぶ》尚書《しょうしょ》の御命令です」

刑部官吏が言葉少なに言った。

「ですからなぜ、後宮の妃の身柄を刑部尚書にひき渡したのですか。妃の処分は後宮丞の任です」

絳の主張は正論だが、刑部官吏たちの視線は冷ややかだった。

士族階級の官吏たちは出自の卑しい絳が上官である段階で反感を抱いている。絳は憤りをこらえ、努めて冷静に問い質す。

「取り調べはしたんですか」

「さあ」

「胡琉璃の屍を損壊した動機は、まだわかっていないということですね」

「おそらくは」

まったく埒があかない。絳がため息をついた。

獄舎に赴き、真実を確かめなければ。

「胡《コ》、琉璃《ルリ》……」

後ろにいた青青がぽつりと復唱する。

絳が慌ただしく退室しかけたところで、青青が袖をつかみ、声をかけてきた。

「あ、あの。ぼくもついていっても」

「獄舎は酷《むご》いところです。あなたがみるべきではない」

絳は青青の腕を振りほどいた。青青は純朴だ。宮廷の底の底を知るにはまだ、若すぎる。

暗雲から落ちた雨垂れがひとつ、屋根を弾いた。

＊＊＊

獄舎についた時には桶の底が抜けたような豪雨となっていた。

雷鳴が轟き、獄舎の罅割れた土壁を微かに震わせる。雨洩りが絶えない獄舎のなかは饐《す》えた臭いが充満していた。

ここは宮廷の掃きだめだ。

投獄されたら最後、人権は剝奪され、卑賤《ひせん》な宦官も高貴な官吏も等しく酷烈な処罰を科されることになる。もっとも獄吏のなかにも賄賂次第で獄中での便宜をはかるものもいれば、冤罪をかけられたものに拷問をして嘘の自供をさせるものもいた。それも含めて、掃きだめなのだ。

絳は呻き声や悲鳴が反響する廊下を進む。

むかったのは懲罰房だ。

「綏紫蓮はこちらにいますか」

硬い石の床に姑娘が跪いていた。

「っ……紫蓮」

服が破れて剝きだしになった背には傷ましい笞の痕が散らばっていた。

だが、絳の視線を奪ったのはその項《うなじ》だった。

差しだすように項垂れた首。手折られんとする芙蓉《はす》の茎のような。浮きでた頸椎の骨の珠は数珠つなぎになった真珠を想わせた。帳じみた髪が項からふたつにわかれて埃だらけの敷石に落ちて、拡がっている。

絳の喉が、ごくりとひきつれた。

みずからの胸に湧きあがる想いを振り払うように絳は視線を剝がす。

魅入られたのは一瞬だ。獄吏が振りかえった時には絳はすでに冷静さを取りもどしていた。

「あン？　絳じゃねェか」

琅邪《ロウヤ》は荒っぽい身振りで髪を掻きみだして、唇をまげた。

「っと、いまは後宮丞様だったか？　姜家の二男《じなん》のくせしてずいぶんな大昇進じゃねェか」

「刑は終わりましたか」

「無視かよ。久し振りに幼なじみと逢ったってのに、つれねェのな。それか、なんだ、お偉くなったら俺みたいなのとは喋りたくもねえってか」

「終わったのであれば、彼女の身柄をひき取りたいのですが」

琅邪と喋っている暇はなかった。すぐにでも紫蓮を連れかえって、医官に診せなければ。傷に風《ふう》の毒（破傷風）が入ったら、命にかかわる。

「いいや、まだ、はじまったばっかりだ」

絳が眉をひそめた。紫蓮はすでに息も絶え絶えで、なかば気絶しているというのに。

「牢屋に捕らえて日に一度、五十敲《ごじゅったたき》する。これを七日繰りかえして、晴れて解放だ」

「そんな。男ならばまだしも幼い姑娘《おんな》の身には酷《こく》です」

絳が非難したが、紫蓮が呻きながら頭をあげた。

「へいき、だよ。殺されることはないからね。風に毒されないよう、処置もしてもらってる」

このたびが特別ではないのだ。紫蓮はこれまでも度々投獄されては苛酷な処罰を受けてきたのだと理解して、絳は言葉を失った。

語られたことを、語るだけだ。彼女はそう言っていたが、そのためにどれほどの危険をおかしてきたのか。

「琅邪、しばらくふたりにしてくれますか」

絳は袖から取りだした麻袋を琅邪に渡す。なかみは煙管《キセル》の煙草葉《たばこば》だ。琅邪は金銭の受け渡しを嫌う。だが、宮廷で調達できない煙草葉だけは賄賂のかわりになる。

「はン、しょうがねェな」

琅邪はそれを懐に収めて、退室した。

絳は紫蓮の側に膝をついて、彼女の細腕を縛りあげていた縄をほどく。肌がすりきれて赤い痕になっている。

「なにが、あったのですか」

紫蓮が理由もなく屍を損壊するはずがない。彼女は誰よりも屍を愛しているのだから。

紫蓮は身を起こしてから、細々と語りだした。

「死化粧というのはきまって、微笑んでいる顔に修復することが求められる。遺族が穏やかに葬《おく》ることができるようにね。僕もこれまではそうした死化粧を施してきた。でも、胡琉璃の屍だけは」

紫蓮は睫をふせ、言葉を落とす。

「怒りの表情にした」

想像だにしていなかったことに絳はおどろいたが、なぜ、そんなことを、とは思わなかった。

「怒らずにはいられない事情が、あったのですね？」

「そう、琉璃は病死じゃなかったんだよ。暴行され、殺されたんだ」

胡妃が殺されていた？

だとすれば、不可解なところがある。

「順に確認させてください。まずひとつ、屍に外傷らしきものはありませんでした。検視官からの報告でも、死斑《しにがお》はあっても打撲や青痣などについてのものはなかったかと」

「いいや、痣はあった。腹部にひとつだけ、だけれどね。打撲による痣だ。死斑が酷かったからね。わからなかったんだとおもうよ」

「死斑との違いはどうやって」

「死斑は指圧で退色する。でも、打撲痕は押しても変わらない。殴られてから日が経っていたのか、うすれてきてはいたけれどね」

「日が経っていた、ですか？」

「推測するに暴行を受けてからは二十日ほど経っていたよ」

「失礼ながら、それは……殴殺されたと言えるのでしょうか。暴行が直接的な死因だと立証するには時間が経ちすぎています」

どうにも理にかなわない。それに臓が破裂していたら、ひと晩経たずに命を落とすはずだ。

「臓の損傷ではあるが、きみが考えているようなものではないよ。彼女を死にいたらしめたのは打撲による青痣、さ」

「痣、ですか」

理解できず、絳は眉根を寄せた。

「たかが痣だと想われがちだけどね、これは血管が破れ、皮膚の内側に血があふれている状態だ。損傷した筋組織からは腎の毒となる色素が流れでる。過度な内出血が続くとね、しばらく経ってから腎がだめになることがあるんだよ」

紫蓮の声は嗄れていたが、口調は普段と変わらず明瞭だった。

「青痣が腎を蝕む、ですか」

考えたこともなかった。

「体表面積の二割を越える痣でなければ、そこまで酷い事態にはならないけれどね」

「残っているのは腹部の痣だけですが、もとは広範囲にわたって酷い暴行の痕があったということですね」

紫蓮は肯定する。

「ですが、痣がそれほど危険ならば、あなたの身も懸念されます。こんなに笞で打たれて」

「へいきだよ。琅邪はうまいからね、それほど痣は残らないよ」

「琅邪とは知りあいだったのですか」

「知人というほどではないかな。僕が常連だというだけだよ」

絳が紫蓮と逢う前から琅邪とは縁があったのだと考えると、やけに胸がざわついた。

「話をもどそう。僕はそれを確かめるために琉璃の腹を割《ひら》いて、腎を取りだしたんだ。健康な腎はまるまるとして真っ赤なんだけれどね」

「摘出されたものはどうなっていましたか?」

「琉璃の腎は墨に浸けたみたいに黒ずみ、著しく縮んでいた。腎不全を起こしていた証拠だ」

腎が働かなくなると排尿が困難になり、頭痛や呼吸不全、浮腫《ふしゅ》、背から腹にかけての鈍痛といった苦痛をともなうと紫蓮は続けて説明した。胡妃が酷い死にかたをしたことは想像に難くなかった。

「彼女はいったい、誰に暴力を振るわれたのでしょう」

「夫だろうね」

紫蓮の声に疑いはなかった。

「暴漢であれ、なんであれ、衛尉卿《えいいけい》の妻がこれだけの暴行を受けたんだ。普通は大事《おおごと》になるはずだよ。でも、そうではなかった。違うかな」

「確かにそうした事件があったとは聞いていませんね。彼女は後宮の元妃《もときさき》だ。皇帝の所有物だった、ということになるので、有事のさいは後宮にも連絡がきます」

「夫は敢えてこの事実を隠していたということだ。もちろん、彼女が外部に訴えることもできないようにしていたんだろうね」

抵抗もできない妻に暴力を振るうなど、きわめて卑劣だ。

「胡琉璃の死は殺人だったと訴えることは――――無理でしょうね」

絳は喋りながら思考を巡らせたが、一考を経て、ため息をついた。

殴られた時にできる痣は腎を蝕む。という知識からして、解剖の経験がない宮廷医官《きゅうていいかん》には理解が及ばず実証もできない。紫蓮が嘘をついていると一蹴《いっしゅう》されて終わりだ。

「せめて、衛尉卿が妻に暴力を振るっていたと証言してくれるものがいたら胡妃の死を殺人事件として扱い、捜査できるのですが」

そうすれば紫蓮は検視によって殺人を暴いていたのだとして、晴れて無罪放免とできるのに。

「相手は衛尉卿だよ。権力のある武官に楯《たて》つくものは、そうはいないだろうね。まして妻にたいする暴力というのは家庭のなかでおこなわれるものだ。目撃していたとしても邸につかえる婢女《げじょ》か、親族か。親族は隠すだろうし、告発するだけの度胸のある婢女がいるとも考えにくいね」

万事休すだ。

「なんとか、あなたを助けられたらいいのですが……」

考えこんでいると、紫蓮がぽつりと声を洩らした。

「ねえ、訊《き》いてもいいかな。きみはどうして僕に構うのかな」

紫の眼が、絳を覗きこんでくる。

「僕にかかわっても、碌なことにはならないよ」

奇妙な凄みがあった。

張りつめた陰りを振り払うように絳がわざと明るい声をだす。

「好きだとお伝えしたではないですか。好いた姑娘《じょせい》がこのようなところに捕らわれているのに、助けたいと思わないはずがないでしょう」

「嘘だね」

紫蓮はにべもなかった。拒絶するでも責めるでもなく、静かに微笑んで睫をしばたたかせる。真実だけを言いたまえとうながすように。

「……そうですね。それだけではないのは事実だ」

紫蓮には特殊な技能がある。絳の望みを遂げるために彼女の技能が必需だ。堀からあがった骨の検視を依頼したいという打算もある。

「ですが、惚れたというのは嘘ではありませんよ。自業自得とはいえ、疑われているなんて哀しいです」

「自業自得という自覚はあるんだね」

嘆いてみせれば、紫蓮はあきれてため息をついた。

「そろそろいいか」

煙管を吹かしつつ、琅邪がもどってきた。

「なんだ、縄をほどいてやったのかよ。ま、いいさ、逃げられねェことはわかってるだろうしな」

縛りなおすことはせず、琅邪は紫蓮を牢屋に連れていった。独房へと吸いこまれていく紫蓮は、最後に絳を振りかえり「きみが懸念することはないよ」と微笑んだ。

「医官はちゃんとくるのですか」

絳が琅邪に尋ねる。

「あとでな。綏紫蓮は特別だ。そうかんたんには死なせられねェからな。それより、おまえ、あいつには明かしてないんだな？」

絳は瞬時に琅邪の意を察して、眼をとがらせる。

「取りたてて言う必要もないことですから。隠しているわけではありません」

「はっ、ずいぶんと都合のいい言葉だなァ」

琅邪は嘲笑をまぜて、ふはっと紫煙をはきだした。

「おまえは知ってるよな。宮廷のどん底ってのは宦官じゃねェ。屍の腹を掻っさばく死化粧師と俺たち獄吏と――」

「言われずとも、わかっていますよ」

まだ紫蓮が壁越しに聴いているように感じて、咄嗟に割りこむ。

「だったら底の臭いをわすれんなよ。これはおまえにもしみついてる臭いだ」

琅邪が脂臭《やにくさ》い煙をまき散らす。獄舎の臭いとまざりあって胸を焼いた。絳は肯定するかわりに黙して、背をむける。

✦

格子窓の外では日暮れがせまっている。

嵐はまだ、やまない。

時をおなじくして獄舎の裏では若い宦官が傘も差さず、窓から聴こえる会話に耳を欹《そばだ》てていた。青青《ショウショウ》である。彼には才能や特技といえるものがなかったが、耳だけは昔からよかった。だから酷い嵐のなかでも、絳と紫蓮が喋っている言葉を聴きとることができた。次第に青青の眼から涙があふれてくる。

「琉璃姐《ルリねえ》……」

涙はこぼれたそばから雨にまぎれる。

「琉璃姐が殺されたなんて」

斎の宦官は奴婢同様、姓を持たない。子孫を残すことがないためだ。青青は宦官となるまでは、胡《コ》姓を名乗っていた。胡家の五男であり、胡琉璃の実弟にあたる。

「なんで」

琉璃は芸事こそ不得手だったが、働き者で頭がよく心根の優しい姑娘《ひと》だった。青青はそんな姐《あね》のことを、幼い時分《じぶん》から慕っていた。

だが青青が八歳になったころ、姐は後宮へとあがることがきまった。

ちょっとばかりさみしかったが、これで妃として華やかに暮らせるだろうとおもっていた。胡家の邸では女官と変わらないような扱いを受け、病弱にもかかわらず朝から晩まで炊事や掃除をさせられていたからだ。父親いわく、女は家族につくすものだと。

そのあと、衛尉卿《えいいけい》という地位のある武官に嫁いだと知り、ほんとうに嬉しかった。愛されて、幸せになってくれることを、幼心ながらに願っていた。

姐は幸せになるべきひとだった。

それなのに、姐は死んだ。

「彼女は暴力によって殺されたんだ」「夫だろうね」

紫蓮の落ちついた声が、鼓膜に突き刺さって抜けなかった。

青青は頭を殴りつけられたかのようにふらつきながら、よろよろと獄舎を後にした。

泣きながら何処をどう進んだのか、気づけば青青は宮廷の門にまできていた。

不条理な侮辱を受けたり暴力を振るわれるたびにここにきては、この門を越えた先の都には姐がいて幸せに暮らしているのだと想いを馳せていた。

いつかは優秀な官職について、胸を張って姐に逢いにいくんだ――それだけで、青青はどんな苦労だろうと乗り越えられる気がした。

だが、この門を越えても、もう姐は何処にもいないのだ。

「琉璃姐、ぼくは……これから、どうしたら」

絶望して暗天を仰ぐ青青の耳に女の喚声《かんせい》が嵐に紛れて聴こえてきた。門の裏側で、女たちが騒いでいる。青青は思わず耳を傾けた。

「奥様は殺されたんです」

「旦那様は日頃から奥様を殴ったり蹴ったり」

「ほんとはずっと、みてた。でも、言えなかったんです。婢女《げじょ》ごときにどうやって旦那様をとめることができるでしょうか」

青青は慌てて閉ざされた門のすきまに耳をあてた。口振りからして、琉璃が嫁いだ衛尉卿の邸の婢女たちだ。彼女たちは声を張りあげて、懸命に訴える。

「葬礼の時の奥様の死に顔をみたら、いてもたってもいられなくなって」

「どうか、刑部尚書様に事実をお伝えください」

「奥様を殺めた罪は裁かれるべきです」

だが、門番である衛官は婢女たちを拒絶する。

「黙れ！　女の訴えなど通せるか」

きゃあと声が聴こえて、婢女たちが衛官に突きとばされたことがわかった。青青はどうしようと青ざめる。衛官はまともに取りあうつもりがないのだ。

絳が語っていた言葉を想いだす。現場にいたものたちの証言があれば、胡琉璃の死を殺人として立件できると。

（絳様ならばきっと助けてくださる）

青青は一縷の望みをかけ、水溜まりを蹴った。

＊＊＊

「絳様！」

絳は獄舎の中庭にたたずんでいた。

雨に打たれて散りかけた梔子《くちなし》を眺めていた絳が青青の声に振りかえる。

「青青、なぜ、ここに」

「絳様、大変なことが。宮廷の門に衛尉卿の邸で働く婢女たちが押しかけて、胡琉璃は殺されたのだと訴えています」

絳が眼を見張る。

「衛官は婢女たちの話も聞かず、追いかえそうとしています。絳様、どうか彼女たちの証言を取りついで、真実を明らかにしてください！」

懸命に訴える青青をみて、絳は腑に落ちたとばかりに息をついた。

「あなたは宦官となるまでは胡姓、でしたね」

「そうです。胡琉璃は僕の姐《あね》です」

青青は濡れた石畳に膝をつき、頭をさげた。

「どうか姐の無念を晴らしてください！　姐を苦しめ、命を奪った男に報いを受けさせてください！」

青青の眼からはとめどなく涙がこぼれた。

悔しかった。哀しかった。ただ、ただ、腹だたしかった。

権力をもった武官の罪を公表して糾弾することがどれほど難しいか、危険なことか、青青だって理解してはいる。それでも、青青には絳しか頼れるものがいなかった。

「あなたの想いはわかりました」

青青の胸で吹き荒れる激情を確かに預かったというように絳は彼の震える背に触れる。

「あとは私に任せなさい。罪人はかならず裁きます。いかなる身分を持ったものであろうとも、罪の重さに違いはないのですから」

罪を罪として扱い、平等に裁く。

宮廷ではそんなあたりまえのことがとてつもなく難しかった。

進む先が嵐になると知って、振りかえらずに進んでいく絳の背は頼もしい。それでいて、不穏なものを感じるのはなぜだろうか。

さながら、罪人の首を落とさんとする死神のような。鬼気迫るものがある。

だが、絶望の底にいる青青にとって、その異様な凄みほど心強いものはなかった。

✦

刑部《けいぶ》の尚書室《しょうしょしつ》には、年季が入った書物のにおいがしみついている。

宮廷のみならず都から地方までの犯罪を総括する部署ということもあって、文几《ふづくえ》には刑集《けいしゅう》や筆録《ひつろく》、名簿が積みあげられ、不安定な塔を築きあげていた。書の塔に埋もれるようにして老官がすわっている。彼こそが刑部尚書である曹菟仙《ソウトセン》だ。菟仙《トセン》というだけあって、白髭を蓄えた仙人のような風貌《いでたち》をしている。

莵仙にむきあい、再調査を訴えているのは姜絳だ。

「婢女《げじょ》たちの直訴によれば、衛尉卿《えいいけい》である牟勇明《ムユウメイ》は妻の胡琉璃《コルリ》にたいして暴行を繰りかえしていたとのことです。全身の二割から三割にもおよぶ青痣から毒素がまわり、腎機能に障害をきたした。これによって胡琉璃は暴行から約二十日後に死去。これは刑部が取り締まるべき、れっきとした殺人事件です」

袖を掲げ、頭を低くさげながら、絳の声には断固たる響きがあった。

「死化粧妃は宮廷でも唯一、解剖を許されたものです。綏紫蓮は死斑に紛れた青痣をみつけ、腎を摘出。胡琉璃の死因が肺の持病ではなく、暴行に起因する腎不全であることを突きとめました。事実を訴え、隠された罪状を暴きだすため、あのような死化粧を施した次第です。よって綏紫蓮は無実であると私は考えます」

「ふうむ、じゃがのう」

だが莵仙は煮えきらない。髭をなでつけながら、のんびりとした口振りで続ける。

「胡琉璃というのは確か、下級士族の女ではなかったかのう」

「左様ですが」

「証言も婢女のみ」

「仰せの通りです」

「ならば、いまさら、蒸しかえさずともよいじゃろう」

絳は予想がついていたとばかりに沈痛な息をつき、瞼をとじた。

「衛尉卿を弾劾《だんがい》して、荒だてるほどのことではなかろう。皇帝陛下に害をおよぼしたわけでもあるまい。昨今、都でも民の暴動が相ついでおる。些細なことでも宮廷の官人に民の非難がむくことは避けねばならぬ」

事を穏便に済ませるといえば聴こえはよいが、実際のところは宮廷の都合がいいように真実を隠ぺいするということだ。

「ですが、民はすでに疑念を抱いています」

絳は努めて冷静に食いさがる。

「胡琉璃の葬礼は盛大に執りおこなわれました。参列者の数が把握できないほどの規模だったとか。異様な遺体が民の眼に触れ、騒ぎになったからこそ、綏紫蓮は後宮ではなく宮廷の獄舎で処罰を受けている。今後、根も葉もない噂が拡がるよりは、宮廷が制裁をくだして事態を終息させるほうが賢明ではありませんか？　先帝の時のようになってはそれこそ望ましくはないはずです」

先帝の異様な死については緘口令《かんこうれい》が敷かれた。

だが、民の口を防ぐは水を防ぐより甚《はなは》だしという。先帝が集落を焼き払ったという事実も相まって、罪もない民たちの祟りだと囁かれるようになり、民の反政意識《はんせいいしき》が高まる結果となった。

生前は正義の皇帝と称えられ人望を集めた先帝だが、死後は祟られた皇帝と蔑称され、その威光は地に落ちた。

「加えて、これは皇帝陛下の権威をも害する罪であると、私は考えております」

「ふむ、どういうことじゃ」

絳は続きをうながされたことに安堵する。

他の官吏であれば、絳の意見など頭ごなしに拒絶するだろう。

想いかえせば、菟仙はかねてから先帝派だった。昔ながらの封建主義ではあるが、能があるものにたいしては平等に扱うだけの器量を持っているということだ。

「胡琉璃は皇帝陛下から下賜された身です。そんな胡を殺害した牟勇明の所業は、皇帝陛下にたいする侮辱と見做《みな》すべきです」

女は物だという考えを、絳は好まない。

皇帝の物。夫の物。所有物で貢物《みつぎもの》であるという意識は強く根づいている。そうそう覆すことはできない。だから、それを逆手に取る。

「皇帝陛下は幼少の身であり、後宮は特例としてひらかれている。いわば、恩寵《おんちょう》です。なればこそ、このような事態は看過せず、きびしく取り締まるべきではありませんか。それが陛下の権威を表すことにもつながるかと」

菟仙はふむと感心して、唸る。

「理にかなっておるな。……先帝陛下が可愛がっていただけある」

絳は唇の端をひくりと強張らせた。自嘲の笑いをこぼしかけて、喉もとで押しつぶした。

菟仙が「わかった」と頷き、命令をくだす。

「姜絳に命ずる。都に赴き、牟勇明を連行せよ――」

✦

「勇明《ユウメイ》様、飲みすぎではありませんか」

「構わん、もっとだ」

豪邸の一室で牟《ム》勇明《ユウメイ》は飲んだくれていた。

散々だった葬礼から約一日が経ったが、妻の死に顔が頭から離れない。昨晩は一睡もできず、仕事も欠勤した。

「ほんとうにだいじょうぶ、ですよね」

酌をしていた妾がおずおずと尋ねてきた。

「なにがだ」

「噂になっているのです。奥様は旦那様を怨んでいたのではないか。だから死後、呪いをかけたのではないかと……きゃあっ」

「なんだ、その碌でもない噂は！」

激怒した牟は卓を蹴り倒した。青磁の酒器が割れて散らばる。黄酒をかぶった妾が悲鳴をあげて、縮みあがった。

「あれは死化粧師の失態だ！　呪いなどあるものか」

怒りにまかせて、牟は妾の髪をつかむ。

「なにが、旦那様を怨んでいた、だ。俺はでき損ないの妻を躾《しつ》けてやっていただけだ。こんなふうに、な！」

　牟は拳を振りあげ、妾を殴りつけた。その場に倒れこんだ妾はごめんなさいと泣き喚くが、牟は勢いづいて続けざまに背や腹を蹴りつけた。妾は腫れあがった頰をおさえ、這々《ほうほう》の態《てい》で部屋から逃げていった。

　牟は妾を追いかけることはせず、ふんと鼻を鳴らす。

「女は三日殴らんと狐になるというからな！　感謝こそされても怨まれるような筋あいはない」

　妻は器量だけはいいが、舞のひとつも踊れず、身の程知らずに書などを読んでいた。もちろん、すぐに取りあげて破り捨てた。泣いて謝るならまだ許せるが、殴ろうが怒鳴りつけようが、頭をさげるばかりで微笑を崩さないのだから腹がたつ。

「馬鹿にしよって」

　しかも病弱で子も産めぬときた。

「離縁せずにいてやっただけでも俺は寛大な亭主《ていしゅ》だというのに――おい、酒だ、酒持ってこい！」

　牟が怒鳴ったが、妾はおろか婢女《げじょ》すらやってはこなかった。想いかえせば、朝から婢女の姿を見掛けていない。

「つかえんようなら、まとめて解雇してやる！」

　苛だって喚いていたとき、背後にある戸がひらかれた。

「なんだ、遅いではないか……！」

　婢女だろうと振りかえれば、見知らぬ官吏がたたずんでいた。

連絡もせずに欠勤したので、様子でも見にきたのだろうか。

「すみません、声はお掛けしたのですが」

官吏は物腰穏やかに微笑んでから、すっと真剣な眼差しになった。

「牟勇明、貴公《きこう》には胡琉璃に暴力を振るい、殺害した疑いがかかっています」

「な……」

想いだした。赤紫の官服は刑部の制服だ。

「後宮から下賜された妃を害することは皇帝陛下にたいする侮辱とみなします。取り調べのため、刑部庁舎まできていただけますか」

「なんだそれは！　言いがかりだ、俺が愛する妻を殺すはずがないだろう」

「ですが、いまも妾に暴力を振るっておられましたよね」

「っ……あれは躾だ。男がちゃんと躾けてやらねば、女なんてものはすぐに傲慢になる。身の程を教えてやらんと」

「わかりました。それがあなたのお考えなのですね。詳しい話は庁舎についてから伺いましょうか」

官吏が牟に縄をかけようとする。牟は抵抗し、あろうことか剣を抜いた。

「お、俺を誰だと思っている！　衛尉卿《えいいけい》だぞ、こんなことをして許されるとおもっているのか！」

酩酊しているのもあって自制がきかなくなっている。官吏はため息をつきながら、でたらめな剣撃を避けて牟の腹に蹴りをいれた。

「ぐあっ……な、なにをす、る」

細い脚からは想像もつかないほどその打撃は重かった。

腹を押さえて蹲《うずくま》る牟を睥睨《へいげい》して、官吏はにっこりと微笑む。

「躾《しつけ》ですよ」

さらにわき腹にもう一撃。牟は悶絶して倒れる。

「痛みますか？　ですが胡琉璃が経験した痛みはこの程度ではなかったはずです。もっともこれから軽ければ杖刑《じょうけい》にて百敲《ひゃくたたき》、重ければ鼻を落とすか、膝蓋骨《しつがいこつ》を取るか――重刑に処されるでしょうね。あなたがいう躾がどのようなものか、その身をもって味わうといい」

最後だけ、官吏は微笑を落として、酷薄《こくはく》な眼をする。

酔いのさめた牟は青ざめて、頽《くずお》れる他になかった。

◆

屍を扱う姑娘の指が青笹《あおざさ》を摘み、舟を折る。

縁側《えんがわ》に腰かけて、紫蓮は黄昏《たそがれ》の風に吹かれていた。

再調査からひと晩経ち、今朝がた牟勇明《ムユウメイ》の有罪が確定した。これによって紫蓮は死体損壊の罪が晴れ、離宮に帰された。

酷かった嵐は通りすぎ、穏やかな夕暮れが訪れている。

離宮は林のなかにあるため、日が落ちるのが早い。離宮の裏手にある細流《せせらぎ》では宵の帳を待たずして、蛍《ほたる》の群れが舞っていた。

青く燃える蛍火がゆらゆらと水鏡に映っている。

紫蓮は哀悼の想いを乗せた青笹の舟を、水に浮かべた。

「一路走好《逝ってらっしゃい》」

流れていく笹舟を眺めつつ、紫蓮は遠き日に想いを馳せる。

いつだったか、他愛ない話のあいまに琉璃がこんなことを尋ねてきた。

「三従《さんじゅう》って知ってるかしら？　家にあっては父に従い、嫁《か》しては夫に従い、老いては子に従う――それが婦人《おんな》のありかたなんですって」

花がこぼれるような微笑みをまき散らしながら、彼女は振りかえる。

「ふふ、くそくらえっておもわない？」

琉璃が胸もとに抱き締めていたのは書物だ。文官でも頭をかかえるほどに難解な経書《けいしょ》である。舞も踊れず、歌も歌えず、箏も弾けず。そんな彼女がじつは文官と渡りあえるほどの知識と明敏さをもっていたことを、紫蓮は知っていた。

彼女ならば、科挙試験でもかんたんに通るだろう。だが学問は男のもので、女は試験を受けることもできない。

「どうしても許せないことがあって我慢できない時はね、誰もいないところにいってお腹の底から声をあげて叫ぶの。ばかやろう、くそくらえ、ってね」

可愛らしい妃の唇から男も真っ青な罵声が飛びだす。

「ふふふっ、意外にすっきりするのよ」

唇に指をあてて「内緒よ」と琉璃は鈴のような声を奏でる。こんな時でさえ、彼女は微笑を絶やさない。そのことが、紫蓮はなぜだかとてもせつなかった。

「あの」

追想に耽《ふけ》っていたところ、後ろから声を掛けられて紫蓮が振りむく。

穏和な顔をした気の弱そうな宦官がたたずんでいた。

「きみは確か、姜絳の……」

絳が依頼にきたときについてきて、屍をみるなり、悲鳴をあげて一目散に逃げた宦官だ。

「青青《シヨウシヨウ》と言います。胡琉璃《コルリ》妃を――姐《あね》を葬っていただき、ありがとうございました」

「そうか、きみが胡家の五男か。琉璃から話は聴いていたよ。家族のなかでも、きみだけが彼女にやさしかったと」

「姐が、ぼくの話を……そうでしたか」

哀しいのか、嬉しいのか、ふたつの想いがせめぎあったように微苦笑《びくしよう》して青青は視線をふせた。

「……女は三界《さんがい》に家なしというのは、ほんとうなんですね」

実家では親に微笑を強いられて心を壊され、後宮では妃たちから爪弾きにされ、婚家《こんか》では暴力にさらされて命まで奪われた。

「そうだね。でも、だからといって、男にはかならずしも家があるのかな」

紫蓮は青笹を摘んで、またひとつ、舟を折りはじめた。

「五男《きみ》が宦官になることを、彼女は悔やんでいたよ。去勢の施術が失敗すれば、命を落とすこともあるからね」

宦官になることは奴婢に落ちるに等しい。

それをわかって、親が、息子にそれを強いるのだ。

青青は拳を握り締め、言葉をのむ。彼はまだ幼さを残しているが、宦官になって宮廷にあがり、様々な経験を重ねてきたはずだ。つらかったことも悔しかったこともあるだろう。

「女だから、とか。男だから、とかじゃないよ。不条理に虐げられていいものなんか、いないんだよ。女だから殴られていいはずもないし、男だから蹴られてつらくないわけがない。誰だって傷ついたら血が滲む。からだでも、こころでもね」

紫蓮の言葉に青青がぶわっと涙をあふれさせた。

「あっ、あわわ、ごめ、ごめんなさい」

慌てて青青は袖でこするが、涙はとまらず頬をつたい落ちた。嗚咽をこぼしながら、彼は震える声をしぼりだす。

「琉璃姐《ルリねえ》はようやっと、ほんとうはつらかったんだって伝えることができたんですね。傷つけられて怒ることも、できたんですね」

「うん、そうだよ」

「もう、あんなふうに微笑まなくて、いいですね?」

あんなふうに傷だらけになって。

「ああ、そうさ」

彼女は絶えず微笑んではいたが、ほんとうは笑ってなどいなかった。

嘘ならばまだ。

だが、あれは呪縛で、永遠に終わらぬ冬だった。

時季《とき》分かたずに咲き続けろと強いられて、花は寒さのなかで凍りついてしまった。解《と》けることのない微笑は死んだ花の骸だ。

「だからね、これからは笑えるはずだよ。こころから、ね」

紫蓮は縁側の端に膝をついて、弔いの舟をながす。笹に乗せた想いが、黄泉の葬頭河《そうずか》に流れつくことはなくとも。

「姐を、やすらかに葬ってくださって、ありがとうございます」

声をあげ、青青は泣き崩れた。

彼女は不遇な姑娘だった。だが、愛されていた。ちゃんと愛されていたのだと紫蓮は安堵する。

それは、救いではないけれど。

報いにはなる。

紫蓮には、死後のことはわからない。

だからこれは、遺された者にたいする祈りだ。愛する姐がいなくなっても、宮廷で争い続けなければならない青青のための。

笹舟に蛍の火がほつと、燈る。

微睡《まどろ》むようにたゆたいながら、笹舟は遠ざかっていった。

✦

椀のなかで、ふるふると揺れていたのは透きとおる瓊脂冰《かんてんひょう》だった。

紫蓮は瞳を輝かせて、幸せそうな息をついた。

「きれいだねえ」

「ふふっ、喜んでいただけたようで、なによりです」

「ほんとうにいただいてもいいのかな」

「もちろんです、あなたのためにもってきた見舞いの冷果《かし》なのですから」

絳はにこにこと紫蓮に微笑みかけた。

紫蓮が獄舎から解放されて五日経った。

牟《ム》勇明《ユウメイ》は杖《じょう》にて百敲《ひやくたたき》に処されたのち、身分を剝奪されて斎《サイ》の最北に左遷《させん》となった。事実上流罪《るざい》に等しい。衛尉卿《えいいけい》という元の官職から考えれば、重い処分をくだせたほうだろう。

ほんとうならば「眼には眼を。死には死を」と言い渡したかったところだが、欲は言えない。

諸々の後処理が終わったので、絳は見舞いの冷果をもって紫蓮の見舞いにきていた。

瓊脂冰《かんてんひょう》とは夏を代表する冷果だ。天草《テングサ》を煮溶かして固めた瓊脂《ところてん》を型から押しだすと、麺のようなかたちになる。瓊脂には味がないので、黒蜜、あるいはゆるめた胡麻《ごま》あんをかけて食感を楽しむのだが、これがまたひんやりとして絶品なのだとか。絳は実際には食べたことがなく、妃妾たちの噂を聞いて都から取り寄せたのであった。

紫蓮はさっそく箸をつかって、瓊脂冰《かんてんひょう》を食す。

「ん……」

日頃から凛とした態度を崩さない紫蓮が甘い物を頬張って、へちゃりと微笑む。

「瓊脂《ところてん》に絡んだ胡麻あんの芳醇な甘みがたまらないね、絶品だよ」

紫蓮は夢中になって、箸を進める。ちゅるちゅると瓊脂冰《かんてんひょう》がうす紅の唇に吸いこまれていった。

ほんとうに幸せそうに彼女は冷菓《かし》を堪能している。そんな彼女を眺めていると思わず、微笑と一緒に言葉がこぼれた。

「ふ、可愛い姑娘《ひと》だ」

「へ」

紫蓮がぽかんとなる。

「いえ、あなたはほんとうに可愛らしいなとおもいまして」

「可愛い、ねえ？　きみはやっぱり、変わっているね。屍の腹を割《さ》くような姑娘が可愛いはずがないだろうに。人から趣味が変だといわれたことはないかな」

やれやれとため息混じりに尋ねられた。

「さあ、どうでしょう。趣味どころか、これといって好きなものができた経験がないので。あなたこそ、どなたからか愛らしいと言われたことはないのですか」

「ないね。妖妃にそんなことを言うのはきみくらいだよ」

「そうですか。あなたの愛らしさが理解できないなんて、残念な男ばかりだったのですね。ああ、でも、私にとっては喜ばしいことですが」

絳はすっかりと舞いあがっていたが、紫蓮は呆れを通り越して諦めたとばかりに肩を竦めた。

「それより、きみは食べないのかな」

「私ですか？　私は」

「瓊脂《ところてん》はまだ残っているよ。せっかくだから一緒にどうかな。冷やした甜茶《てんちゃ》もあるんだよ」

紫蓮はいそいそと椅子を離れ、甜茶を淹れてきてくれた。

離宮には女官がいないのだと絳はあらためて想いだす。特に不便はなさそうだが、孤独ではないのだろうか。動物や蝶の死骸を愛でながら、静まりかえった舎のなかで暮らすことは。後宮丞の権限をつかえば、離宮に女官を派遣することもできるが――そこまで考えて、よけいなことだと考えなおす。彼女は強い姑娘《ひと》だ。勝手に想像して哀れむようなことをするべきではない。

「すみません、お気遣いをいただいてしまって」

淹れてもらった甜茶を飲み、絳は息をついた。

甜茶はたっぷりと砂糖をいれたような甘みがあるお茶だ。微かな苦みもあるが、これを好むということは紫蓮は甘い物に眼がないに違いなかった。

「きみはお客さんだからね。静かなお客さんはそれなりにもてなすつもりではいるよ。大抵のお客さんは残念ながら、茶が飲めないのだけれどね」

「それはまあ、……死んでいますからね」

「でも、茶を淹れてあげることはあるよ」

「死んでるのに、ですか」

「なにか、変かな」

椅子に屍をすわらせ、茶会を催している紫蓮を想像する。

ともすれば異様な風景だが、彼女ならば絵になるのだろうとおもった。彼女には屍にたいする愛があるからだ。死者を死者と侮らず、人として扱うからこその。

「できたよ、どうぞ」

「いただきます」

紫蓮は型から瓊脂《ところてん》をだして胡麻あんをたっぷりとかけてくれた。絳は遠慮がちに箸を取る。瓊脂にあんがよく絡み、品のいい味わいだ。最後に豊かな胡麻の風味が残る。

「きみ、変わった箸の持ちかただね」

絳は咄嗟に箸を持っていた指を袖で隠した。苦笑しようとして、できなかった。強張った声が喉につかえる。

「ごまかせて、いた、つもりだったのですが」

「人差し指をつかっていないよね。持ちにくくはないのかな」

「育ちが、あまりよくないもので。人と食事をする時は箸をつかうものは避けるようにしていたのですが……あなたは綺麗に箸をつかいますね」

紫蓮の箸づかいは瓊脂氷《かんてんひょう》のようにつかみにくいものを食べている時でも乱れることがなかった。ふたつの箸に指が吸いつくように寄りそい、動いている。

「このあたりは土葬だけど、火葬をする地域があってね、屍を燃やして箸で焼け残った骨をつまむんだよ。だから、そういう時にこまらないよう、母様から教わったのさ」

「あなたにとっては、万事が死につながっているということですか。ふふ、あなたらしいですね」

絳はなんとか、いつも通りに微笑む。

ここで、この話を終わらせることもできた。だが、絳は箸を置いて紫蓮に尋ねる。

「みっともないでしょう？　めったにばれないのですが、ときどき指摘されては親の躾《しつけ》がなっていなかったのだと責められました」

そして残念ながら、それは事実だ。

絳が物心ついた時から、家族が一緒にそろって食事を取るということはなかった。

絳は姜家の二男として産まれ、教育は長男に、愛は産まれたばかりの三男四男にばかり与えられ、箸のつかいかたも敬語のつかいかたも親からは教えてもらえなかった。

五歳の時には祖父のもとに預けられ、暇さえあれば毒茸や毒蛇ばかりを喰っている寡黙《かもく》な変人とふたりで暮らしていた。

祖父から教わったことはひとつだけだ。

「なおせないのです、どうしても」

身なりや振る舞いで侮られることがないように努力を重ねたが、箸の扱いだけは矯正できなかった。産まれは変えられないのだと絶えず後ろ指をさされているかのように。

「いいんじゃないかな」

紫蓮の声は絳が毒気を抜かれるほどにあっさりとしていた。

「私は……その、それなりになやんでいたのですが」

「重く捉えすぎだよ。たかが箸じゃないか。僕は変わっているなとおもったけれど、そう他人ではわからないような間違えかただし、食卓を散らかしたり、他人《ひと》をいやな気持ちにさせたりするわけでもない。こうあるべき、なんていう規則はそうではないひとを責めるためにつくられたもの、だったりするからねえ」

「たかが、箸、ですか」

紫蓮は絳の劣等感をいともたやすく吹きとばす。軽やかだが、軽んじてはいない。その証として彼女の眼はまっすぐに絳を映していた。

「は……」

肺に詰めすぎた息をはきだすように絳は笑った。

「ほんとうにあなたという姑娘《ひと》は」

言葉をかみ締めているうちに紫蓮はまた、嬉しそうに瓊脂冰《かんてんひょう》を頬張っている。気ままというか、そんなところも可愛らしかった。

ごきげんで食べ進めていた紫蓮が「いたっ」と息をつめ、眉をしかめた。

「だいじょうぶですか？」

「さすがに傷になっていてね、時々背がいたむんだよ。軟膏《なんこう》はもらったんだけど、背には薬がぬれなくって。こまったものだね」

　あれだけ酷い打たれかたをしたのだ。傷だらけになっていてもおかしくはなかった。いてもたってもいられず、絳は紫蓮の側に跪く。

「薬をぬる時だけ、あなたに触れることを許していただけませんか」

「む、無理かな」

　きちんと誠意を表したつもりだったのだが、紫蓮は頰をひきつらせた。

「たぶん、血を喀《は》くよ？」

「そ、そこまで、おいやですか……」

「きみだから、いやなわけじゃないよ。ついでに言えば、辛抱するとかいう段階でもなくてだね。こう、ほんとに無理なんだよ」

「昔からですか」

　紫蓮が視線を彷徨わせる。

「どうかな。想いだせないけれど、幼い頃はここまで酷くはなかったはずだよ。他人《ひと》に触られても、触っても」

「女官には化粧を施しておられたとおもうのですが」

「手套《てぶくろ》をしていれば、なんとかかね」

「それでは私が手套をつければよいのでは？　試して、無理そうだったら仰ってください。薬をぬれずに風《ふう》でも侵入《はい》ったら取りかえしがつきませんから」

絳は証拠物などに触れることもあるので、常に手套を持っている。手套をはめ、軟膏を預かった。

紫蓮は「いいのに」と遠慮しながら、気遣いは嬉しいのか、背をむけて襦《どうぎ》をはだけさせた。

想像していたほど傷は酷くなく、浅いものがふたつだけだった。琅邪《ロウヤ》がいかに笞の加減を心得ているかがわかる。

「ぬりますね。しみるかもしれません」

傷に軟膏をすりこみながら、絳は紫蓮がたどってきた経緯に想いを馳せた。

彼女はこの華奢な肩にどれだけの死を背負い、葬ってきたのか。

真実をあばき、死者の声を語るほどに彼女は忌避される。責められ、疑われ、虐げられても、真実を託されたかぎりはぜったいに口を噤《つぐ》まない。その声が何処にも響かないものだと諦めながら、叫び続けることができる。

それがこの姑娘《ひと》の強さだ。

いつだったか、死化粧とは死の毒に蝕まれながら施すものだと紫蓮は語っていた。

検視もまた、しかりだ。

白皙《はくせき》の肌に散った傷。傷ましいと感じる心に嘘はなかった。

「――堀から、遺骨があがりました」

だというのに、絳は紫蓮に新たな死の依頼を持ちかける。

検視を繰りかえすほど、紫蓮の身に危険がせまると理解していながら。

「骨になっていても身元を調べることはできますか」

「可能だよ」

紫蓮は戸惑わなかった。

「ぜったいにできるとまでは言わないけれどね。復元できるかぎりは復元しよう。身元がわからなければ、誰にも悼んでもらえない。それではあまりに可哀想だからね」

絳は毒気を抜かれる。

身元不明の骨について、彼は事件性があるかどうかしか考慮していなかった。後宮に潜入していたものがいたとすれば、絳が知りたい先帝の死の真実ともつながりがあるのではないかと。

絳のなかでは骨はすでに物だった。

だが紫蓮は、命があった者として扱うのだ。

「還らないひとを待ち続けている家族、友達、愛するひとがいるかもしれない。だったら、せめて故郷の土に埋めてあげないとね」

背をむけているので表情は覗えないが、静謐《せいひつ》な、それでいて慈愛を湛えた眼差しをしているであろうことは声の響きから想像がついた。

「僕は、死に寄りそうものだから」

紫蓮が頭を傾《かし》がせるように振りかえり、微笑む。窓から差す細い陽光が紫の眼を透きとおらせた。

紫の眼。今は亡き先帝と重なる。

絳は微かに息をつまらせる。無性に胸を掻きむしられた。

こみあげるのは後悔と、魂まで焼きこげるような怨嗟だ。こらえきれず、絳はそろえた人差し指と中指で紫蓮の項《うなじ》を横に払った。首を落とさんとするように。

微かにかすめただけ。

「ひゃっ」

だが、紫蓮は声をあげて背をそらす。

「なんのつもりかな」

「……失敬。項にまで傷があるのかとおもったら、髪がかかっていただけでした」

絳はすかさず、微笑みをよそおった。

「だったら、声をかけてくれたらいいのに。……ぞわっとしたよ」

塗り終わった軟膏をかえす。紫蓮は着崩していた襦をまといなおした。

帯が緩んだのか、結びなおす紫蓮から眼を逸らして、絳は手套を外し自身の指に視線を落とす。

微かな布越しに伝わってきた熱がまだ、指の腹に残っていた。

脈まではさすがに感じられなかったが、彼女の命は感じた。

弱い命だ。彼女がいかに強い魂を持っていようとも、命というものは等しく脆い。腹を裂かれたら、頭を割られたら、首を落とされたら、彼女はかんたんに死に逝く。

だとしても、彼女は後悔ひとつせず、諦めたように凄惨な死を享け入れるのだろう。

それがたまらなく、憎い。

彼女が惨たらしく傷つき、また壊されるくらいならばいっそ。

「紫蓮、愛しています」

嘘では、ない。

それだけが真実なわけではなくとも。

「はいはい、ほんとうにきみは奇人だねえ」

紫蓮が微苦笑する。

窓から風が吹きこんできた。夏のむっとした風に乗って噎せかえるような花の香が漂う。強すぎる花の香はなぜか、死を連想させた。

（私は）

愛想よく微笑みかけ、他愛のないことを喋りながら。

（彼女を、道連れにしようとしている）

◆

「今、言った通りだ。堀からあがった骨は今朝処分した」

絳は耳を疑った。

官吏はそれがなんだといいたげに頭《かぶり》を振る。

「ですが、まだ身元も明らかになっていなかったはずです」

「骨になっていては、身元はわからんだろう。捜査はうちやめだ。宮廷の外にある風葬地《ふうそうち》におくられたよ」

「そんな」

日の角度を確かめる。まだ隅中《ぐうちゅう》の正刻（午前十時）だ。厩《うまや》から馬を借りて、風葬地に急げば間にあうだろうか。

焦燥にかられた絳の表情をみて、官吏は鼻で嗤う。

「しょせん、他人《たにん》の骨だろう。なにを必死になることがある」

絳は唇をかむ。

その通りだ。絳もまた、昨日まではそう考えていた。手掛かりになる、かもしれないというだけだったら、ここまで焦慮《しょうりょ》することはなかったはずだ。

だが、紫蓮ならば。

縁もゆかりもない、誰かもわからない骨にたいして「可哀想だ」と哀悼を投げかけたその眼を想えば、胸を掻きむしられた。

紫蓮に検視を依頼したかぎりは、彼もまた、誠意をつくしてしかるべきだ。

残念だった、で諦めるわけにはいかない。

「青青、ただちに馬を」

側にいた青青に声をかける。

絳は青青が慌てて連れてきた馬を駆り、宮廷の北東にある風葬地にむかった。

＊＊＊

荒野《あれの》に吹きつける風は鼻を刺す死臭を帯びていた。

剝きだしの荒れ地には黄変《おうへん》した草が疎《まば》らに根を残し、風に揺れている。

風葬地とは身寄りのない屍、疫死《えきし》した屍を野ざらしにして処理する場所だ。昨今都では疫病がおこっていないため、ここに運ばれるのは罪人や奴婢、宦官の屍が八割をしめる。残りは身元不明の遺体だ。

砂埃をあげて、馬が停まる。

絳は馬から下乗《げじよう》して、風葬地にある崖に屍を投げこんでいる奴婢に声をかけた。

「私は姜絳《キコウ》、後宮丞《こうきゆうじよう》です。宮廷から遺骨が運びこまれたはずですが」

「え、ああ、それでしたら、あっちに」

指さされたほうに視線をむければ、今まさに粗末な袋が崖から投げ捨てられるところだった。間違いない。あの袋のなかみが例の骨だ。絳は反射的に走りだす。

「っ」

声をかける余裕もなかった。

絳は奴婢を押しのけて崖から身を乗りだし、宙を舞う袋をつかんだ。

崖が崩れる。

しまった、とおもったのがさきか、絳は落ちていく。呆気に取られた奴婢たちが視界の端に映って遠ざかる。

崖は深かった。

死、という言葉が頭をよぎる。縁もゆかりもない骨を取りもどすために崖から落ちて死んだ、なんてお笑いぐさだ。ぞっとする。

（でも、そうか。紫蓮はいつも、こんなことをしているのか）

屍に命を賭ける。言葉にすればそれだけのことだが、現実にはこんなにも愚かで、おそろしく、常軌を逸したことなのか――絳が唇をゆがめる。笑いがこみあげてきた。つかんだ袋をはなさぬよう、強く握り締めて、絳は落ちた。

衝撃は重かった。だが、死ぬほどではない。

意外だ。

絳がとじていた眼をあければ、腐乱した屍の海があった。柔らかく熟れた肉の塊が衝撃をやわらげてくれたのだ。普通ならば絶叫するような状況だったが、絳は異様なほどに落ちついていた。

死んだものたちに助けられたのだ。

（せめても、その骨だけでも葬ってやってはくれないかと、彼らから頼まれたように感じるのはさすがに妄想が過ぎるだろうか）

頭上では奴婢たちが慌てている。

「縄梯子《なわばしご》を」

崖の底から絳が声をかける。投げかけられた縄梯子をあがりながら、絳は棄てられた屍たちに黙《もく》禱《とう》を捧げた。

✦

「預からせてもらうね」

風呂敷につつまれた骨は重かった。

魂の重さは約五銭（21グラム）という。書物によれば、死後は魂が抜けるため、躰《にくたい》は軽くなるのだとか。骨になってしまえば、さらに重さはなくなる。

だが、紫蓮にとっては死んだものたちはいつだって、重い。

命ある時に積み重ねてきた経験が、想いが、なくなるわけではないからだ。

「ここにいても、構いませんか？　骨をどんなふうに復元するのか、興味があります。迷惑でなければ、なのですが」

「後ろから抱きついてきたりしないのなら、いいよ」

紫蓮は風呂敷から骨を取りだして、ひとつひとつ、ならべていく。

人間は、二百六個もの骨でできている。

依頼された遺骨は細かい部分はかなり減っていたが、重要な骨はそろっていた。特に頭蓋骨はきれいだ。

腐敗する危険のある遺体を扱う時は窓の帳をおろして日を避けるが、このたびはそうではない。傾きはじめた午後の日差しに照らされた骨は白かった。藻がむして、緑がかっているところもある。

「ほんとうにここから、身元が特定できるほどに復元することが可能なのですか」

ならんだ骨をみて、絳がわずかに眉を曇らせる。紫蓮の腕を疑っている、というよりは現実にそんな奇蹟じみたことができるのかという不安感が漂っていた。

「復元というよりは、復顔《ふくがん》かな」

頭蓋骨を持ちあげる。

「顎がかけていたりすると、難しくなるのだけれど、この頭蓋骨はきれいに残っているから、ちゃんとよみがえらせることができるとおもうよ」

頭蓋骨だけではなく、遺された骨を細部まで確かめていく。かたちはどうか。硬いか、脆いか。骨折した痕はあるか。

「彼女は知命《ちめい》（五十歳）になったばかりだね」

「もうそこまでわかったのですか。彼女ということは、女人《にょにん》だったのですね」

絳はそもそも、この骨が男か女かも識別できていなかったらしい。紫蓮は髑髏《どくろ》の眼窩《がんか》から顎の輪郭までを指でなぞりながら、続ける。

「眼窩はまるみを帯びていて、顎は細く、輪郭がやや角ばっているね。由緒ある家の育ちだったのかな」

「身分によって、骨に違いがあるのですか」

「幼少期から食べている物によっても、骨格には違いがでてくるからね。貧しい民は顎がふとくて頬骨が横に張りだす――これは小麦ではなく、硬い雑穀《ざっこく》ばかりを食べているせいだね。地域によって肉を食べることがあっても、野生の雉《きじ》とか鳩《はと》、猪《いのしし》あたりだ」

「確かに地方では男女ともに骨格からして、がっちりとしていますね」

「良家は柔らかい穀物を好み、時間をかけて調理する。小麦を練って饅頭《マントウ》を蒸したり麺にしたりね。だから顎が発達せず、細くなりやすい。これが何代か続けば、違いは歴然たるものになる。骨格は遺伝するからね。家柄と言ったのはそのせいだよ」

「貧しい家に育ったものが身をたてて富を築くというのはきわめて希ですが、先祖が豊かであれば、子孫もまた裕福な暮らしが続けていけるものですからね」

「まあ、貧しすぎると、こんどは粥《かゆ》ばかりを食べだして顎が細《ほそ》るから、一概には言えないのだけれどね。ただ、ちゃんとした食が取れていなければ、栄養失調になって骨が脆くなる。彼女は骨が硬くてしっかりとしているから、豊かで、毎食食べられていたことは明らかだ」

「つまり、裕福な身分のものだったと推測できるわけですね。斎の後宮には知命前後の妃妾もまれにいますから、そのおひとりでしょうか」

「いや、妃妾だとはおもえないね。彼女はずいぶんと働きものだったみたいだよ」

「なぜ、そんなことが」

「骨棘《こつきょく》があるんだよ。これは日頃から関節部に負荷をかけすぎていることで起こる骨の変形でね、外骨腫《がいこつしゅ》ともいう。ほら、このあたり、棘《とげ》みたいになっているだろう？　彼女にはこうした骨棘が大《だい》腿骨《たいこつ》、上腕骨、腰椎《ようつい》にある。妃妾がこんなふうになるほど働いているとは思えないな」

妃妾によっては機織りなどするものもいるが、これは明らかに重い荷を持ったり掃除洗濯をしていた骨だ。

「女官ということですか」

「続いて、顎のところをみてもらえるかな。食い縛りのくせが残っている。日頃から思いなやむことがあった証だよ。士族の産まれで責任のある重職についていたとなれば、命婦《みょうぶ》じゃないかな」

紫蓮は針を取りだして、頭蓋骨に刺していった。額、頬骨、鼻、顎と針の高さを確認して、これくらいかなとあたりをつける。

「これはいったい、なにをなさっているのですか」

「筋肉や脂肪の厚みを推定して、杭をつけておくんだよ。眼窩には義眼《ぎがん》をはめて」

「青青だったら、この段階で悲鳴のひとつやふたつはあげていそうですね」

紫蓮は一度退室して、庖《くりや》のかまどで温めておいた粘土《ねんど》を持ってきた。

「粘土で顔を造るのですか、なるほど」

復顔は造形だ。特殊化粧ともいう。

紫蓮は針を参考にしながら、頭蓋骨に直接、表情筋をかたどった粘土を張りつけていった。頬骨、額の骨からなめらかな線をえがき、鼻のかたちを造っていく。

「鼻の軟骨は残っていないのに、どうやって復元するのですか」

「前鼻棘《ぜんびきょく》を参考にするんだよ」

上顎から突きだした骨の小さな突起部分を指す。

「前鼻棘と鼻骨とを結んで輪郭を割りだせば、おおよそのかたちがわかる。あとは鼻腔の幅かな。鼻ひとつから推察しても、彼女は器量よしだったとおもうよ」

ついでに骨格をみれば肥《ふと》りやすいか痩せやすいか、肥満すると何処に脂肪がつくのかまで推測できる。

「彼女は脚の骨がきれいだった。知命《ちめい》になっても、大腿骨の頭がつぶれていないということは肥《ふと》ってはいなかったんじゃないかな」

紫蓮はつらつらと喋りながら、復顔を続ける。

椅子に腰かけた絳は終始真剣な眼差しをして、復顔の工程を観ていた。

彼がなにを考え、側にいるのか、紫蓮にはいまだに理解ができない。死にまつわる職に興味を持つなんて、普通では考えられないことだ。かといって監視というわけでもない。

好奇心ならば、ほんとうにたいそうな奇人だ。

だが、彼の視線は好奇心というには熱心すぎた。

「きみの眼は死を見慣れているね。慣れ親しんでいると言ってもいいくらいだ」

骨に触れる紫蓮の指を追いかけていた絳の視線が、微かにあがる。紫蓮と絳の視線が絡んで、すっとほどかれた。

「刑部の官吏などしていると、死にも慣れるものですよ」

ああ、また、嘘だ。

紫蓮には嘘がわかる。

正確には絳のそれは、嘘ではない。表むきの事実を言って、真実をふせている、というだけだ。

ほんとうに底の知れない男だ。

紫蓮はため息をついて、復元に意識を集中させた。あとは絳にむかって喋ることはなく、骨になってしまった彼女に時々語りかけるばかりとなった。

「無理をして働き続けてきたんだね。ほんとうにお疲れ様。これからはゆるりとやすめばいいよ」

そう囁きかけて、紫蓮は棘だらけの骨をなでさすった。

どれくらい経っただろうか。紫蓮がひと息ついて顔をあげれば、すっかりと日が落ちていた。絳が気遣って燈してくれたのか、壁ぎわにおかれた燭火が燃えている。お陰で晩になったこともわからないほどに没頭することができた。

絳は椅子に腰かけ、頰杖《ほおづえ》をついていた。

「眠っているのかな」

物腰穏やかに振る舞いながら、絶えず神経を張りつめている男が、こんなふうに寝入るなんて意外だった。

息をころして覗きこむ。

ふせられた睫からひき結ばれた唇まで微動だにせず、まさか呼吸もしていないのではないかと疑うほどの静けさだ。

よほどに疲れていたのだろう。

離宮に骨を持ってきたとき、絳は髪がわずかに濡れていた。身を浄めて官服も新しいものに取り替えてきたのだろうが、死臭はそうかんたんには洗い流せないものだ。

推察するに、骨はすでに廃棄されていて風葬地あたりから拾ってきたのではないか。

「むちゃをするねえ、ほんとうに愚かだな、きみって男は」

紫蓮は死に寄りそうものだ。死者のために命を賭けることもできる。だが彼はそうではない。それなのに骨ひとつのために危険をおかしてくれた。

これは紫蓮にたいする誠意だ。

「でも、その愚かさが、僕はきらいじゃないよ」

好きだとはいわなかった。

姜絳は奇妙な男だ。義心や善心だけで動いているとは想えないが、貫いても損にしかならないような条理を徹そうとする愚かなところがある。

死に急いでいる、というべきか。

絡んでいた睫がほどかれ、絳が眼をあけた。

寝ぼけているのか、彼は紫蓮にむかって腕を伸ばしかけ――意識を取りもどして、やめる。

「できたよ」

紫蓮がいつも通りに微笑みかけた。

絳は視線を動かして、紫蓮の背後にあるものをみた。

転瞬、息をのむ。しばらくは言葉を絶していたが、やがて彼はつぶやいた。

安らかな屍が横たえられていた。

たったいま、息をひき取ったばかりというような。

「奇蹟だ」

✦

喪を表す白紙《しらがみ》の提燈が、風に揺れる。

華の後宮の中庭では、真昼から葬礼が執りおこなわれていた。

列にならぶ女官たちは一様に孝服《もふく》を着てはいるが、妙に落ちつかず、顔を見あわせてはひそひそと声をたてていた。

「ねえ、これって、どなたのお葬式なのかしら」

「さあ……知らない」

「かならず参列するように、とだけいわれたから」

誰もが葬るべき故人も知らず、会葬《かいそう》している。異様な事態だ。困惑するのも致しかたない。

柩《ひつぎ》がひらかれた。

訝《いぶか》しんでいた女官たちは柩を覗き、いっせいに声をあげる。

「冉命婦《ゼンみようぶ》だわ」

五年前に華々しく退職して帰郷したはずの冉吟《ゼンギン》が横たわっていた。老いてなお弛《ゆる》むことなく凜々しい目もとも、かたときも紅を落とさなかった唇も、宮廷を後にしたあの時と変わらない。

顔をみるなり、泣き崩れる女官までいた。

「わっ、私、冉命婦にあこがれてたの。男に頼らなくとも胸を張って生きていく道があるんだって、冉命婦が教えてくれたから」

「きびしいけど、情の厚いおひとだったよね。妃嬪さまに濡れぎぬをきせられて牢屋に連れていかれそうになった時にも、冉命婦がかばってくださって」

「退職された時はさびしかったけど、故郷にご家族がいるって聞いて、よかったなあとおもっていたのに、なんでこんな」

離れたところから、絳が葬礼の様子をみていた。

紫蓮によって復元された屍を庁舎に持ち帰った絳は、官吏たちに確認してまわることで身元の特定を進めようとした。だが、なにぶん、後宮がとじられていた時の命婦だ。官吏たちは命婦と接触することがめったになかった。現皇太妃《こうたいひ》つきの命婦、かつ現皇帝の養育係をつとめていた冉吟《ゼンギン》ではないかという意見が集まったが、まさか皇太妃や皇帝に遺体を検めてもらうわけにはいかない。

葬礼を執りおこない、女官たちに確認させればどうかと絳は提案し、それは功《こう》を奏した。あとは事態を収拾するだけだ。

「急なことで失礼いたしました。じつは冉命婦の遺言だったのです。死後は、彼女がもっとも彼女らしくいられたこの後宮で、愛する女官たちに葬ってほしいと」

嘘だ。冉命婦は遺言もなく横死《おうし》していた。だが、女官たちはそうだったのかと納得して、感涙する。あながち、冉命婦の遺志《いし》からも遠くはないとおもった。

柩の冉命婦は死んだ時の姿によみがえり、やすらかに微笑んでいる。今朝がた逝去したばかりだといわれても疑えなかった。

苔《こけ》むした骨だったとはとても想えない。まして、肌も髪も作り物だなんて。

女官たちは思い思いに冉命婦のことを語りあう。こんなことがあった、あんな言葉をかけてもらったと想いだし、故人の美談に花を咲かせる。

あとは彼女らにまかせ、絳はその場を去ろうとする。

中庭を一望できる二階の渡り廊《ろうか》で紫の蓮が揺れていた。絳は急ぎ足で階段をあがる。

「やあ、お疲れ様だったね、後宮丞さん」

思った通り、緌紫蓮がいた。

艶やかな髪を風になびかせて、葬礼の様子を眺めている。

「しかしながら、退職して帰郷したはずの冉吟がなぜ、後宮の堀に沈んでいたのでしょうか。足を滑らせての事故死か、あるいは」

紫蓮が振りかえらずにこたえる。

「さあね。骨をみるかぎりでは溺死だけど、なぜ死んだのかまではわからなかったな。突き落とされたのか。誤って落ちたのか。みずから飛びこんだのか」

「飛びこみ、ですか」

「……還るところが、なかったのかもしれないね」

三界に家なしと、紫蓮は喉もとで微かに言葉を転がす。

「男に頼らず、最後まで誇りをもって働き続けた彼女の生きざまは素晴らしいものだよ。でも、家族がそれを肯定するかは……難しいところだろうね」

おそらくは女の領分ではないというだろう。

領分なんて、それぞれがみずからのちからで拓《ひら》いていくものだというのに。

「まあ、それもまた、憶測にすぎない。真実は水の底だよ。確かなことはひとつさ、彼女の死はきちんと悼《いた》まれ、葬られた」

紫蓮にうながされて、絳はあらためて葬列に視線をむけた。

女官たちは涙ながらに花を抱え、かわるがわる、柩に花を納めていく。柩はあっというまに花で埋めつくされた。

「蓋棺事定《がいかんじてい》――棺を蓋《おお》いて事定《ことさだ》まる、か」

紫蓮がぽつりと言う。

「どういう意味ですか？」

「そのひとがほんとうに良い生きかたをしてきたかは死んだあとにきまる、だそうだよ。生きているうちは身分だとか利害だとかそういうものに縛られているが、死んだあとは平等だからね」

紫蓮は芙蓉《ふよう》の眥《まなじり》を綻ばせる。

「冉吟《ゼンギン》という命婦は、ほんとうに素敵な生きかたをしたんだね」

泣くものがいる、笑うものがいる。

こんなに賑やかな葬礼があっただろうか。

風葬地に捨てられていたら、こんなふうに葬《おく》られることはなかった。

紫蓮は息をつき、やっと終われたんだねと睫をふせる。だが絳は、まだなにかが終わっていないような胸さわぎをおぼえ、唇をかんだ。

✦

命婦の葬礼から五日経った。

あれから依頼もなく、紫蓮は暑さにだらけながらひきこもっていた。

離宮は後宮の北側にあって日があたらず、夏でも寒々しい風が吹くことがあるが、こうも酷暑が続いていると暑いものは暑い。

「釜茹《かまゆ》でにでもなっているきぶんだよ……ううっ」

風鈴が音を奏でる。客だろうか、といっても離宮に尋ねてくるものなんか、ひとりだけだ。

「紫蓮、依頼が、って……とけてませんか?」

「あぁ、みての通りだよ、暑くてね……」

部屋の日陰で伸びていた紫蓮が、ぱたぱたとやる気なく袖を振る。

「塩をかけられたなめくじかとおもいましたよ」

「あれって水分を奪われて縮むだけで、そうそう死ぬまではいかないらしいよ。水をかけたら元通りさ。だから、なめくじのほうがまだ、僕よりはげんきだとおもうよ……」

「真剣に比べないでくださいよ」

「僕はいま、片脚どころか、頭から棺桶につっこんでいる」

「あなたが言うと洒落《しゃれ》にならないですね」

絳が苦笑いしつつ紫蓮のもとに寄ってきた。桶を提げている。それだけで紫蓮には察しがついた。

「首だね」

「左様です。残りは荷車に乗せて、廊下においておきました。首を縫いつないで、復元していただけますか」

紫蓮はもそもそと起きあがり、桶から首を取りだす。

「斬首か。でも、復元の依頼ということは罪人ではないね。おおかた草賊《そうぞく》に捕まって殺された官吏、かな」

草賊とは宮廷に反旗をひるがえした賊軍《ぞくぐん》を表す。

「ご明察です。あなたの推理にもはや妖術のようですね」

宮廷が塩の密売を取り締まったところ、都で密売者たちによる暴動が勃発したという。

彼らは役人を捕らえて首を落とし、密売を禁ずるならば職を失ったものたちに官職を与えろと訴えた。斎はこれにおうじず、官軍《かんぐん》をむかわせて暴動を鎮静化させた。

「都では昨今、反乱が頻発しています」

「民はそんなに貧しいのかな」

「豊かではありませんね。ですが、貧しくはない。終戦から百年が経ち、争いにたいする恐怖心がなくなり、不満のほうが膨らんできたというのもあります。それと――」

言いかけて、絳は言葉を濁らせた。

「先帝だね」

絳は苦笑する。

「左様です。祟りじみた先帝の崩御が噂を掻きたて、民の反政意識に拍車がかかった」

政が乱れていたせいで先帝は変死した、という絶好の口実を与えてしまったわけだ。

「とはいえ、先帝がご存命の時から反乱はありました。まして昨今のような浅はかな騒擾《そうじょう》ではなく、思想をもった武官、文官による反逆だったため、被害は甚大でした」

「紫巾《しきん》の乱だね。確か八年前だったかな」

草賊がそろって紫の頭巾《ずきん》をかぶっていたことから、その称《しょう》がついた。

「あの時は宮廷のなかにまで賊徒《ぞくと》が傾《なだ》れこんできたとか。発端はなんだったかな」

「天候不順です。日照りが続き、特に南部の農地は凶作で大規模な飢饉が起きた。先帝陛下は大幅に減税するとお決めになられたのですが、使者の役割を担っていた宦官が農民には減税のことを報せなかった。農民から過度に巻きあげたあと、減税した額を納めて残りは懐に入れていたわけです」

「酷い話だねぇ」

「農民は冬を越えられぬと一揆《いっき》を結びました」

それだけならば、宮廷にまで被害が及ぶことはなかった。

「時をおなじくして、先帝陛下が宦官に官職を与えていることに反発していた士族出身の官吏たちが農民と手を組んだ。官吏らは暴徒化した農民を宮廷内に誘導。結果、大勢の者たちが命を落とす事態になりました。陛下は自責し、斬首に処された賊徒や謀反人を含め、紫巾の乱で絶命した全員を懇《ねんご》ろに葬りました」

「そうか。だからだったんだね」

紫蓮は喋りながら針に糸を通す。

「紫巾の乱が鎮静してから、斬首された屍が続々と母様のもとに運びこまれた。三百は越えていたかな。埋葬するにあたって首をつないでやってくれと」

斬首は人道《じんどう》を重んじた死刑だ。一撃で首を落とせば、苦痛が続くこともない。

よって斬首は身分ある士族の特権とされていた。

だが、先帝は農民にたいしても平等に情けをかけ、斬首刑に処した。

その一方で、百年ほど昔までは斬首ほど残虐な刑はないと認知されていた。斬首された屍は死後、輪廻することができないという教えが浸透していたからだ。名家ほど古い教えを信じるものが多い。

斬首されたあとは遺族が賄賂を渡すなりして、首をつないでから埋葬するのが慣例となった。

だが、農民の遺族にそんな銭はない。だから先帝が直々に死化粧妃に委託したのだ。

「謀反というかたちであれ、国を憂うものを死後、冒瀆《ぼうとく》するわけにはいかないというのが先帝のご意向でした」

微笑みながら、絳の眼が微かに陰る。

「人は平等であるべきで不条理に人権を剝奪されてはならないと、日頃から語っておられたので」

紫蓮が母親から聴いていた通りだ。先帝は弱者のための政を敷こうとしていた。先帝は宦官、奴婢といったものたちを優遇し、公正を期そうとした。

だが、乱の発端となったのは結局、強欲な宦官だった。

紫蓮はなんとも複雑な想いになって、話を切りあげる。

あらためて首を確認する。而立《じりつ》（三十歳）ほどか。妻がいて、家族もいただろう。哀れな男だ。

「稚拙な首の落としかただね」

「わかるのですか」

絳は眼を見張り、身を乗りだす。

「断頭するまでに五度、剣を振り落としている。首の骨は意外と硬いからね。熟達したものでなければ、剣一撃では落とせない」

宮廷には首斬役人の一族がいるが、大抵は斧をつかって落とす。とうぜんのことだが、失敗されるほどに受刑者は死ぬに死にきれず、地獄をみることになる。

「彼は、そうとうに苦しんだことだろうね……」

紫蓮は官吏の頰に散る血痕を拭う。後からあらためて清拭するが、まずは首をつないでからだ。洗髪して髭もそろえ、絶叫のかたちで硬直した口も微笑ませてあげなければ。

「ほんとうはね、わかっているんだ」

紫蓮は自嘲ぎみに失笑する。

「なにを、ですか」

「死は死だということを、だよ」

重い響きが、紅の施された唇を震わせた。

「いかにあろうと、命を奪われた、という事実に違いはない。それでも苦痛は人の尊厳を潰す。死にざまは時に生きざまをも穢すものだから」

史実をさかのぼれば、凄惨な死などはいくらでもある。

敵、罪人、異なる思想をもったものを、考えつくかぎり惨たらしく死にいたらしめ、これまで築きあげてきた経緯、功績まで陵辱する――これは現実に繰りかえされてきたことだ。

「乱の時にね、とてもきれいな首をみたよ。骨を砕くことなく、ひと振りで首が落とされていた」

想いだす。高きから低きに落ちる滝水《たきすい》のような斬撃。骨と骨のあいだをきれいにすり抜けて、断っていた。あれならば、首が落ちたこともわからないうちに息絶えることができたはずだ。

「幸福だったとはいわない。救いだともね。それでも、きれいだったんだ」

なぜか、絳が一瞬だけ、呼吸をとめた。

たまらなく嬉しいような。それでいて、取りもどせないものを懐かしみ、胸を締めつけられるような。奇妙な揺らぎが、短《みじ》かな息遣いにまざる。

「そう、ですか。それならば……よかった」

感傷をのみくだすように眼をふせて、彼は微笑した。

「さてと、これではご家族にも逢えないね。彼をよみがえらせてあげないと」

官吏の身体を運んできてもらった。首を縫い、つなぐ。膝に乗せた屍に語りかけながら針を動かしていると、絳がすぐ背後から覗きこんできた。

「すごいものですね。縫いあともわからないくらいだ」

息が微かに耳にかかる。背がぞわりと痺れた。

「あのねぇ、近すぎるよ」

「そうですか？　約束通り、触れてはいませんよ。紫蓮はおやさしいですから、まさか私が呼吸をすることまで、禁じたりはなさらないでしょう？」

「僕はやさしくないし、呼吸をしないでくれるなら、それに越したことはないよ」

「死んでしまうんですが」

「それがいやなら、距離を取ることだね」

「ひどいです」

ふふっと笑いを織りまぜた息がまた、項《うなじ》をかすめていった。ぜったいにわざとだ。

「まったく……きみがなにを考えているのか、僕にはちっともわからないよ。こんないやがらせをしてなにが楽しいんだか」

「いやがらせなんてとんでもない。私はただ、あなたのことが好きなだけですよ」

熟れすぎた果実のように絳は瞳を蕩《とろ》かせる。

「縁もない男の首を愛しげに縫いあげているあなたがたまらなく好きです」

ああ、だが、これは嘘じゃない。紫蓮にはわかってしまった。

この厄介な男は、ほんとうに心の根から紫蓮が好きなのだと。

だから敢えて、指摘する。

「嘘だね」

「ふふふ、疑っている振りをするなんて酷い姑娘《ひと》だ。わかっているくせに」

絳はくつくつと喉を鳴らす。

低い嗤いかただ。お得意の愛想笑いとは明らかに違った。

「逢ったばかりの時は、あなたほどの技師が侮られ、妖妃だなんて謗《そし》りを受けている不条理に憤りを感じていました。ですが、いまは」

背をむけているので、紫蓮からは彼がどんな表情をしているのか、わからない。微笑んでいるのか。真剣なのか。あるいは。

「あなたが嫌われものでよかった」

酷烈な眼をしているのか。

「私は得をしました。屍を扱う時のあなたを、こんなふうに独占できるなんて」

逢った時から、そうだ。彼の考えていることは微塵も理解できない。

彼はおそらく碌でもない男だ。誠実ではあるが、何処かが致命的に壊れているのだと感じる。それなのに、拒絶するつもりには、なれない。

彼からは、死を感じるからだ。

紫蓮が死を愛し、死に縛られているように彼もまた、死に捕らわれている。

「……きみというひとは、ほんとにどうしようもないね」

やれやれとため息をついて、あとは黙々と針を動かす。

蟬噪だけが続く真夏の静けさが、奇妙に柔らかかった。

✦

その晩のことだ。

昔のことを想いだしたせいか、紫蓮は夢をみた。

紫蓮がまだ五歳になったばかりで、男として育てられていた時の夢だ。

母親と一緒に彼女は、後宮の橋を渡っていた。背後から侮蔑の声が追いかけてくる。

「死の穢れを振りまいて」

「皇帝陛下に愛されているつもりなの」

紫蓮はぎゅっと身を縮めかけた。だが、やましいことがないのならば胸を張っていなさいと母親から教えられた言葉を想いだして、背筋を伸ばす。その時、何処からともなく飛んできたつぶてが、紫蓮の頭にあたった。

紫蓮は涙ぐみ、泣きだしそうになる。

「泣いてはだめよ、おまえは男の子なんだから」

母親は紫蓮を振りむかずに言った。

紫蓮は唇をかみ締めて、涙をとめた。

橋を渡り終えてから、母親はようやっと振りかえる。

「偉かったわね」

孝服《もふく》を想わせる白い襦裙《きもの》に身を包んだ母親は微笑を湛えて、紫蓮を抱き締めてくれた。髪に飾られた玻璃《はり》のかんざしがきゃらきゃらと音を奏でる。

「ああ、ほんとうにおまえは綺麗な眼をしているのね。皇帝陛下に瓜ふたつだわ」

微かに潤んだ紫蓮の眼をみつめ、母親が語りかける。

紫の眼は皇族の正統な血脈を証明するものだ。母親は姑娘である紫蓮に男物の服を着せて、男のように喋らせた。皇姫《ひめ》ではなく皇子《おうじ》だったらとおもっていたのか。逢いにこない最愛の男《ひと》のおもかげを重ねていたのか。紫蓮にはわからない。

「ひとは眼から腐るのよ。呼吸がとまって魂魄が離れたその瞬間から眼は濁りはじめる。意志というものは胸でも頭でもなく、眼に宿る――」

母親はいかなる経書《けいしょ》にもない思想をもった女《ひと》だった。検視のみならず、医薬の知識にも富み、聡明であった。低級の妃妾であったためにそうした叡智が振るわれることはなかったが、皇后になっていればその才能がいかんなく発揮されたはずだ。

そんな母親のことを、紫蓮は敬愛していた。

「だから、生きながらに眼を濁らせてはだめよ。我が身を哀れんでこぼす涙はいつか、おまえの眼を穢《よご》すでしょう」

ひとつだけ、あふれてしまった涙を母親の指がさらっていく。

これは死化粧を施す指だ。

紫蓮は幼心ながら、せかいで一等美しいものは母親の指だと想っていた。

「その眼を護りなさい。おまえは皇帝陛下の御子なのだから」

母親を愛していたからこそ、そう繰りかえされるたびに紫蓮は胸が締めつけられた。

「わかっております。でも、ぼくはかあさまの――」

姑娘《むすめ》だと、訴えかけた言葉が喉につまる。

逢ったこともない皇帝陛下の御子ではなく、誇り高き死化粧妃の姑娘では、いけないのだろうか。

綏紫蓮、では母親をなぐさめることはできないのか。

認めては、もらえないのか。

「かあさま、ぼくは」

ふしめがちに覗った母親の顔が、崩れる。

悲鳴をあげる暇もなかった。瞼がひきつれ、唇がねじくれて、あとかたもなく壊れていく。

夢が、破れる。

「っ……は」

眠りからさめた紫蓮は胸もとを握り締めて、なんとか呼吸をする。

寝台から身を起こして、壁にかけられた鏡に視線をむけた。

髪を伸ばした姑娘の姿が映っている。

幼かったせいもあってか、紫蓮は男として育てられることに抵抗はなかった。それは母親が死に、紫蓮が後宮の死化粧妃という称を受け継ぐまで続いた。宮廷の命令で妃らしい格好を強いられたとき、紫蓮は言葉にできない空虚感をおぼえた。男だとか女だとか、くだらない。こんなやっかいな呪縛に誰も彼もが捕らわれ、息もできずにもがき続けているのか。

「女は微笑んでいなくては」「男なのに、涙をみせてはいけない」

そこにどんな違いがあるだろうか。

女も、男も、強いられるものではない。紫蓮はただ、紫蓮として——

「いまさらだね」

母親は死んだ。

夢は毎度、母親の顔が崩れるところで、終わる。いつかは崩れた顔しか想いだせなくなるのではないかと怖かった。

心細くて身を縮めていると、暗がりでなにかがきらりと光った。

「ああ、心配してくれるのかい？」

猫の眼だ。正確には猫の剝製にはめられた玻璃珠《がらすだま》だった。

「だいじょうぶだよ、なんでもないさ」

紫蓮は寝室の棚にならべられた猫の剝製たちに声をかける。みけ猫に縞猫、白猫もいた。どの猫もまるくなって微睡んでいるような格好で飾られている。

誰にも哀しまれることなく、後宮の庭で命を落としていた猫たちだ。回収されてごみと一緒に棄てられるのは哀れで、連れてきてしまった。いまでは眠れない夜に寄りそってくれる、たいせつな友だちだ。

「ちょっとだけ、風にあたってくるよ」

寝台からおりて、紫蓮は中庭にむかった。

月が満ちているが、風は強く、微かに遠雷《えんらい》が聴こえる。まだ遠いが、嵐がやってくるのではないかと紫蓮は感じた。

月明かりの中庭では木芙蓉《もくふよう》の花がぽつぽつと落ちていた。まるく縮こまって落ちる木芙蓉はまるめられた紙細工を想わせる。

拾いあげようと背をかがめたのがさきか。

背後から人の息が聴こえた。同時に殺意を感じ、総毛だつ。紫蓮が振りかえろうとする。だが、間にあわない。

紫蓮は地にたたきつけられ、組みふせられた。

見知らぬ男だ。宦官ではない。かといって、後宮の客でもなかった。

刺客、という言葉が頭をよぎる。

「っ――ふふ、僕が、耳障りなのかな。僕の語る、死者の、声が」

衝撃に息をつまらせつつ、紫蓮は無理して声をしぼりだした。

想いあたることならばいくらでもある。紫蓮は死化粧を通して権力が葬ったはずの罪をあばき、真実をさらしてきた。

いつかは殺されるだろうと予感していた。母親がそうだったように。

紫蓮があまりに落ちついていたせいか、刺客がわずかにうろたえる。だが、刺客はすぐに紫蓮の顎をつかみ、口に指を挿しこんできた。舌をつかまれ、紫蓮はこれからなにをされるのか、咄嗟に察する。

刺客は紫蓮の命を奪おうとしているのではない。

舌を、斬り落とそうとしているのだ。

ぞっとした。紫蓮は刺客の指をかみ、あばれたが、籠手《こて》をつけているので抵抗にもならない。

紫蓮の眼に絶望がよぎる。

風が、吹きつけた。

刺客の首が横薙ぎに刎ねとばされる。血しぶきが噴きあがった。

刺客の背後に細身の男がいた。

「絳」

赤紫の官服を血潮にそめ、胡乱《うろん》な眼をした絳がたたずんでいた。

月を映した彼の眼は紅を帯びていた。紅蓮地獄《ぐれんじごく》を想わせる暗い赤だ。

転がってきた刺客の首は紫蓮が見惚《みと》れるほどにきれいな斬りかたをされている。絳の素姓を理解して、紫蓮が声を洩らす。

「そうか、きみは首斬役人《くびきりやくにん》だったのか」

宮廷には処刑人の一族がいる。ひとつの一族に連綿と官職を相続させるほうが技能を継がせるのに都合がよく、死の穢れをその一族だけにかぶせることができるからだ。なかでも、斬首刑を請け負う役人は魂まで絶つ死神として忌避されてきた。

「軽蔑しましたか」

「僕がそんなことで軽蔑すると想われていたのならば、それこそ軽蔑するよ？」

紫蓮がふらつきながら、身を起こす。絳が微かに笑った。

「ふふ、そうですね。あなたならば、そう言ってくださるとおもっていました」

絳が死の穢れをおそれなかったのはそのためか。

だが、腑に落ちない。処刑人の一族が宮廷の官職につき第三官まで昇進するなんて考えられないことだ。紫蓮の疑念を察したのか、絳がこたえた。

「先帝陛下ですよ」

風がまた強くなった。

「宮廷はあらゆることが権力によってまわっています。なかでも最も強い権力とはなにか、あなたならばわかりますよね」

「産まれ、だね」

もっとも強いのは氏素姓《うじすじょう》による階級だ。由緒ある家柄のものは特別な能がなくとも昇進を約束され、卑賤《ひせん》に産まれついたものは官職にもつけない。死ぬまで嘲られ、搾取されるだけだ。

「先帝陛下はそれを覆そうとしたひとでした」

先帝の話を聴くとき、紫蓮はなぜか、胸さわぎをおぼえる。

逢ったこともない父親の姿は想像しようにも輪郭がさだまらず、水鏡に映る月をつかむような心許なさが拡がった。

「私が先帝陛下の御眼《おんめ》にとまったのは八年前です」

「紫巾《しきん》の乱があった年だね」

「左様です。謀反をはかったのが有能な武官ばかりだったため、逃げだしたり寝がえったりする衛官や武官が後を絶たなかった。私は剣におぼえがあったので、賊に抗戦しました。敵を斬りながら進んでいくと、あろうことか先帝陛下が単身で敵と争《たたか》っておられたのです」

「護衛はいったい、なにをしていたんだい」

「後から聞いたことですが、先帝陛下は重臣《じゅうしん》の制止を振り切り、護衛すら連れずに後宮を衛《まも》りにむかわれたとか。誰がいつ裏切るかもわからない異常事態でしたから、先帝陛下のご判断は理にかなってはいます。よほどにたいせつなものが後宮におありになられたのでしょうね」

戸惑う紫蓮をよそに、絳は続けた。

「先帝陛下は武芸に秀でておられましたが、大勢の敵にかこまれ、窮地であることは疑いようもありませんでした。私は分をわきまえず、陛下のもとに馳せ参じました。敵の首を斬って、斬って、斬り続けて――やがて反乱は鎮圧されました」

紫巾の乱の時のきれいに斬り落とされた首は絳の手によるものだったのだ。

「後からお呼びが掛かり、私はてっきり罰せられるのだとおもいました」

「陛下を助けたのに、かい」

「助けた、というのは私の都合です。陛下は恥をかかされた、あるいは穢れをうつされたとお考えになるかもしれないと」

絳が卑屈なわけではない。宮廷とはそんな不条理がまかり通るところなのだ。

「ですが陛下は私のおこないを功績とし、姜《キ》家の者が就けるはずもない官職を授けてくれたのです」

絳はその後、先帝陛下の推挙で科挙試験を受け、実績を積みかさねて刑部丞《けいぶじょう》にまで昇格した。ここまでこられたのはすべて先帝陛下が取りはからってくれたお陰だと絳は語る。

「恩があるのです」

その声は、異様なほどに重かった。

「だから、きみは先帝の死の真実を知りたいのかな」

紫蓮の眼が鏡のように透きとおる。

「そうです。なぜ、あれほど素晴らしい仁徳をお持ちの御方が、あのような惨い死にかたをしなければならなかったのかと」

「僕に嘘はつかないほうがいいよ」

絳が息をのむ。

「恩があるというくせに、きみは先帝について語るとき、きまって眼のなかに濁った滓《おり》を漂わせるね。それは怨んでいる眼だよ」

恩義を感じている。それは事実だろうとおもった。

だが、それだけでは、ない。

彼の先帝にたいする想いはゆがんで、もつれている。紫蓮にむける愛というものと一緒だ。

「は、はは……あいかわらず、敏いひとだ」

絳は唇をゆがめ、乾いた嗤いをこぼした。

「私はね、終わらせたいのですよ」

強い風が吹き、花の香と血臭が絡まりあいながら、あたりに充満する。噎せかえりそうな旋風のなかで絳は呪詛めいた言葉を喀《は》いた。

「陛下が崩御しても、終わらせることのできなかったものがある。それを怨嗟というならば、そうなのでしょう」

死は、終わりではない。

葬ってこそ終わらせることもできる。

「あなただって、終わっていないくせに」

絳が嘲笑うように低く囁きかける。

彼は紫蓮の首にむかって手を伸ばしてきた。細い喉をつかむぎりぎりまで指を寄せて、鏡を覗くように紫蓮の眼を覗《うかが》う。

紫蓮は動かない。動けなかった。

「僕、は」

暗雲を裂き、雷が落ちる。

凄まじい地響きが押し寄せてきた。絳は張りつめていた息を抜き、腕をさげた。しなやかな指が空を切る。彼は最後まで境界線を破ることはしなかった。

緩やかな瞬きを経て、絳がいつも通りの微笑を投げかけてきた。

「こちらの後始末はまかせてください」

紫蓮は一拍遅れて刺客のことだと理解する。

緊張の糸が、ほどけた。紫蓮は刺客の屍《したい》に視線を落とす。

「首を、つないであげてもいいかな」

「刺客ですよ？　あなたを殺すつもりだった」

「だとしても、だよ」

誰かに命令されただけだ。刺客に罪があるわけではない。

「ふふ、あなたらしいですね。ただ残念ですが、刑部で調査する時に修復の痕があってはならないので、いまはこらえていただけますか」

絳が、背をむける。

「……お疲れでしょう。私が見張りをしておきます。安心しておやすみになられてくださいね」

いま、声を掛けなければ、つぎに逢った時には彼は今晩のことなどなかったかのように振る舞うだろう。ほんとうにそれでいいのか。

終わらせたいと言った絳の言葉が、鼓膜の底で繰りかえされる。

ああ、そうか。終わっていなかったのだ。

だから、紫蓮はまだ、ふたりの死に呪縛されている。

死は、葬られるべきだ。

紫蓮は眦《まなじり》を決する。

「――先帝の死が暗殺だったと証明する、だったかな。いいよ、きみからの依頼を受けよう」

虚をつかれたように絳が振りかえる。

雷鳴が轟《とどろ》いて篠《しの》突《つ》く雨が降りだす。

横殴りの雫に頬を敲《たた》かれながら、紫蓮は雨の幕を破るように声を張りあげる。

「先帝の死なんか、僕にとってはどうでもいいことだよ。でもひとつだけ、不可解なことがある」

紫の瞳に皇帝を重ねていたのだとしても、母親からもらった愛が紫蓮をこれまで育んでくれた。愛されていた。愛していたのだ。

だが、母親は殺された。

「先代の死化粧妃は皇帝と同じ死にかたをしたんだよ。頬をひきつらせ、唇をねじまげ、眼を剝いて――顔が崩れて、死んだんだ」

宮廷の裏には底のない闇がある。真実を柩の底に隠して、冥昏《めいこん》のなかで蠢《うごめ》き続けているのは果たして誰の思惑か。

底光りする紫の眼が、嵐のなかでひらめいた。

「一緒に暴いて、葬ろう、姜絳」

雷雲のかなた、誰にも知られず。
ふたつの星があがった。

# 第三章

## 死者は復讐をのぞむか

人は産まれたその時から、柩《ひつぎ》のなかにいる。

幸も不幸も、喜びも、哀しみも、柩に投げこまれる時季《じき》の花に過ぎない。柩の蓋がいつ閉ざされるかは誰にもわからず。愛だけを遺して、あらゆるものは埋葬される。

命あるかぎり、かならず、いつか死にいたる。

ゆえに死は穢《けが》れではない。

紫蓮《シレン》は物心ついた時から母親にそう教えられてきた。

斎《サイ》の宮廷には死化粧師《しげしょうし》の一族が連綿とつかえている。都にも死化粧師と呼ばれる職はあるが、綏《スイ》家は先祖から受けついだ特殊な技巧を持っており、巷のそれとは格が違った。宮廷に庇護されているが、死の穢れをひき受けるため、身分は低い。

死化粧の相承《そうしょう》は五歳から始まる。死化粧師の一族が総じて短命であるためだ。以後、紫蓮が死に触れなかった日は、ない。

傷つき、崩れかけた屍たちの髪を梳いて、死斑《しはん》に侵された肌を浄《きよ》め、唇に椿《つばき》あぶらを施して——

紫蓮にとって死とは親しむべきものだった。

だが、その死が、愛するひとにも降りかかるものだということを、幼い彼女はまだ理解できていなかった。

時をさかのぼること、五年。紫蓮がまだ九歳の時だ。

いつもと変わらず、母親と他愛ない言葉をかわして眠りについた翌朝だった。

晩夏だというのに暑く、朝から蟬《せみ》が騒ぎ続けていた。いまになって想いかえせば、あの朝の蟬は哭女《なきめ》の声に酷く似ていた。

母親が起きてこず、寝室まで声をかけにいった紫蓮はそこで、とても現実とは想えないものを眼にした。

母親が、死んでいた。

あわを吹き、寝台に横たえた身を強張らせて、胸もとを強く強く握り締めていた。酷く掻き乱された敷布の有様から、息絶えるまでそうとうに苦しんだことがわかる。

だが、それだけではなかった。

母親の屍にしがみついた紫蓮が息をのんだ。

顔が、崩れている――

唇はいびつにゆがんで左端が垂れさがり、右端はでたらめに縫いあげられたようにめくれていた。割れそうなほどに喰いしばられた歯が剝きだしになっている。

ひきつれた瞼から剝きだしになった眼には蝶がとまっていた。最期に吹きこぼれた涙を啜《すす》っているのか。

腹がよじれるほどに嗤っているような。あるいは泣き崩れているような。

破綻した表情には、紫蓮の愛した母親の人格はひとかけらたりとも遺《のこ》ってはいなかった。

「母、様」

紫蓮は絶望にうちひしがれた。

先帝だ。変死した先帝の霊魂が憑依したのだとおもった。

あるいは祟りか。いや、そんなはずが、ない。

これは酷《わる》い夢だ。夢なのだ。

「う……うぅ、あ」

紫蓮は呻きながら頭を抱えて、いつまでもそこから動かなかった。いや、動けなかった。

黄昏《たそがれ》になって日が落ち、また朝がきて。

時が経つほどに母親の屍は崩れていった。死斑《しはん》が拡がり、腹が膨れあがって——暗いうちはわからない。だが、再びに朝をむかえたとき、寝室に日が差した。

視線をあげた紫蓮は思わず、ひっと悲鳴をあげた。

母親の肌が緑になっていたのだ。

これでは、だめだ。母親を葬らなければ。

葬りかたは母親から教わっている。だが、思考がもつれて、どんな順に施術を進めればいいのか、想いだせなかった。

とにかく母親の瞼をおろそうとする。

「なんで」

だが、どうやってもさがらない。時が経ちすぎたせいで瞼の皮膚が乾燥して縮んでしまい、眼がとじないのだ。

紫蓮は散乱しながら瞼を引っ張っていたが、無理だと諦めた。

腐敗をとめるのが先だ。母親から教わったことを想いだして、紫蓮は震える指で医刀《メス》を握り締めた。

「……できないよ」

最愛の母親の腹を割《さ》くことが、紫蓮にはどうしてもできなかった。

息をつめ、医刀を振りおろそうとするのだが、身が竦んで動けなかった。まして腹のなかを掻きまわして、臓を取りだすなんて。

できるはずがない――項垂れたその時だ。

膨張していた母親の腹が、破裂した。噴きだしたものを頭からかぶって、紫蓮は理解した。

きれいに葬るには、遅すぎたのだと。

絶望していたところに宦官が踏みこんできた。

宦官たちは母親の屍をみるなり、口々に騒いで嫌悪を剝きだしにする。嵐のような喧騒のなかで紫蓮だけがぽつんと取り残されていた。

人の声が言葉を持たない蟬の喧騒と一緒に聴こえる。

だが、一言だけ。

「けがらわしい」

吐き捨てられた声が、紫蓮の胸に刺さった。

ごみでも処分するように宦官たちは息絶えた母親を運びだした。頭に触れたくないのか、乱暴に髪をつかみ、荷車からずれ落ちた脚を蹴りあげて積みこむ。

「いやだ、やめて」

紫蓮は声を嗄らして、追いかける。

「きれいにするから、母様をどうかっ、そんなふうに扱わないで――」

だが、紫蓮の哀訴《あいそ》は虚しく、屍は処分された。

紫蓮は母親の骸が何処に埋葬されたのかを知らない。風葬地に投げこまれたのか、都のはずれにでも埋められたのか。

きれいに納棺することができていれば。

母親は最期まで、人らしく扱われたのではないか。けがらわしいなどと侮蔑されずに済んだのではないか。どれだけ悔やんでも、悔やみきれなかった。

後悔が遺るかぎり、紫蓮のなかでは母親の死が終わらない。

亡霊になるのはいつだって、死者ではなく、遺されたものなのだ。

✦

嵐が吹き荒れていた。

天が破れたように雨は降り続け、時々落雷が弾けては暗雲を裂いた。

こんな晩でも、斎の後宮は眠らない。軒にならんだ燈火《あかり》が強い風にさらされ、揺さぶられていた。

鶏鳴《けいめい》（午前二時）を報せる鐘が鳴ったが、嵐の轟きにのまれて微かにしか聴こえてこなかった。

「だからといって、なんで、官舎《かんしゃ》に泊まりこむことになるのかな」

刺客に奇襲された紫蓮はそのあと、後宮庁舎《こうきゅうちょうしゃ》に備えつけられた官舎に連れてこられた。官舎といっても、宦官たちが暮らしている大きな宿舎ではなく、後宮丞《こうきゅうじょう》のために建てられた離舎《りしゃ》だ。

到着してすぐに絳《コウ》から湯を張った桶を渡された。嵐のせいか、昼の暑さからは想像もつかないほどに寒くなり、濡れたままでは風邪をひきかねなかったので助かった。紫蓮はすでに濡れた身を拭き、乾いた中衣《ちゅうい》に着替えている。絳もまた濡れた官服ではなく衿《えり》のある中衣に袴《こ》という姿だ。

「離宮の警護を強化しようと考えましたが、宦官はあてになりませんし、私は職務があって常時側にはいられませんので。ここならば、まわりには宦官や衛官がいるので、刺客もそうそう襲ってはこられないはずです。離宮は他の宮から遠すぎて助けを求めることもできませんから」

「うう、理窟《りくつ》はわかったよ……でも、たえられるかな」

産まれてこのかた、離宮にひきこもって暮らしてきたのだ。

嵐が続いているうちは構わないが、朝になって騒がしくなったらと想像するだけでも頭痛がした。

「殺されるよりはいいでしょう」

「僕にとっては刺客に殺されるか、騒音に殺されるかという二択なんだけどね」

「せめて、騒音で死にかけるか、くらいになりませんか」

「善処するよ……まあ、誰であれ、最期は棺に入って静かなところにいくんだから、賑やかなのはいまのうちだけとおもえば、なんとかなるかな」

だが、他人の部屋というものは落ちつかないものだ。

椅子に腰かけていた紫蓮は不躾《ぶしつけ》にならないよう、さり気なく視線を動かす。

殺風景だ。隅々まで掃除がいき届き、整頓されているが、私物らしい物がひとつもなかった。香炉もない、壺《つぼ》もない。備えつけの飾り棚はからっぽだ。いつ、ひき払うことになってもいいという借り物感が漂っている。

「いずれにせよ、間にあってよかった。取りかえしのつかないことになるところでしたから」

絳はむかいあわせにすわって、ようやく息がつけたとばかりに微笑みかけてきた。

「そのことなんだけどね」

紫蓮が声を落とす。

「どうして、僕の身に危険がせまっているとわかったのかな」

偶々《たまたま》通りがかったにしては、できすぎていた。後わずかでも絳が遅れていたら、紫蓮は刺客に舌を斬り落とされていただろう。

たいする絳はなぜか、照れる。

「暇ができると、毎晩のようにあなたのもとを訪ねてきたもので」

「さらっと、とんでもないことを言われたような」

知らなかった。というか、知りたくなかった。

「お構いなく、窓からちらりと覗いて幸せなきぶんに浸っているだけなので」

「だから、いやなんだよ。せめて声をかけてくれないかな」

「え、お声掛けしてよかったのですか？　眠っておられたので、遠慮したのですが」

「参考までにきくけど、まえはいつきたのかな」

「三日前の夜半《やはん》（午後十二時）ですね。眠れなかったもので。ですが、あなたにお逢いしたあとは気持ちがやすらいで、安眠できました」

「それはよかったね……」

こうもすがすがしく微笑まれてはため息をつく他にない。

「まあ、というのは四割ほど冗談で」

「六割がたは、ほんとうなんだね……」

できれば、ぜんぶ冗談であってほしかった。

「私のところにも刺客が差しむけられてきました」

紫蓮が真剣な眼差しになる。

「宮廷の裏を通りかかった時に突如斬りかかられ――退《しりぞ》けましたが、私が狙われるのであればあなたの身も危険だとおもい、駆けつけた次第です」

いったい、誰が。

なんて、愚かなことは尋ねなかった。

夏になるまでは、紫蓮がいかなる証拠をみつけて語ろうと事件が再捜査されることはなかった。だが絳と逢ってからは紫蓮の検視に基づいて権力者たちが続々と証拠を突きつけられ、あるいは証言者が募られて逮捕されている。

宮廷において、真実ほど疎まれるものはない。

後宮は敵だらけだ。

「だから言っただろう。僕にかかわると碌《ろく》なことにならないとね」

眉根を寄せつつ紫蓮は唇の端を持ちあげる。ひきかえすならば今のうちだと牽制《けんせい》したつもりだったが、絳はにっこりと微笑みかえしてきた。

「いいですね。あなたに道連れにされるのであれば、本望だ」

燈された火を映して、絳の眼がゆらりと紅を帯びる。

「ご懸念にはおよびません。私はそうかんたんには暗殺などされませんから。毒にも強いんですよ。祖父が悪食《あくじき》だったもので」

紫蓮がため息をついた。

「まったく、きみという男はほんとうに」

「奇人ですか」

からからと絳は笑った。

「あなたこそ、ずいぶんと落ちついているのですね。刺客に殺されかけたというのに。度胸が据わっているというか、なんというか」

「そうだね。これといって、恐怖はないよ」

幼い頃から虐げられ、傷つけられても諦めてきた。たとえ命を絶たれたとしても、紫蓮のなかに湧きあがるものはやはり諦念だけだろう。

「誰もがかならず、死に絶えるものだからね」

だが先程の刺客は紫蓮の命を絶とうとしたのではなく、舌を奪おうとしていた。紫蓮が死者の言葉を語ることができないように。それを理解したとき、紫蓮はぞっとした。

語られたからには語る。

それは綏紫蓮《スイシレン》という姑娘に残された最後の誇りだ。

文書は意識して読まれないかぎり、他者には伝わらない。声にする言葉ほど強いものはなかった。

「ああ、そうか、たいせつなことを言いわすれるところだったよ」

紫蓮はふせていた睫をほどき、絳をみつめた。透きとおるような紫の瞳が、やわらかく綻ぶ。

「助けてくれてありがとう」

絳が息をのむ。見惚れたのか、しばらく彼は瞬きもわすれていたが、やがて面映《おもは》ゆげに眼もとを緩ませた。

◆

始まった時とおなじく、嵐はいきなり終わった。

雷がやみ、雨があがる。朝を待たずに晴れたせいで、これまでは嵐に紛れていた箏《こと》や琵琶《びわ》の音色が絶えまなく聴こえてきた。絳の寝台を借りている、というだけで落ちつかないのに、時々妃たちの嬌声があがって、うとうとするたびに眠りを破られる。ひらかれた後宮は、いまとなっては妓院《ぎいん》と大差なかった。

「眠れませんか」

硬い長椅子に横たわっていた絳が声をかけてきた。

「きみだって、ちっとも眠れていないじゃないか」

「私はもとから、眠るのがにがてなんですよ」

雲のすきまからは月が顔を覗かせているが、風だけはまだ強かった。吹きつける突風が時折強く窓を揺する。

「眠りというのは、死に似ているとおもいませんか」

意識もなく、動かず、なにも感じず。

ひと時、魂が躰《にくたい》から遠ざかる。

「似ているもなにも、僕らは毎晩のように死の境界を踏んでいるのさ。逝《い》きつもどりつを繰りかえしながら、着実に終わりにむかって進んでいくんだよ」

「眠るごとに死に近づくのに、眠らなければ衰弱して死に絶えるなんてままならないものですね」

燈火はすでに落としてある。絳がどんな顔で死について語っているのか、紫蓮にはわからない。

「死ぬのがこわいのかな」

「ふふ、逆ですよ。死に惹かれているんです、私は」

希死念慮《きしねんりよ》とは違う、憧れじみた響きがあった。

「でも、私はまだ、死ねない」

「そうか。きみは死に誘惑されるのがこわいんだね」

辛い時は誰だって、楽なほうを選びたくなるものだ。だが、死によって楽になれるのかと尋ねられたら、紫蓮は首を横に振る。

死は救いではなく、裁きでもない。

死をもって報われるものなどはなにひとつ、ないのだ。

でも、そういえばと紫蓮は想いだす。

「離宮では熟睡していたように想うんだけどね？」

確か、命婦《みょうぶ》の復顔《ふくがん》をしていた時だったか。疲れていたのもあるだろうが、緌は椅子に腰かけ、頬杖をついて転寝《うたたね》をしていた。息絶えたように眠る彼の姿が、紫蓮はいまだにわすれられない。

「あれは」

緌が一瞬だけ、言葉を捜してからつぶやいた。

「あなたが側にいたからです」

緌は緩やかに寝がえりをうち、紫蓮のほうをむいた。

「だってあなたならば、かならず、よみがえらせてくれるでしょう？」

潤んで弾む声を聴いただけで、緌が瞳を蕩《とろ》かせて微笑んでいるのがわかる。

「あの時だけは私も屍になれた。あなたに愛おしむようになでられ、髪を梳《す》かれ、葬られる屍のひとつに――ふふ、他愛のない妄想です。ですが、そんなことを想像していると奇妙に心が落ちついた。そのうちに眠ってしまったんですよ、お恥ずかしいですが」

緌が喋っているうちに窓から差す月の光が細くなって、視界が陰る。遠くから平旦《へいたん》の正刻（午前四時）の鐘が聴こえてきた。朝にさきがけて月が眠りについたのだろう。伸ばした指先もぼやける昏闇《くらやみ》のなかで夜眼《よめ》がきくらしい絳の視線だけを感じる。

「きみは死に時を捜しているのか」

「あなたは違うのですか」

暗がりに紛れて、絳の視線が紫蓮のなかを覗こうとする。

紫蓮自身も覗いたことのない水鏡の底を。

「……どうだろうね」

父親が死に、母親も死に、紫蓮だけが残された。齢九つだった。それからは他人《ひと》の死に殉《じゅん》じてきた。強い望みをもつこともなく、あらゆるものを端から諦めて。

「僕は死んでいると変わらないからね」

「あなたは」

死んでなんかいない、と続くであろう言葉を想像して、紫蓮が唇の端をゆがめる。ありふれたなぐさめだ。

だが、彼は紫蓮が想いも寄らなかった言葉を続けた。

「死んでいたいのですね」

底まで差し伸べられた理解に心が波だつ。

「構いません。構わないことだ。それでいい。あなたは死者の側にいるべきだ。こちらではなくて」

絳の声はなぜだか、縋るような響きを帯びていた。

「どうか、変わらずにいてくださいね、紫蓮」

死者は浄らかだ。嘘もなく、利害もなく、他人《ひと》を傷つけることもない。それは紫蓮のありようと等しかった。

「そうか、そうだった、きみはそういう男だね」

愛でるような眼差しを感じながら、紫蓮は微かに息をつき、瞼をとじた。

後宮の喧騒は絶えることがない。

それなのに、先程までとは違って、胸のうちが静まりかえっている。絳のお陰だとは思いたくなかったが、水底に吸いこまれるようにして紫蓮は眠りに落ちていった。

✦

眠らない後宮の朝は静かだ。

窓から日が差しこんで紫蓮の睫にふれる。紫蓮は微かにうめいたが、日を避けるように頭まで布団をかぶり、寝がえりを打った。だが何処からか漂ってきた甘い香りに誘われ、瞼をもちあげる。

見なれない板張りの壁だ。側にいるはずの猫たちもいない。

紫蓮は寝ぼけた頭でしばらく考えたあと、官舎に泊まったのだと想いだした。長椅子で眠っていたはずの絳はすでにいなかった。

それにしても、この香りはなんだろうか。

芳醇な乳酪《バター》の香りにこんがりと香ばしいにおいもまざっている。紫蓮は食欲というものがとぼしく、日頃から空腹を感じることもないのだが、この香りには強烈に惹かれた。

ふらふらと甘い香りのもとを捜しにいく。

離舎に備えつけられている小さな庖《くりや》を覗いた紫蓮は眼をまるくした。

「おや、起きられたんですね。あなたのことなので、もうしばらく眠っているものとおもっていたのですが」

絳が振りかえって微笑んだ。かまどからおろしたばかりの鍋を持っている。鍋といっても煮炊きするための鍋と違って、底がひらたくて浅い。

「とてもいいにおいがしたからね」

「ああ、甜菓《かし》を焼いていたので」

「きみが、かい？」

意外だ。絳は恥ずかしそうに微苦笑する。

「笑わないでくださいね。細《ささ》やかな趣味なんです。眠れなかったり早すぎる時間帯に眼がさえてしまった時は、こうしていれば気が紛れるので」

鍋のふたをはずせば、魅惑の香りがいっきに拡がる。

「酥《パイ》じゃないか」

桜や梅のかたちに型抜きされた生地がぷっくりと膨らんで、きつねいろに焼きあがっていた。花びらに似せた切りこみからはとろとろの白あんが覗いている。都の甜菓職人でも舌を巻くほどのでき映えだ。

「すごいね。結構な量だけれど、渡すあてがあるのかな」

「青青《シヨウシヨウ》にやろうかと思いまして。私がつくったものを食べてくれるのなんて、青青くらいのものですから」

「ふうん、……僕もいただいていいのかな？」

紫蓮が欲しがるとは思ってもみなかったのか、絳は鍋を落としかけるほどにおどろいてから、顔を輝かせた。

「すぐに支度をしますね。甘い物にあう茶も淹れないと。白芽奇蘭茶《はくがきらんちゃ》で構いませんか？」

絳は慌ただしく走りまわる。「確か、賓客《ひんきゃく》がきた時のための茶杯が」なんて声を聴きながら、紫蓮は寝室にもどって身支度を調えた。ちょうど帯を結び終えたところで絳が盆を運んできた。

「どうぞ、桜花酥《インファスウ》です」

「ありがとう。いただくね」

楊枝《ようじ》でふたつに割る。酥《パイ》生地はさくっと崩れた。頬張るとほろほろと砕けて、まだ熱を残した白あんがあふれてきた。乳酪《バター》の香りと絡まりあいながら、桜の香が微かに鼻先を抜けていく。

うっとりと紫蓮が夢心地の息をついた。

「桜の葉を練りこんであるのかな」

「若葉を塩漬けにしておいたんです」

「夏に春の香を楽しめるというのはなかなかに雅だねぇ」

食べ終わり、茶をのむ。白芽奇蘭は梔子《くちなし》を想わせる芳香がさわやかで、甜菓《かし》にあう茶葉だ。ひとくちで華やかな余韻が残る。

「もうひとつ、どうですか」

「いいのかい？」

「もちろんです」

絳は今度は梅花酥《メイファスウ》をもってきてくれた。

梅花酥は梅ではなく、完熟の杏《あんず》の実をとろとろに煮て餡にまぜたものがたっぷりとつまっていた。甘酸っぱくて品のいい味わいだ。

紫蓮が嬉しそうに甜菓を食べる姿を、絳は終始穏やかな笑顔で眺めていた。彼自身は食べてはいないのに、紫蓮よりもはるかに満ちたりた表情だ。

「ずいぶんと幸せそうだね」

「幸せですよ。愛しいあなたが、私の甜菓を食べてくださるなんて、こんな幸福があってもいいのかと」

「たいそうだなあ」

「ふふ、私にとってはたいへんなことなんですよ」

「そうかな。後宮の妃たちは喜ぶとおもうけれどね」

後宮庁舎まで荷を取りにいったとき、すれ違った妃妾たちが絳の噂をしていたが、声をかけたら微笑みかけてもらっただの、荷を持ってくれただのと黄色い声をあげていた。妃妾たちの姦《かしま》しさに

比べたら蟬のほうがよほど物静かに思えるくらいだ。

「後宮一の抱かれたい男だとか言っていたよ」

茶をのんでいた絳が噎《む》せた。

「まったく、良家の姑娘《おんな》ばかりだというのに、品のない」

「男のいないところではそんなものさ」

「後宮では私の素姓は割れてませんからね。まあ、おかげで助かってはいますが。眉目《みめ》好《よ》しに産まれついた特権ですね」

ずいぶんと驕《おご》りのある台詞だが、彼が言うといやみではない。

「僕は巷でいうところの美醜というものにはこだわらないけれどね。死化粧の施しがいがある顔だとはおもうよ」

「死化粧ですか」

まともな神経をしているものならば、縁起でもないと言って怒りだすような発言だったが、絳は眼を見張り、続けて恍惚の息を洩らす。

「……それはいい」

熱せられて、どろどろに融《と》けた鉄を想わせる睛眸《せいぼう》が紫蓮を映す。

「いつか、私が死んだら――死ねる時がきたら、あなたが死化粧を施して柩に納めてくださいますか」

絳は死に懸想している。

紫蓮がこたえようと唇をほどきかけたその時だ。

「絳様！」

息を切らして青青《ショウショウ》が飛びこんできた。

「絳様、起きておられますか！　って、えっ、えええっ、紫蓮様!?　な、なんで!?」

「どうかしたんですか、朝から騒々しいですね」

絳がため息をつく。ふたりきりの時間を邪魔されたせいか、青青に投げかける絳の視線は刺々しかった。だが、青青はすでにそれどころではなさそうだ。

「はっ、まさか……あわわっ、絳様、それはいけません。だめですよ！　紫蓮様は妃という御立場で、あっ、でも愛があれば、ぼくは応援いたしますが、その、せめてそういうことは笄年《けいねん》をお迎えになられてから」

青青は目をぐるぐるとまわして、慌てている。

「いったい、なにを勘違いしているんですか」

「えっ、だって……その」

「違いますよ」

絳は呆れかえっていた。紫蓮はというと、死にかけの蟬を棒で突つきまわしたような青青の騒ぎように耳を押さえる。頭痛がしてきた。

「昨晩未明、綏紫蓮《スィシレン》妃が侵入者に奇襲されたんです」

「えっ、し、侵入者ですか」

青青が一転して、青ざめる。

「侵入者は私が退けましたが、残党が潜《ひそ》んでいる危険があるため、紫蓮を一時保護しています。侵入者の屍《したい》は倉にあります。これは大変な事態です。被害が拡大しないうちに対処しなければ」

絳は刺客が他の妃妾に危害を加えるはずがないことを理解している。だが、紫蓮が襲われたことより、後宮に侵入者があったことに重きをおいたほうが迅速に刑部を動かせると判断したのだ。

青青を連れて倉に確認にいく。だが、なかはもぬけの殻だった。

「回収されたか」

絳が悔しげに舌を打つ。

奇襲されたという証拠がこれでなくなった。報告したところで取りあってはもらえないだろう。証拠もなく侵入者があったなどと騒ぎたてることは、こちらの立場を悪くするだけだ。これは後宮の衛官たちの沽券《こけん》にかかわる。嘘をつき、衛官を侮辱したと糾弾されたら、面倒なことになる。

「え、えっと、実はもうひとつ、たいへんなことが」

青青は気を取りなおして、朝から騒いでいた用件を報告する。

「実は皇太妃《こうたいひ》様から死化粧妃に依頼がありまして」

皇太妃といえば、現皇帝の母親にあたる。先帝は最期まで何者も皇后に迎えることはしなかったため、后ではなく妃の階級だが、現在は幼い皇帝にかわって皇后さながらに国事を執りおこなっている。

いまや皇太妃は後宮どころか、宮廷の頂《いただき》に咲き誇る華だ。

「皇太妃直々の依頼、ですか」

不穏なものを感じて絳が神経を張りつめたのがわかる。だが、紫蓮は落ちついていた。

「今度は、誰が死んだのかな」

ともすれば不敬な言葉に青青が慌てる。

「え、えっと、皇帝陛下の従兄である柴《サイ》綜《スオウ》芳様がお亡くなりになられました。た、ただちに宮廷外にある柴《サイ》様の御邸にむかうよう、お達しです」

「死にかたは？」

青青は縮みあがる。勘弁してくださいとばかりに頭をさげた。

「そ、それは……その、私の口からは、とてもではありませんが」

「言えないような死にかた、ね。死に優劣はないんだけどね」

紫蓮が息をつき、頭を振る。

「すぐにでも荷をまとめるよ。いかなる死にかたをしていようとも、死者は等しくやすらかに葬られるべきだ」

静謐を湛えた眼が死を映して、透きとおる。

「葬《おく》ることだけが遺されたものにできる唯一なのだから」

✦

柴《サイ》氏の邸宅は都の郊外《はずれ》にある。

皇帝の遠縁にあたる氏族《しぞく》は政に関与できないよう宮廷から遠ざけられるのがきまりだ。綏紫蓮の護衛は姜絳《キコウ》が務めることになった。護衛といってもほぼ監視役で、特に馬車で移動中に妃が逃げださないよう見張るのがおもな役割だ。衛官がつくはずだったが死の穢れを忌避して誰もが辞退したため、姜絳が立候補した。絳としては願ったりかなったりだ。

「ようこそきてくれた、ご苦労」

迎えてくれたのは屈強な武官だった。眉が濃く肩幅もがっちりとしていて男らしく、勇猛な虎を想わせる。だがその表情は暗く、死人のように青ざめ、酷い隈《くま》ができていた。

「このたびは衷心《ちゆうしん》よりお悔やみいたします」

絳は袖を掲げて低頭し、挨拶をする。皇族つきの武官は絳より身分が高い。

「私は刑部丞《けいぶじよう》の姜絳と申します」

「ああ、すまない、こちらから先に名乗るべきだった。俺は綜芳様の側近をつとめる玄戒韋《ゲンカイイ》だ。

……いや、つとめていた、というべきか」

戒韋《カイイ》は明らかに憔悴していた。

「僕は綏紫蓮だよ。遺体はどちらかな。すぐにでも死化粧に取り掛かりたいのだけれどね」

紫蓮は落ちつきはらっている。取りたてて気遣うでもなく、なすべきをなすという一貫した態度を崩さない。戒韋は了解したと頷き、なかに通してくれた。

立派な邸宅だ。宮廷のような華やかさはないが、紫檀《したん》で造られた調度からは皇族が暮らすにふさわしい風格が漂っている。彫刻の施された格子窓からは中庭が一望でき、紫薇《さるすべり》が咲き群れていた。

婢女《げじょ》たちが慌ただしく葬礼の支度を進めている。

柴綜芳《サイスオウ》は二十一歳になっても妻を娶《めと》っていなかった。皇族としてはめずらしいことだ。父親は他界しており遺族は母親だけだが、息子の急逝という現実を受けいれられずに臥《ふ》せっているのだとか。

階段をあがり、二階の部屋に案内される。

足を踏み入れた途端に異臭が鼻を突いた。香をたき、紛らわせようとしているが、臭いがまざってよけいに酷いことになっている。

屍は頭から足先まで布が掛けられて安置されていた。

「布を取るが……おどろかないでくれ」

現れた綜芳の屍は酸鼻《さんび》をきわめる有様だった。

絳ですら一瞬だけ、息をとめる。

髭《ひげ》をはやした顔が赤く膨張していた。眼が飛びだし、瞼をおろすこともできていない。袴《はかま》は酷く汚れていた。異臭のもとはここか。

「首吊りだね」

紫蓮がつぶやいた。

縊死《いし》は人の尊厳を損なう死にかただと絳も聞いたことがあった。だからこそ死刑においても、身分のあるものは絞首刑ではなく斬首刑に処す。だが、ここまで悲惨だとは想像していなかった。

戒韋はみるのもつらいのか、頑なに視線をふせている。

「縊死してからそれほど時間が経たないうちにおろされたみたいだね。発見されたのは朝かな」

紫蓮は屍の細部を確認しながら、戒韋に尋ねる。

「昨夜未明だ。平旦《へいたん》の初刻《しょこく》（午前三時）だったかと。どうしても大家《たいか》にお伝えしたいことがあって大家の私室を訪れたところ、すでに事切れていた」

「つまり第一発見者はきみで、この部屋が自殺現場ということだね」

屍ばかりに気を取られていたが、どうやらここが柴綜芳の私室らしかった。落ちついた内観で統一された邸のなかで、この部屋だけは後宮にも比肩する華やかさだ。飾り棚には青磁壺《せいじつぼ》や蒔絵《まきえ》の香炉が飾られ、壁には掛軸《かけじく》がかかっている。窓べには鏡のおかれた箪笥《たんす》。天蓋《てんがい》のついた寝台には華織物の幕がおろされていた。

妃の部屋みたいだと絳は感じた。

飾りたてられた部屋のなかで異臭を放つ屍だけが場違いだ。

「大家はあの梁《はり》に縄をかけ、首を吊っていた」

指さされたほうに視線をやれば、彫刻の施された梁にちぎれた縄の輪が残っていた。

「あの高さだと、椅子をつかったはずだね」

「推察通りだ。側に椅子が倒れていた。あの椅子だ」

「椅子が倒れた音は聞こえなかったのかな」

「嵐が酷かった。部屋にいても身を寄せないとまともに喋れないほどで……」

よほどに悔やんでいるのか、戒韋の声が濁る。

「そうだね。聞こえるはずがない、か」

絳はふたりの話を聞きながら、部屋のなかを順に検《あらた》めていった。

飾り棚、異常はない。窓は錠がかかっていなかった。換気にあけたのかとおもったが、窓ぎわに置かれた箪笥はわずかにしめっていた。

椅子は文几《ふづくえ》にあわせたもので食卓につかうものよりは低めだ。絳が乗って、縄に首をかけられるかどうかだった。綜芳の背たけは絳より低かった。書などを積みあげて乗れば、可能か？

寝台の敷布はしわひとつなかった。昨晩は横になってすらいなかったのか。

「まさか、こんなことになるなんて……っすまない、ちょっと」

戒韋は嘔吐《おうと》をもよおしたのか、口を押さえながら飛びだしていった。

部屋に充満した異臭だけでもきつい。まして、大家と敬っていた相手がこんな死にかたをしたのだ。綜芳の母親のように臥せっていないだけでもましだ。

「妙だよ」

紫蓮がつぶやいた。

「なにか、わかりましたか」

「まず、ひとつ。椅子を蹴ったのだとしたら、彼は地に足がつかない状態で縊死していたはずだ」

「そうなりますね」

「だとすれば、椎骨動脈《ついこつどうみゃく》がいっきに圧迫されるから、血流が滞って顔は蒼白になるものなんだよ。でも、彼は顔が紅潮して膨れあがっている。ここから、彼は窒息死したものと考えられる」

「ちょっと待ってください。縊死というのは窒息死とは違うのですか？」

縄が喉に喰いこむことで呼吸ができなくなり絶命するのだと思っていたのだが、紫蓮は「違うよ」と首を振る。

「縊死は呼吸じゃなくて血が停まるんだ。動脈がせきとめられることで意識が落ちて死にいたる」

紫蓮はみずからの喉もとに指を絡めてみせる。

「それにたいして、窒息死は気道を塞がれることで息ができなくなって、命を落とすんだ。溺死も窒息死に分類できるね。要するに、だよ」

紫蓮はここで声を落とす。絳は身をかがめ、耳を寄せた。

「絞殺《こうさつ》の疑いがあるのさ」

自害ではなく殺人――絳は息をのみ、神経を張りつめた。

「もうひとつ」

紫蓮は屍の下眼瞼《したまぶた》を引っ張った。

「ほら、ここ、斑《まだら》になっているのがわかるかな」

紫蓮にうながされて、覗きこむ。

綜芳の結膜には針の先端で刺したような赤い斑紋《はんもん》があらわれていた。

「溢血斑《いっけつはん》と言ってね、これは死亡時に椎骨動脈は塞がっていなかった証拠になる」

「つまり、柴綜芳は自害ではなく、何者かによって絞殺されたのか。その後、自害したと見せかけるため、すでに息絶えた屍が縄にかけて吊るされた――ということですか」

だとすれば大事件だ。遠縁とはいえども、皇帝の親族が殺されたのだから。

だが、重大な事態だからこそ慎重を期さなければ。

「すまないが、婢女に声をかけて桶いっぱいの湯をもらってきてくれないかな。先程の彼に頼みそこねてしまってね」

検視を終えて紫蓮は清拭《せいしき》に移る。絳は「承知しました」と退室した。そろそろ異臭で息がつまってきたところだったので、助かった。階段のところにいた婢女に声をかけ、湯桶を頼む。絳が得意の愛想笑いを振りまいていたのもあってか、婢女は頬をそめて「ただいま、お持ちいたします」と声を弾ませた。

「ああ、ちょっとお待ちください」

絳は婢女を呼びとめ、髪に触れる。

「失敬、綺麗な御髪《おぐし》に埃がついていましたよ」

「え、わっ、ありがとうございます……」

婢女は嬉しいやら恥じらうやらで目をまわしている。こういう時は容姿に恵まれていて、得をしたとおもう。

「ところでひとつ、伺いたいことがあるのですが」

「な、なんでしょう」

「玄戒韋は綜芳殿下《スオウでんか》と親しかったのですか？　ずいぶんと参っておられるご様子でしたので」

「戒韋、ですか？」

綜芳の屍の第一発見者は玄戒韋だ。平旦《へいたん》の初刻《しょこく》（午前三時）という時刻に部屋を訪ねるというのも不自然な話で、絳は真っ先に玄戒韋を疑っていた。

「それはもう、微笑ましいくらいに。彼は綜芳様が幼少の頃から御側につかえていたので、齢《とし》が離れたご兄弟のように睦《むつ》まじくて。あ、これは不敬にあたるかもしれないので、内緒にしておいていただけますか」

「承知しました」

安堵させるように絳はにっこりと微笑みかける。

「でも、昨晩はおふたりのあいだで言い争いがあったみたいで。綜芳様はご夕食も食べず、部屋からでてこなくなってしまって」

「なにがあったのでしょうね」

「さあ、そこまでは。ただ、戒韋はとても落ちこんでいました。だから、たぶんですが、彼は綜芳様のもとに謝りにいったのだとおもいます。そうしたら、あんな」

婢女は身を震わせる。

「ご遺体は玄戒韋が発見したのだとか」

「平旦の初刻（午前三時）だったとおもいます。真っ青になった戒韋が『大家が死んでいる』と大声をあげていて。日頃から冷静な戒韋があんなふうに取りみだすなんて。戒韋まで後を追うんじゃないかと案じていています」

それほどまでにふたりは親しかったのか。

だが、人の腹はわからぬものだ。睦まじげによそおっていたが、実は憎んでいたということも——絳はそこまで思考を巡らせてから、自分も宮廷特有のどろどろとした思考にそまってきたなとひそかに失笑する。

「ごめんなさい、こんな話をしてしまって」

「お気になさらず。心細かったことでしょうね、お可哀想に」

できるかぎり、親身になって振る舞う。

「なにかあれば、遠慮なく仰ってくださいね。私は刑部丞《けいぶじょう》に任命されている身です。きっと御力になれるはずですから」

「あ、ありがとうございます」

しばらく待ってから湯桶を預かり、絳は部屋にもどる。

「ずいぶんと遅かったじゃないか。なにかあったのかな」

「すみません、玄戒韋について調べていたもので」

絳は婢女から聞いたことを、紫蓮に報告する。紫蓮は清拭《せいしき》を進めながら耳を傾けていたが、聞き終わったところで言った。

「きみは玄戒韋のことを疑っているんだね。でも、僕は違うとおもうよ」

「なぜですか。柴綜芳を抱えあげ、縄にかけるには筋力が要る。女人には無理だ。武官である彼ならば可能でしょう。しかも、信頼されているため、平旦という時刻に部屋を訪れてもまず疑われることがない」

絳は力説する。

「現段階でもっとも疑わしいのは彼です」

「例えば、だよ。綜芳を縊死に見せかけて殺害したとして、わざわざ平旦なんて時刻に大騒ぎするかな？　朝になって、声をかけにいったら死んでいた——というほうがよっぽど自然だよ」

紫蓮の眼が透きとおり、水鏡のようになる。

あれは真実のみを映す鏡だ。

この一瞬、絳は彼女の眼に確かな畏怖を感じる。奇麗《きれい》なものは一種の恐怖を連れてくるものだと彼は紫蓮に逢ってはじめて知った。

「玄戒韋は嘘をついてはいないと？」

「ちょっと違うかな。嘘をつけない男なんだよ、彼は」

信頼しているわけではない。ただの事実だとばかりに紫蓮は言いきる。

「落ちついて考えてごらん。柴綜芳を害したのが邸のものだとはかぎらないよ。僕を襲った刺客だって外部から侵入してきたわけだ。問題は何処から侵入したか、だよ」

絳は思考を巡らせて、あることを想いだす。

「そうか、窓だ。嵐がきたら普通は窓に錠をかける。とじるだけでは風にあおられて開いてしまいますからね。ですが、部屋の窓には錠がかかっておらず、雨風が吹きこんでいた痕跡があった。犯人はあいていた窓から侵入し、柴綜芳を殺害したと考えられます」

「そうなると柴綜芳が殺されたとき、まだ嵐はきていなかったということになるね」

だとすれば、一階に音が聞こえなかったのはなぜか。殺されそうになったら、誰でもなりふり構わずに抵抗するはずだ。

「憶測ですが、柴綜芳は昨晩几《つくえ》で眠っていたかもしれません。いきなり背後から首に縄をかけられたとすれば助けを呼ぶことも難しい」

「後ろから縄をかけて持ちあげるように絞めあげれば、ちょうど首を吊ったような死にかたになるね。彼の喉もとには縄を解こうと掻きむしった痕はなかった。腕も拘束されていたはずだよ」

「犯人はふたりはいたと考えるべきですね。しかも、物音もたてずにこれだけ迅速に事を運べるということはそうとうな手練《てだ》れだ」

「とてもじゃないけど、素人《しろうと》じゃ無理だね」

暗殺という言葉が頭をよぎる。

私欲や私怨による事件ならば解決するのはかんたんだ。捜査をして証拠を捜し、犯人を捕らえて裁けばいい。だが、暗殺においてはそうではなかった。

様々な思惑が絡みあい、裁くべきものを捜すことも難しくなる。

その時だ。階段をあがってきたものがいた。ふたりは会話を切りあげる。

あけるだけの勇気は持てなかったのか、戸を挿《はさ》んでおずおずと婢女が声をかけてきた。

「姜絳様はおられますか。宮廷からご連絡があり、昼までには宮廷にご帰還くださいとのことです。死化粧妃様の護衛は玄戒韋が責任をもっておこないます」

「……は、まったく人遣《ひとづか》いが荒い」

絳は婢女には聴こえないよう、声を落として低くつぶやいてから、なるべく愛想よくこたえる。

「承知しました。ただちに参ります」

髪を掻きあげて、絳は紫蓮を振りかえる。

「紫蓮。宮廷での勤めを終えたら、すぐにあなたのもとにかけつけますから。心細いとはおもいますが、待っていてくださいね」

「きみがいなくとも、これといって支障はないよ？」

「そんな。昨晩だって殺されかけたではありませんか。あの武官ではあなたを衛《まも》れません」

「ああ、……そっか。そうだったね」

紫蓮は睫をふせる。諦めが漂ったその目線から絳は紫蓮がなにを考えてるのか、察しがついてしまった。柴綜芳を襲ったような敏腕《びんわん》の刺客ならば、絳が側にいようと一瞬の隙をついて紫蓮の命を奪えるだろう。

ほんとうは理解《わか》っている。

ふたりともいつ殺されるかもわからない地獄に身をおき続けているのだから。

「紫蓮」

絳は跪いて腕を差し伸べ、艶やかな髪に触れる。ちょっとでも紫蓮にいやがる素振りがあれば退《ひ》くつもりだったが、彼女は拒絶せずに受けいれてくれた。

髪に唇を寄せ、絳は誓う。

「なにがあろうと、あなたのことは私が衛《まも》ります。あなたは葬る側だ。葬られる側にはまだ、なってはいけない」

「ふ」

諦念で凍てついていた紫蓮の眼が微かに緩む。

「約束したからにはできるだけ、早く帰ってきておくれよ。待っていてあげるからね」

◆

絳は宮廷に帰還するなり、まずは刑部庁舎《けいぶちょうしゃ》にむかった。

柴綜芳《サイスオウ》の死は自害ではなく殺害の可能性がある――捜査の許可を取れないか、申請するためだ。

柴《サイ》氏は皇族だ。皇帝の認可がなければ、公的な捜査はできない。

申請が承認されるのを待ちつつ、絳は後宮での職務に専念する。今日のうちに処理するべき案件を終えた時には日が落ちていた。紫蓮のもとにむかうべく馬を借りようとしていたところ、伝達係に声をかけられた。

「曹《ソウ》尚書がお待ちです。刑部の尚書室《しょうしょしつ》にお越しください」

認可がおりたのだろうか。

絳はただちにひきかえす。

「お呼びでしょうか」

尚書室には相変わらず、筆録や書物がうずたかく積みあがっていた。豊かに蓄えた髭をなでつつ、書に官印《かんいん》を捺《お》していた老官が文几から視線をあげる。刑部尚書の曹《ソウ》菟仙《トセン》だ。

「残念な報せじゃ」

菟仙《トセン》は哀れむように眉をさげた。

「捜査の許可はおりなかった」

「そんな。なぜですか。皇族が殺害されたかもしれないというのに」

絳が食いさがる。

「自害したのであれば事を荒だてずに終えることができる。じゃが、事件ともなれば大事になる」

そこまで言って、菟仙は声を落とした。

「先帝陛下が崩御された時にも暗殺の疑惑があがった。そなたは知っておろう」

五年前の中元節《ちゅうげんせつ》のことだ。これは祖霊のために祈り、死の穢れを浄めるという宮廷祭祀で、先帝は祭壇にあがって祈禱《きとう》を執りおこなっていた。

祭壇の警護をしていた絳が異変を感じたのは、先帝の背が嗤いをこらえるように震えだした時だ。腕や脚がいびつにひきつり、憤怒、歓喜、悲嘆、怨嗟――あらゆる感情がいっせいにあふれたように先帝の竜顔《かお》が崩れた。痙攣《けいれん》しながら先帝が後ろむきに倒れていくその様を、絳は遠くから眺めている他になかった。

想いだすだけでも、身の毛がよだつ。

感傷を振りきり、絳はこたえる。

「刑部《けいぶ》、御史台《ぎょしだい》、大理寺《だいりじ》の三司《さんし》だけではなく医官までもが捜査に加わり、毒殺ではないか、検証されたと伺っております」

　絳は刑部丞だ。第三官では皇帝にまつわる捜査に加わることはできない。だから先帝崩御のさいにどんな捜査がおこなわれたのかは知らないが、結果としては毒殺ではなく、中風《ちゆうふう》による頓死《とんし》として扱われた。

　中風とは頭に邪《よこしま》な風《ふう》がまわり兆候もなく死にいたるもので、言語障害や麻痺《まひ》をともなうと考えられている。これを脳卒中ともいう。

「他聞《たぶん》をはばかる話だが――中風の死はとある毒の症状と似ておる」

　絳が息をのんだ。

「じゃが、その毒を盛られたのであれば、食中もしくは食後すぐに命を落とすというのが医官たちの見解であった。陛下が身罷《みまか》られた時は朝食からすでに一刻（二時間）は経っていた。よって先帝陛下の死は毒ではないという結論になった」

　文几におかれていた燈火が揺れる。

「だが、大規模な捜査になったせいで、先帝陛下のご遺体の有様は民にまで知れ渡ってしもうた。鎮魂の祭祀のさなかだったのもわざわいして、崇られた皇帝という汚名を遺すことになった。善き皇帝であらせられたというに甚だ遺憾じゃ」

「柴綜芳の捜査についても、同様の結果になるのではないかと危惧されているということですか」

「左様。死を穢す結果になるくらいならば、詮索せぬほうがよいこともある」

　だからといって、屍とともに真実までも埋葬してしまっていいのか。それこそが死を穢すことではないのか。

絳が悔しさをかみ締める。

「ふむ」

菟仙は官印をおき、重い息をついた。

「姜絳、そなたの気持ちは重々わかっておる」

「刑部尚書……」

「先帝陛下の崩御から五年経った。だが、儂《わし》とていまだに疑ってはいるのだ。先帝陛下の崩御は何者かの陰謀ではなかったのかと」

絳が喋ろうとするのを遮って、菟仙は頭《かぶり》を振る。

「いまさら、どうにもならぬ。殺されたのだと証明できたところで、先帝陛下がよみがえるわけでもない」

「それは」

皺に埋もれた眼が絳を映す。

「真実をあばきたい、か。良き心構えじゃ。だが、真実だけが浄《きよ》いわけではない。今のそなたは先帝の死にたいする私情を、別の事件にまで持ちこんでいる。それではいかん」

「けっして、そのようなことは」

「老輩《ろうはい》からの助言じゃ。過ぎたことに妄執しては亡霊になるぞ。割りきれ、若いの」

菟仙の言葉は、重かった。

曹菟仙という男が重ねてきた経験の重さだ。彼は先帝に忠義を誓い、先帝の御子たる幼帝《ようてい》につかえ、命あるかぎり宮廷につくすときめた由緒ある文官だ。彼にとって優先するべきは宮廷の都合で、義心や条理とはそこにある。

だが、絳は違う。

先帝には恩義があった。だから先帝の理想を現実のものとするべく、彼なりに力をつくしてきた。されど幼き現帝にその義理はない。だから遵《したが》うべきは、みずからのうちにある理念だけだ。

それを――亡霊というならば、そうだろう。

「肝に銘じます」

絳は袖を掲げ、殊勝な態度で頭をさげた。

だが、胸のうちではいっそう強く火が燃えさかる。

終われないとばかりに赤く。

✦

獄舎《ごくしゃ》は宮廷の掃きだめだ。

葬られた真実もまた、この獄舎に吹きだまる。

「おまえが俺に逢いにくるなんてめずらしいこともあるもんだなァ。今晩は槍でも降るかア？」

拷問を終えたばかりの琅邪《ロウヤ》は、頬や額を濡らす血潮を拭いもせずに懲罰房《ちょうばつぼう》から顔を覗かせた。

「確か、公費《こうひ》を横領《おうりよう》した官吏の尋問でしたか、みるからに拷問のようですが」

「しょうがねェだろう。なかなか口を割らねェンだからよ」

摘発された官吏の他に横領を幇助《ほうじよ》したものがいるらしく、それを聴きだすのが彼の任務だ。だが良家に産まれただけでたいした功績もなく昇進した官吏――誤解をおそれずに言えば、愚鈍な坊ちゃんが拷問に耐えてまで、黙秘を徹《とお》せるとは想えない。

「よく言いますね、あなたが喋らせないだけのくせに」

喋る暇もなく甚振《いたぶ》り、やっとのことで声をしぼりだしても聞こえなかったと言って責めたて、死にかけたところでやっと自白を許すのが琅邪のやりかただ。

「ああいうやつは罪を認めたら、どうせすぐに縄をとかれて放免だよ。親の持参した保釈銭《ほしやくきん》がたんまりと積まれてたからな。俺はそういうのがいちばん、気に喰わねェンだよ。罪をおかしておいて、詫び銭《せん》で済んだら獄吏《ごくり》は要らねェってな」

絳はため息をついた。

琅邪が言っていることは一理ある。だが、私情で過剰な拷問をするべきではない。

喋りながらふたりは獄舎の裏庭に移動する。

「で、こんな辛気臭ェところに後宮《こうきゆうじよう》丞様がわざわざ遊びにきたわけじゃねェよな？」

「独自《どくじ》に捜査している事件がありまして」

「へえ、そいつはご苦労なこったな」

先程の曹菟仙《ソウトセン》の言葉は理にかなっていた。柴綜芳《サイスオウ》の死は、事件として扱わず自害として処理したほうが事を荒だてずに済む。

　だが、この事件を看過したことで今後、皇族が連続して暗殺されるような事態となれば、幼い皇帝に危険が及びかねない。反乱が相ついでいる昨今、宮廷がこの事件を等閑視《とうかんし》するというのはどう考えても妙だ。

　幼帝《ようてい》は安全だという確証でもあるのか。

　そこまで考えて、絳はある推論にたどりついた。

　これはまだ憶測にすぎない。だから、確証が欲しかった。

「柴綜芳が死にました」

　琅邪は眉の端を跳ねあげる。

「あァ、だろうな」

「やはり、あなたは知っていたのですね」

　獄舎に拘禁《こうきん》される罪人は多岐におよぶ。横領罪《おうりようざい》の官吏もいれば、敵の密偵、反政《はんせい》の賊徒《ぞくと》もいた。

「なにがあったのか、詳しく教えていただけませんか」

　袖から煙草葉の袋を取りだす。

「はっ、そいつはできねェな」

　琅邪は煙草葉だけかっぱらってから、べえと舌をだした。

「重い情報なんだよ。割にあわねェな」

「だったら、かえしてくださいよ」

「ケチ臭ェこと言うなって。だされたモンはもらう、とうぜんだろうが」

琅邪は懐から煙管《キセル》を取りだして火をつける。煙を吹きかけられ、絳が露骨にいやな顔をした。

これではだめか。ならば、ちょっとばかり姑息《こそく》ではあるが。

「牟勇明《ムユウメイ》をおぼえていますか。妻を殺めた衛尉卿《えいいけい》です。最北の地に左遷《させん》されたあと、笞で敲《たた》かれた後遺症で左脚がほとんど動かなくなったとか」

琅邪は三白眼をすがめる。

「へェ、運のない奴だなァ？　たまにそういうやつがいるぜ」

「そうですね。運がなかった。ですが、故意にやっていたとすれば、処分を受けるのはあなたではありませんか？　その笞《むち》、支給された物ではないですよね」

琅邪が顔色を変え、腰に帯びていた笞を握り締めた。後遺症がでるよう、細工されているとしたら罪に問われる。

「あァ、わかった、わかったよ」

乱暴に髪を掻きみだして、琅邪が降参とばかりに声をあげた。

「三日前だよ。反幼帝派《はんようていは》の男を捕らえて、拷問にかけた」

幼い皇帝を竜倚《ぎょくざ》に据え、先帝の妃に過ぎなかった女が政を執りおこなっていることに不満を持つ党派がいるという噂は絳も聞いたことがあった。

宮廷を敵視して反乱を勃発させているのは民だが、皇帝の挿《す》げ替《か》えを策謀しているのは士族、豪族といった有力者たちだ。

「謀反ってのはかならず、旗がある」

それはつまり、新たな皇帝になろうとしているものだ。

「そいつを吐かせろってのが御上《おかみ》からの命令だったが、なかなかに口を割らなくてよ。爪を剝がして指を残らず落として、ようやっと吐きやがった――柴綜芳だとよ」

意外だとはおもわなかった。絳が推測していた通りだ。

「いまの皇帝は眼が紫じゃねェだろォ？」

「私は拝謁《はいえつ》したことがありませんが、かぎりなく黒に近い紫――そう、滅紫《めっし》だとか」

琅邪もまさか、皇帝に逢ったことなどないだろう。

「柴綜芳は紫なんだとよ。斎の皇帝は紫の眼ってのが昔からきまってるからな。特に士族はそういうのを有難がるだろ」

紫の眼か。これまでならば、皇帝を思い浮かべたが、いまは紫蓮の瞳がよぎる。

だが、綜芳の眼はそこまで紫だったろうか。夏の暑さもあって角膜がすでに白濁していたため、印象に残っていない。

「ま、俺から言えるのはそんな程度だな」

煙管を喫《す》い、琅邪は紫がかった煙を吐きだす。

「ああ、そうだ。気に喰わねえ官吏がいたら、てきとうな罪でも吹っかけて、こっちに渡せよ。あることないこと吐かせて、つぶしてやるからよ」

「……それがあなたの復讐ですか」

刹琅邪《セツロウヤ》は獄吏の家に産まれ、罪人の子孫として赤ん坊の時から刺青《いれずみ》を彫られて侮蔑の眼にさらされてきた。彼の境遇は首斬役人の一族である絳とよく似ている。同じ宮廷の陰に根差した身だ。

ふたりは物心ついた時からともに育ち、時には励ましあうこともあった。いわば、幼なじみだ。

「俺たちを足蹴にしてきたやつらにちょっとくらいはやりかえさねェとな。良家に産まれただけで偉そうにしやがってよ」

だが、絳は琅邪の復讐には頷けなかった。

琅邪は身分のある罪人を虐げるばかりか、執拗に苛《さいな》んで嘘の自供をさせ、無実の罪をかぶせることもあった。不条理に不条理をかえしてもこの地獄をさらに深くするだけだ。

「なんだよ、その辛気臭ぇツラはよ。おキレイぶって、あなたとは違います、なんて言わねェよな?」

「ええ、私たちはおなじだ」

ほんとうは、絳も琅邪と変わらないのだろう。

亡霊になるぞと言った曹菟仙の声が耳によみがえる。

「ですが、底にいるものだからこそ踏み越えてはならない一線というものがある。目には目を、歯には歯を、罪には罰を。私は罪を等しく裁きたいだけだ」

はじまりは一緒だった。

だが、すでに道を違《たが》えた幼なじみに背をむけ、絳は獄舎を後にする。紫蓮のもとに還らなければ。

夏の終わりを待たず、路傍《ろぼう》に咲いていた曼珠沙華《まんじゅしゃげ》が燃えたつように風に揺れた。

✦

屍に鍼《はり》を、打つ。

紫蓮は柴綜芳《サイスオウ》の項《うなじ》の動脈に針を刺し血潮を抜きながら、鍼で血管を拡張していく。吸いだされた血潮が桶にたまる。絳と交替に紫蓮の監視役についた玄戒韋《ゲンカイイ》は顔をしかめた。

「大家《たいか》の御身《おんみ》にそのような」

「酷いことを、とでも言うつもりかな」

紫蓮は鍼から視線をあげず、迷惑そうに非難の声を払いのけた。

「こんな姿のままで、臭い物に蓋《ふた》をするみたいに納棺するほど酷いことはないとおもうけれどね」

「それは……わかってはいるが」

窒息死した綜芳の顔は腫れが酷く、このままでは瞼をおろしてやることもできない。

「だったら、静かにしていてくれないかな」

戒韋はぐっと喉をつまらせる。沈黙を挿んで、戒韋がぽつりと言った。

「貴女は、穢れをおそれないのか」

「穢れ、ね。僕は死を穢れだとおもったことはないよ」

「死の穢れもそうだが、その」

言葉の端がよどむ。異臭のもとについてか。きれいに清拭して着替えさせたので、すでによごれは残っていない。

「なんでそこまでいやがるのか、わからないな。誰もが腹のなかにためているものだよ？」

「そ、それはそう、だが……」

「酒精《しゅせい》から造った薬をつかって、清潔を心掛けているから懸念はないよ」

穢れはなくとも屍から風《ふう》のような毒をもらう危険はあるため、衛生には日頃から神経をつかっている。鍼も毎度煮沸《しゃふつ》していた。

「でも、そうだね――強いて言うならば、穢《よご》れないと浄められないものがあるんだよ」

「どういうことだ」

尋ねられたら語る。それが紫蓮の信条だ。

「蓋のされた甕《かめ》があるとするだろう？　なかみは腐っていて、臭気があふれてきている。それを浄めるには思いきって蓋をはずして、腕を突っこむほかにないのさ」

「死穢《しえ》がつまった柩のなかでもか」

「あばかなければ葬ることのできない死もあるんだよ」

戒韋が酷く動揺した。勇敢な武官である彼が竿《こうがい》も挿《さ》せない姑娘を相手に畏縮するはずもないだろうに。

彼はおもむろに頭《こうべ》を垂れて、懇願の声をしぼりだした。

「貴女の信条はわかった。大家のことを頼む」

それから、彼は死化粧に口を挿むことをやめた。柴綜芳の腹を割《さ》いても、抗議することもせずに受けいれた。

「頼みがある」

腹を縫い終わったところで、戒韋が懐から紙を取りだした。

「大家から遺書を預かった」

皇族ともなれば、いつなにがあってもいいよう、信頼できるものに遺書を預けておくものだ。ほとんどは遺産や後継にかんすることだが、側近である戒韋に宛てられた別紙があったという。

「納棺する時はこの櫛《くし》をともに納めてほしいと」

銅の櫛を差しだされる。勿忘草《わすれなぐさ》の彫刻が施されていた。

紫蓮は微かに眼を見張る。

「……わかっている。男が、櫛を副葬《ふくそう》するなんて妙におもったんだろう」

埋葬する時、遺体と一緒に納棺する物を、副葬品《ふくそうひん》という。

故人の愛惜《あいせき》の品物や身分を表すもの、あるいは死後の旅で役だつ路銀《ろぎん》、馬の像などを納めることもあった。男の副葬品は刀剣、玉佩《ぎょくはい》、あるいは釉薬《うわぐすり》の施された器などだ。櫛、かんざしや笄、耳飾りなどの装身具は女の副葬品だった。

「いいや、ちっとも変だとはおもわないよ」

戒韋はあからさまに安堵した様子をみせた。他でもない彼が、何処かで恥ずべきことだとおもっていたのだろう。

「よほどにたいせつなものだったんだね。誰かからもらった櫛なのかな」

逡巡を経てから、戒韋がつぶやいた。

「俺が、差しあげたものだ」

「へえ」

意外だった。好いた女にならばともかく、彼があるじにたいする贈り物に櫛を選ぶ男にはみえなかったからだ。

「大家が幼学《ようがく》（十歳）になられた誕生日にご両親が大家を連れて、都にお出掛けになられた。殿下は大家に欲しい物はあるかと尋ねられた」

殿下ということは柴綜芳の父親のことか。先帝の弟にあたる。確か、柴蘇朴《サイソボク》といったか。噂によれば武官として功績をあげていたとか。

「殿下は息子に剣を与えるよい機会だと考えておられたらしい。だが、大家は剣ではなく、細工の施された櫛を欲しがった」

どうなったのか、想像がついてしまい、紫蓮は沈痛な思いで眼をふせた。

「殿下はたいそうお怒りになられた」

「そうだろうね」

男はこうあるべき、女はこうあるべきという縛りは幼少の頃から始まるものだ。親は息子に男を強い、娘に女を強いる。あげく親がきめた道を進まなければ、恩知らずだの期待を裏切っただのと責めたてるのだ。

幸せのかたちまできめつけて。

「大家は眼を腫らして泣き続けていた。せっかくの誕生日だったのにな。俺はそれがお可哀想で」

さながら兄貴分だ。綜芳は享年二十一歳、戒韋は三十六歳になるのだとか。十五歳差ということはその頃から養育係もかねて側にいたのだろう。

「大家が欲しがっておられた櫛を、後から手に入れて、こっそりとお渡しした」

「それが、この櫛なんだね」

「もう、とっくに処分されたとおもっていたんだが」

戒韋が苦笑する。彼に逢ってからはじめてみた、心からの笑みだった。

高値《こうじき》な物ではあるまい。だが、綜芳は十年経っても、この櫛を大事にしていたのだ。

「大家は幼い時分から争いを好まない穏やかな心根の御方だったのに。俺が、追い詰めたから、こんな」

櫛を握り締めた戒韋の手が震える。

「想いかえせば」

「喧嘩をしたと言っていたね」

紫蓮の言葉は静かで、無理に聞きだそうとするようなものではなかった。なぐさめるだけ。悼むだけ。暗がりに差す月の、ひと筋のやさしさに似ている。

だからだろうか。戒韋は再び喋《じょうげん》りだした。

「大家は皇族で、科挙試験を状元で及第されたということもあって、日頃から重荷を背負わされていた」

状元とは最終試験で第一等の成績を収めたものだけに与えられる称号だ。綜芳がいかに優秀だったことがわかる。

「だが、それがご負担だったのか。大家はこのところ、思いなやんでおられた。昨晩ついに、すべてを捨てて遠くにいきたいと愚痴をこぼされて、身分も何もないところに私を連れていってくれないかと頼まれ——俺は」

「柴綜芳をなだめたんだね」

「そうです。男たるもの、そんなことでどうなさるのですかと」

それは忠心からの言葉だ。

少なくとも、傷つけるために投げられた言葉ではなかった。

だが、どんな言葉より鋭利に、綜芳の胸に刺さった。櫛ひとつをたいせつに抱き締めてきたこころはこなごなにうち砕かれた。

綜芳は戒韋にだけは男であることを強いられたくなかったはずだ。

だって、綜芳は——紫蓮は唇をかむ。

「男は、強くあらねば。ましてや大家は柴家のご嫡男なのですから。ただでも大家は丁年《ていねん》（二十歳）を過ぎても妻も娶られず、縁談から逃げ続け、母上様はたいそうお嘆きでした」

「……ああ、そうだろうね」

それができないものもいるのだ。男の身を持って、産まれても。

「だが、まさかこんなことになるなんて。あの時、お供しますと言っていれば、大家は命を絶つようなことはなさらなかったのではないかとおもうと」

屈強な男である戒韋の眼に涙が浮かぶ。

「悔やんでも悔やみきれない」

他でもないみずからが綜芳を死にむかわせたと戒韋は思いこんでいる。

紫蓮は睫をふせた。

戒韋は綜芳のことを愛していた。それは、綜芳が彼にむけていたものとは違うかたちをした愛だろう。だが、想いあっていたことに違いはないのだ。

真実を知らずに終わっていいのか。

屍は語るものだ。なぜ、死んだのか。いかに死んだのか。

それは死を、終わらせるためだ。愛するものが、終わらぬ死を抱え続けることのないように。

綜芳は戒韋に語りたかったはずだ。

「柴綜芳は」

紫蓮が意を決して唇をほどいた。

「自害ではなかったよ」

戒韋が眼を剝いた。

「なん、だと」

「縊死にみせかけて、殺されたんだ」

戒韋はよろめきながら、後ろにさがる。言葉をかみ砕き、真実を理解しようとするかのように黙りこんだ。腹に落ちたとたん、いっきに噴きあがってきた怒りをこらえきれず、彼は紫蓮につかみかかって叫喚した。

「誰だ！　大家は誰に殺されたんだ！」

紫蓮は冷静に彼の腕を振りはらった。

「さあね、それはわからないよ。きみのほうが、想像がつくんじゃないかな」

戒韋は強張った頬をひくつかせて、頭《かぶり》を振る。怒りからか、戒韋は微かに身を震わせながら、低くつぶやいた。

「……皇太妃、か」

戒韋はそれきり、なにひとつ、喋らなくなった。

その眼に燃えさかる昏い怨嗟の火をみて、紫蓮は微かにため息をつく。

死者は怨まない。怨むのはいつだって、遺されたものだけだ。

✦

「紫蓮、逢いたかったです、ああ、よかった」

職務を終え、合流した絳は抱きつかんほどのいきおいで紫蓮のもとにかけ寄ってきた。紫蓮は肩を竦めて微苦笑をかえす。

「はいはい、この通り、なにごともなかったよ」

「ほんとうですね？　襲われたり殺されたり、危険なことはなかったのですね？」

「ほら、脚を確かめてごらん。ちゃんとあるだろう？　霊鬼《ゆうれい》じゃないよ」

紫蓮は刺繍に縁どられたすそから脚を差しだし、動かしてみせる。絳は安堵したのか、ほっと息をついた。

絳は待機していた玄戒韋に声をかけ、護衛役を交替する。

戒韋《カイイ》は無言で頭をさげて、ふらつきながら退室していった。

「葬礼は明晩にきまったそうだよ」

皇族が亡くなったともなれば、都にいる斎の要人が参列することになる。幼帝《ようてい》も親臨《しんりん》するはずだ。

「今晩はここに泊まるよ。納棺するとき、最後の死化粧をしないとね。髪を結わえたり紅を差したり、まだまだやることがあるんだ」

「柴綜芳《サイスオウ》は男ですが、紅を差すのですか？」

絳は意外そうにした。

「体温《ねつ》の通わなくなった肌に息を吹きこむためだよ。唇紅《くちべに》はもちろんのこと、頬や額、顎の先端あたりに烟脂《ほおべに》を施すと、命があった時と変わらない暖かみのある肌がよみがえるんだ」

死化粧においては乾いた頬紅《ほおべに》ではなく、脂で練られたものをつかうのが望ましい。紫蓮は先に馬油とまぜあわせておいた。

「ちょっとだけ、お時間をいただいても構いませんか。中庭に」

絳に誘われて、紫蓮は重要な話があるのだと察した。

「いいよ」

時刻は黄昏《こうこん》の終《しゅう》（午後九時）、すでに女官たちは眠りについたのか、邸内は静まりかえっていた。階段にも廻廊にも燈火《あかり》はついていないため、提燈をさげて中庭にむかった。

「すみません。部屋のなかでは誰が聞いているか、わからなかったので」

紫薇《さるすべり》の根かたで絳が振りかえる。

「柴綜芳の死を事件として捜査するため、許可申請をしたのですが」

「無理だっただろう？」

「ご推察通りです。ただ、収穫もありました」

絳はさらに声を落とす。

「獄舎に反幼帝派《はんようていは》の男が収監されていたらしく、琅邪《ロウヤ》が聞きだしたところによれば、柴綜芳は幼き皇帝を排してみずからが皇帝になろうと士族をあつめ、動かしていたそうです。このことから、柴綜芳は宮廷に危険視されて暗殺されたものと考えられます」

紫蓮が眼を見張る。続けて、悲しげに首を振った。

「いいや、柴綜芳はそんなひとじゃなかったよ」

玄戒韋《ゲンカイイ》から聴くかぎり、柴綜芳は穏健で争いを好まず、権力を欲することのないひとだった。

もっとも、人の眼は真実だけを映すわけではない。欲がないように振る舞いながら、貪欲に他人を陥れようとするものはざらにいる。

だが、綜芳については、紫蓮は「そうではない」と言いきれた。

「皇帝になりたいなんてのはね、男が考えることだからだよ」

「どういうことですか？　綜芳は男です。まして皇帝の従兄という続柄《つづきがら》だ」

紫蓮は緩やかに否定する。

「いいや、綜芳は男ではないよ」

「どういうことですか」

櫛を欲しがる。愛するひとからもらった櫛をたいせつに持ち続け、死後にも持っていきたいと遺書に書き残す――どちらかといえば、それは女の思考だ。

「からだは男だが、こころは女だったということさ」

絳が理解できないとばかりに息を洩らす。

「そんなことが」

「意外かな。でもそういうひともいるんだよ。男のからだに女のこころ。綜芳はそうとうに苦しんできたとおもうよ」

だから、紫蓮はそれを察した時から、一度たりとも綜芳を「彼」とは呼んでいない。

「柴綜芳は担がれていただけじゃないかな。紫がかった眼に皇族という身分、輦輿《みこし》として担ぐのには都合がよかった。綜芳は自身が争いの火種になることを嘆き、身分を棄てて隠遁することを望んでいたが、それもかなわず刺客に殺害された――」

時期から考えても、刺客は確実に宮廷が差しむけたものだろう。

皇太妃が絡んでいるかまではわからない。皇帝は暗殺を謀《たばか》るには幼すぎる。

「宮廷の闇は、底が知れませんね」

落ちた紫薇《さるすべり》の花群《はなむら》は紫という割には赤すぎて、血溜まりが拡がっているようにもみえる。

宮廷の威光がおよぶところは何処を踏んでも血の海だ。血の地獄からは抜けだせない、ここに産まれてしまったかぎりは。

「せめて、男でなければ」

柴綜芳を想って、紫蓮は視線を遠くに馳せる。

満ちた月が、満天の星をかすませていた。夏の空を飾る大火星も陰っている。

「最期くらいは、きみらしく葬ってあげるからね」

✦

柴綜芳《サイスオウ》の葬礼がはじまった。

琴《きん》が哀しげな音を奏で、磬鐘《けいしょう》が打ち鳴らされる。

祭祀を想わせる厳かさだ。さすがに芸妓《げいぎ》が舞を披露することはないが、飾りたてられた会場は賑々《にぎにぎ》しく、錦の刺繡が施された白い緞帳がはためいている。参列者は宮廷の重鎮や上級士族、地方豪族といった錚々《そうそう》たる顔触れで、華やかな軒車《けんしゃ》が続々と着いた。

嵐が過ぎてからは酷暑がやわらいでいたが、今朝から夏がもどってきた。蟬でも真昼は暑さに参っていたらしく、黄昏せまる時刻になり、息を吹きかえしたように鳴きだした。

納棺を終えた紫蓮は中庭で風にあたっていた。嵐にたたかれたのか、秋を待たずして咲きはじめた竜胆《りんどう》が倒れていた。蕾《つぼみ》がまだ残っている。咲いた花は散るものだが、咲かずに散る花は哀しかった。紫蓮は器にでも挿してやろうと竜胆を摘む。

衛官たちがいっせいに動きだし、紫蓮がふと視線をあげた。

「皇帝陛下、御成《おな》り」

鳴り物が響きだし、紫蓮は頬をひきつらせる。

だが、いまさらこの場を離れることもできず、紫蓮は観念して跪く。通り過ぎていくだろうとおもっていたが、銀糸の施された靴は紫蓮の前でとまった。

「綏紫蓮ではないか。おもてをあげよ」

免礼《めんれい》された紫蓮は袖を掲げながら、顔をあげる。

錦の孝服《もふく》をまとった女が微笑んでいた。長い睫に縁どられた妖艶《ようえん》な眼。華やかな唇の端にほくろ。華の女帝といった風格を漂わせた彼女は珀如珂《ハクジョカ》という。幼き皇帝にかわって政を統べる皇太妃だ。

そうか、彼女が先帝の寵愛を享けていた妃なのか。

微かに胸がざわめいたが、紫蓮は敢えて微笑を絶やさず珀如珂にむかう。

「このたびは衷心より哀悼の意を表します。……私《わたくし》のような廃姫《はいき》を、おぼえておいでだとは思いませんでした」

「わすれていてはそなたに依頼もできまい。ご苦労であった」

「身にあまる御言葉でございます」

強かな紫蓮の眼をみて、如珂《ジョカ》は微笑む。如珂は続けて唇をひらきかけたが、冕《かんむり》をつけた幼い子どもがかけ寄ってきた。

「どうかなさったのですか、母上様」

彼が八歳の皇帝か。

威厳はなく年相応の幼さを漂わせた愛らしい顔をしている。きらびやかな服を身につけているが、まだ背も低く錦のすそをひきずっていた。冕からさがった珠飾りから微かに覗く眼は滅紫《めっし》。ほぼ黒といっても過言ではない。紫の眼は皇族の証のはずだ。めずらしいこともあるものだと紫蓮は奇妙におもった。

「なんでもない、参ろう」

如珂は幼帝《ようてい》に微笑みかけ、振りかえらずに遠ざかっていった。

紫蓮が緊張を解く。無意識に張りつめていた息をついて、踵をかえす。部屋に帰ろうとしたところで絳とすれ違った。絳は会場の警備にかりだされて、朝から慌ただしくかけまわっていたが、紫蓮に声をかけられて足をとめる。

「ちょうどよかったよ。ひとつ、頼まれてくれるかな。玄戒韋《ゲンカイイ》のことなんだけれどね」

「ああ、彼ですか。昨晩から思いつめている、というよりは剣呑《けんのん》なものを漂わせていますね。後追いでもするのではないかと気掛かりではありますが」

「残念ながら、後追いだけでは終わらないだろうね」

紫蓮が危惧する事態に察しがついたのか、絳がさっと青ざめた。

「まさか」

「彼は、復讐をするつもりだよ」

死には死を。柴綜芳の暗殺を指示した疑いのある皇太妃、もしくはその要因となった幼い皇帝を殺そうと考えている。

「皇帝直々に親臨するとあって宮廷から衛官が大勢派遣され、警護は完璧だ。戒韋が隙をついて斬りかかったとして、皇帝や皇太妃を害することはほぼできないだろう。死ぬのは戒韋だよ」

皇帝に剣をむけたとなれば、死罪だ。族誅《ぞくちゅう》も考えられる。

「衛官に警戒をうながすべきでしょうか」

「それには及ばないよ。未遂のうちに戒韋が疑われるのも可哀想だ。それに報復を望む戒韋のきもちは理解できないわけじゃない。ただ、戒韋は綜芳のために復讐を果たそうと考えているのだろうけど、それはずいぶんな思いあがりだとはおもうよ」

「どういうことですか」

「復讐なんて考えるのは遺されたものだけさ。それも知らずに死者のためなんていうのはおこがましいよ」

死者は怨んでもくれないものだ。

「復讐ならばともかく。万が一にでも戒韋が無関係なものまで巻きこもうとしたら、きみが彼を取り押さえてくれるかな」

「構いませんが……説得はできないのですか」

「無理だね」

紫蓮は諦めて頭《かぶり》を振る。

「赤の他人から、綜芳は復讐を望まないはずだ、なんて訴えられて納得できるとおもうかな。とめられるとしたら綜芳だけだよ」

「ですが、彼はすでに」

紫蓮は微かに唇を綻ばせる。

「言っただろう？　屍は愛するひとにさよならを言うため、たった一度だけ、よみがえるのさ」

あとは綜芳の声なき声が、戒韋に聴こえるかどうかだ。

✦

なぜ、大家《たいか》が殺されなければならなかったのだ。

綜芳《スオウ》が暗殺されたと教えられたその時から、戒韋《カイィ》の頭をもたげるのはやり場のない怒りだった。

綜芳は武芸にこそ秀でてはいなかったが、聡明で仁愛のある男だった。

父親が有能な武人だったこともあり、綜芳は剣を振るえないみずからに劣等感を懐《いだ》いていたようだが、武はいくらでもまわりのものが補える。むしろ、争いをきらう彼の思想が、これから先の斎を築きあげていくはずだ。

戒韋はそう信じていた。

だが、戒韋がそう語るたびに綜芳は紫がかった眼をふせ「私は皇帝になどなれないよ」と頭《かぶり》を振った。綜芳は思慮深く驕《おご》りもなかったが、小胆《しょうたん》なところが玉に瑕《きず》だった。鼓舞して盛りたててやらなければ――幸い、綜芳を支持する士族や豪族はたくさんいた。

だが、我々はなにも幼帝《ようてい》暗殺を謀《たばか》っていたわけではない。要求は幼帝の退位《たいい》だった。

それなのに綜芳は殺された。ましてや、あんなふうに惨たらしく。

縊《くび》られた屍の有様を想いだすだけでも、腸《はらわた》を焼かれるような気持ちになる。綜芳はどれほどに苦しかっただろう。

（大家のご無念はかならず、晴らします）

葬礼には皇帝とともに皇太妃も参列する。

皇太妃に拝謁《はいえつ》することなど、一介の武官の身ではかなわない。いまを逃がせば、綜芳の仇を討つこともできなくなる。

柴家の武官ということもあって、戒韋は帯剣《たいけん》を許されていた。

皇太妃が柩にむかって、黙禱《もくとう》を捧げる時に斬りかかろう。

さすがに幼い皇帝を殺すのは人倫《じんりん》にもとる。

皇太妃を殺すことができれば、この身はどうなってもいい。死罪になろうと、酷刑《こっけい》に処されようとも構わなかった。

戒韋は震えをいなすようにして剣を握り締める。

やがて、綜芳の柩がひらかれた。

参列していた士族たちが遺体を覗きこんで、ざわめいた。無理もない。後宮からきた死化粧妃が手をつくして復元を試みていたが、悲惨なまでに膨張した顔を修復するのは不可能だろうと戒韋は端《はな》から諦めていた。綜芳だということがわかれば充分だ。

最後の挨拶をして、大家に殉《じゅん》ずる決意をかためよう――

戒韋は柩の側に進む。

いかに変わり果てていようとも、視線を背けまいときめ、彼は柩のなかの綜芳と対峙した。

「大家」

柴綜芳がよみがえっていた。

いや、そんなはずはない。わかっている。だが、そうとしか言いようがなかった。

だって、微笑んでいるのだ。

だが一方で、参列者がなぜ、ざわめいたのかもわかった。

髭《ひげ》がきれいに剃《そ》られていたのだ。

髭は身分のある男の証であり、豊かに髭をたくわえることで士族は権威を表す。それを剃るということは、身分を捨てるということであり、恥だ。

だがこの場においては――柴綜芳は皇帝転覆を望んでいたわけでも、野心をもっていたわけではないと、身の潔白を表しているようにも感じられた。

横をみれば、綜芳の母親がむせび泣いていた。母親は絶えず身を縮め、息をひそめているようなひとで、日頃から綜芳の父親に「綜芳ができ損ないになったのはおまえの育てかたがわるいからだ」と責められていた。そのせいもあって、彼女は綜芳を皇帝にすることに執念を燃やしていた。そんな彼女の唇が「ごめんなさい」と動いた。戒韋は息をのみ、震えながら、あらためて綜芳の柩に視線をもどす。

眼をとじた綜芳は何処までも幸せそうだった。

こんなふうに穏やかな綜芳の顔を最後にみたのはいつだったろうか。

胸で組まれた指には銅の櫛を持っていた。

戒韋が綜芳に櫛を渡した時の、幼《いと》けない笑顔がよみがえる。彼は剣を欲しがらないひとだった。そんな彼が皇帝になりたいなどと望むはずもなかったのに。

戒韋は崩れるように膝をついた。

「――戒韋」

綜芳の声が聴こえる。

「もう終わらせてくれないか」

わかっている。幻聴だ。

綜芳は死んだ。再びには声を聴くこともできないのだ。

それなのに暖かみを帯びた頰、柔く綻んだ唇が、残酷な現実をいまだけ遠ざける。

「私はただ、穏やかに暮らしたかった。かなうことならば、おまえとふたりですべてを捨てて、権力から遠く離れたところにいきたかった……」

綜芳ならば、そう語るだろうと。

あのとき、剣ではなく、櫛を欲しがった彼ならば。

「そうか、そうだった。大家。あなたはこんなこと、望んではいない、よな」

復讐を果たして、殉ずることなど。

剣を握り締めていた指を、戒韋はようやっと、ほどいた。

✦

葬礼が終わった。

参列者たちが帰り、閑散とした庭で紫蓮は夜風にあたっていた。帰り支度はすでに終わった。あとは絳が諸々の連絡を終えたら、一緒に馬車に乗りこむだけだ。

「綏紫蓮」

振りかえれば、孝服《もふく》をまとった戒韋《カイイ》がたたずんでいた。風に吹かれる彼は憑き物でも落ちたように澄んだ眼差しをしている。

「大家《たいか》が息を吹きかえしたのかとおもった」

「そうか、それはよかったよ」

紫蓮が柔らかく微笑みかける。

「大家の声が聴こえた。もう終わらせてくれないかと」

「そうだね。復讐なんて、柴綜芳《サイスオウ》は望まないよ」

紫蓮に復讐心を看破されているとは思ってもいなかったのか、戒韋は動揺する。

「なぜ、衛官に通報しなかったんだ」

「思いとどまってほしかったからね」

復讐は遺された者のためになすことだ。

死者のためなんて詭弁《きべん》にすぎない。

「俺は過ちを繰りかえすところだった。貴女が思いとどまらせてくれた。恩にきる」

戒韋は頭《こうべ》を垂れた。

「僕はたいしたことはしていないよ」

屍が語りかけたのだとしたら、それは戒韋のなかに柴綜芳というひとが死後も変わらず、息づいているからだ。

「ひとつ、尋ねても構わないか。なぜ、大家が髭を嫌っておられたとわかったんだ」

「そうだねえ、まず、ひとつ。あのひとは脚や腕の毛を処理していた」

芸妓などもそうだが、蛤仔《あさり》の殻をつかって無理にひき抜くため、あとはしばらく肌が荒れるのだ。

「これだけ身嗜《みだしな》みに神経をつかっているのに、髭だけ伸ばしているのは妙だとおもってね。察するに、男は髭を伸ばすものだとまわりから言われ続けてきたんだろう？　裏がえせば、すねの毛を抜いていたのはあのひとの細やかな抵抗かなとおもったんだ」

真昼の暑さを残す風に紫薇《さるすべり》の花が揺れて、何処となく哀しげな香が漂う。

「大家は――女、だったのか？」

綜芳は男だ。少なくとも、そのからだは男に他ならない。それは明らかなことで、戒韋が尋ねたいのはそんなことではなかった。

「そうだよ。ほんとうはきみだって、とっくにわかっていたんじゃないかな。柴綜芳から想いを寄せられていたんだろう?」

重い息をついてから、戒韋は真摯にこたえた。

「知らなかった。だが想いかえせば、薄々わかっていながら眼を背けてきたのかもしれない」

紫微の花がひとつ、こぼれた。

「わかっていたとしても、俺はこたえられなかったが」

戒韋はつらそうにつぶやいた。

櫛は、ほんとうならば求婚の時に男から女に渡すものだ。

綜芳はほのかな望みを寄せながら、戒韋にはそういった意図がなかったことを理解してもいたはずだ。実らない想いと知り、それでも愛した。

「いいんじゃないかな。男と女でも結ばれないことだってあるんだからね。男としてでも、一緒にいられたらそれでいいとおもっていたから、綜芳はきみに愛を告げることをしなかった。違うかな」

片想いはみずからが想い続けるかぎり、永遠に壊れない。

綜芳は死後までもこの想いを連れていきたかった。だから、櫛をともに葬ってくれと書き残したのだ。

「ひとは二度、死ぬんだよ。呼吸がとまったとき。それから、愛するひとにわすれられたときだ」

紫蓮は死者に祈らない。祈りはひとつ、遺された者に託す。

「柴綜芳というひとが、きみを愛していたということを、どうかおぼえていておくれよ。そのひとが野心もなく欲もなく、とても幼《いと》けなく微笑むひとだったことを」

それは遺されたものが死者にできる、ただひとつのことだ。

「わすれるものか」

戒韋が泣きだしそうに笑った。

「辞表をだしてきた。俺は武官を辞める。大家は身分を捨て畑を耕して暮らしていきたいと言っていた。大家の夢を、俺がかなえる。大家のことを想いながら」

「そうか。きっと、なによりの弔いになるだろうね」

葬るのは紫蓮の役割だが、弔うのは命あるうちに寄りそってきたものにしかできないことだ。

想いを馳せるように振り仰げば、月を透かして紫薇《さるすべり》が燃えていた。地を埋めつくすほどに散っても、紫薇はつぎからつぎに蕾を弾けさせる。

「一路走好《逝ってらっしゃい》」

命は散るものだ。

だが想いだすひとがいるかぎり、何度でもまた、咲きかえる。

✦

後宮は黄昏《こうこん》の鐘が鳴っても賑わっていた。

二日振りに後宮へと帰還した紫蓮は燈火《あかり》の群に眼をしばたたかせた。

「後宮の外はよかったねえ。宵の帳がおりたら、ちゃんと暗くてさ。後宮は目映《まば》ゆすぎていけない。満ちた月まで、あんなにかすんでいるよ」

「星もずいぶんと遠いですね」

水銀をつかった薬は劇毒だ。官舎では管理できないため、離宮まで荷を置きにいくことになった。橋を渡り、庭を越えて、昏いほうに進んでいく。離宮についたころには持っていた提燈の他に燈火はなくなって、星の瞬きがきらきらとおりてきた。

「ただいま、いいこにしていたかな」

死骸たちに声をかけてまわっていると、絳が「紫蓮」とあらたまって声をかけてきた。

「あなたはもとからわかっていましたよね、柴綜芳《サイスオウ》の死は宮廷による暗殺だと」

紫蓮が睫をふせた。

「なんで、そう、おもったのかな」

「青青が依頼を報せにきてくれたとき、あなたは異様に落ちついていた。皇太妃から依頼がきたら、普通は戸惑います。ですが、あなたは動じることなく、今度は誰が死んだのかと尋ねた」

「僕が呼ばれるところにはかならず、屍がある。だから尋ねたまでだよ」

「そう、依頼がきた段階で死があったことはわかっている。なのにわざわざ、誰が、なんて言うのは変だ。これまでも皇族の死が繰りかえされてきたから、でしょう?」

荷ほどきを始めながら、紫蓮は唇をひき結んだ。この男は勘が良すぎる。

「衛官たちのいやがりようは尋常ではありませんでしたよ。妖妃の護衛をさせられるならば、せめて遺書を書かせてくれとまで言いだす始末でした。春の終わりに妖妃が宮外に派遣されたとき、護衛役を勤めた衛官が死んだのだとか。死の穢れが、と喚いていましたが、違いますよね?」

春に皇帝の遠縁に紫がかった眼の男児が産まれた。

だが、生後一ヶ月も経たず、母親とともに命を落とした。病死だといわれていたが、検視したところ、明らかに毒殺だった。

紫蓮は親子の屍に「毒か、くるしかっただろうね」と語りかけた。衛官はそれを聞いてしまった。おそらくは後からそれを洩らしたのだろう。

結果、衛官は処分された。

紫蓮は語られたかぎり、語る。だが、彼女が語ったことで死にまきこまれるものがいることに呵責がないわけでは、なかった。

鍵つきの棚に薬を片づけながら、紫蓮は黙りこむ。

「紫蓮」

薬棚に腕をそえて、紫蓮が逃げられないようにしてから絳が覗きこんできた。

「いかに危険なことでも、私には隠さないでください。……道連れにしてくださるのでしょう?」

責めているのではない。縋るような眼をむけられ、紫蓮は張りつめていたものが切れたように微苦笑する。降参の旗をあげるかわりに彼女は喋りだした。

「昨年から、皇族の血脈を持った男がたて続けに横死している。特に紫がかった眼を持った男が、だ。柴綜芳は火種だったが、そうでなくとも、じきに暗殺されていただろうね」

「幼帝《ようてい》より、紫の眼をした男がいてはならないということですか」

幼帝を支持するものが動いているとしても、皇帝の血脈を根絶しようとするかのような連続暗殺は過激で、異様という他になかった。

「先帝の御子、つまりは直系の皇族というのは現皇帝ひとりしかいない。なにをそこまでおそれているんだろうね？」

「引っ掛かりますね。先帝の頓死と一連の皇族暗殺がつながっているとしたら」

絳が考えこむ。

「先帝よりもさきに殺されたものがいるか。まずはそれを調べるところからはじめたらどうかな。物事は端緒をつかめば、ほどけるものさ」

宮廷の底の底にまで腕を差しこんで、なにがつかめるか。

腕ごと喰われるかも知れず。

それでもここまできたら臆してはいられなかった。

どうせ、ふたりとも、すでに命を狙われている身だ。

揺れる燈火《ともしび》を睨みつける絳の眼差しは、強い。なにかしらか推測がついているのではないかとおもったが、彼はそれいじょうは語らなかった。

✦

「玄戒韋《ゲンカイイ》」

後ろから声をかければ、馬に荷を積んでいた戒韋《カイイ》が振りかえった。

「刑部丞《けいぶじょう》、ご苦労」

敬礼する戒韋は、すでに武官の官服を着ていなかった。


絳は三日振りに柴綜芳の邸を訪ねていた。

「皇族に列《つら》なる御方が薨去《こうきょ》されたとあって、細々とした手続きがあるのですが、重要な文書を階級の低い官吏に預けるわけにもいかず。職務外のことにまで駆りだされるのは中間管理職のつらいところですね」

絳が愛想よく微笑みかければ、戒韋はつられて眦《まなじり》を緩めた。絳はさりげなく戒韋が乗ろうとしていた馬に視線を移す。

「綏紫蓮から聞きました。武官を辞められるのだとか」

「ああ、いまから発《た》つところだった。俺は綜芳《スオウ》様ではない大家《あるじ》につかえるつもりはない。蘇朴《ソボク》様もすでにおられず、俺が柴《サイ》家につかえ続ける義理はなくなった。大家《たいか》を想いながら、地方で心穏やかに暮らすつもりだ」

「確か、柴蘇朴《サイソボク》は事故でお亡くなりになられたのでしたか」

絳はなにげない素振りをして尋ねかける。

柴蘇朴は柴綜芳の父親で先帝の弟にあたる。赤紫の眼を持ち、武勇においては先帝に比肩する功績をあげていたが、傲慢で荒っぽく人望がなかったという。結果、皇帝にはなれず、都のはずれに追いやられるかたちになった。

絳が柴家にもどってきたのは蘇朴について聞きだすためだった。

戒韋と打ち解けるため、諸事《しょじ》を押しつけられてこまっているように振る舞ったが、実際のところは進んで伝達役をひき請けた。

宮廷でひそかに皇族の横死や頓死に関する調査を進めていたところ、柴蘇朴にたどりついた。

柴蘇朴は先帝が崩御する三年前に死去している。

これが皇族の連続暗殺の発端ではないかと絳は疑っていた。

だが、皇族の死にまつわる記録は秘書省《ひしょしょう》の書庫室で厳重に保管されている。これを読むには秘書省の許可が必要だが、第三官である絳では申請が通らない。

ならば事情を知っているものから、直接聞きだすのが早道《はやみち》だ。

「ああ、八年前の真冬だ。泥酔していて橋から落ち、溺死された」

溺死か。容易に事故をよそおえる死因だ。

「もとから酔いやすい御方だったのですか」

「お強いほうだった。だが、九年前だったか、武官を辞されてからは加減なく飲むようになられた。

酔うと日頃から酷い女遊びがさらに酷くなってな。大家も幼いのに、芸妓《げいぎ》を連れこんだり女官に夜伽《よとぎ》をさせたり。奥様もご苦労されていた。英雄色《いろ》を好むというが、あれは度が過ぎている」

戒韋は嫌悪を滲ませる。武官を辞職して縛りが解かれたのか。幾年も喉につかえていたものが取れたような喋りかただ。

「溺死でしたら、納棺の時も大変だったでしょう」

「いや、あの時も後宮から死化粧妃がきてくれた。素晴らしい手腕で、ああ、想いかえせば綏紫蓮と似ていたな。眼は紫ではなかったが」

綏紫蓮の母親か。

「宮廷は現皇帝陛下の御誕生を祝い、湧きたっていたので参列者もまばらで。だが奥様は敢えて賑々しく盛りあげることもなさらなかった。哭女《なきめ》も呼ばず。あれが奥様なりの報復だったのだろうな」

「死とはすべてを明らかにするものですね。紫蓮が語っていた通りだ」

御子の誕生と時期がかぶったことだけが、参列者の集まらなかった理由ではないだろう。紫蓮は蓋棺事定《がいかんじてい》だと教えてくれた。死んだ時に嘆いてくれるひとがいるかどうかが、故人の生きざまを表すと。

「いかにも。その通りだな」

万感の想いをかみ締めるように戒韋が眼を瞑った。

「綏紫蓮に伝えてくれ。貴女は恩人だ。玄戒韋は死ぬまで恩をわすれない。いつか、かならず恩をかえすと」

馬に乗って走りだした戒韋に絳は声を張りあげる。

「あなたさまはお幸せになられてください、逝くひとのぶんまで、どうか」

碧天《へきてん》のもと、馬が遠ざかっていく。

宮廷というしがらみを振りきって、何処までも遠く。

絳は日輪を眺めるように眼を細めてから、微笑をやめて視線を落とす。

たった今、確信を得た。連続暗殺の端緒となったのは柴蘇朴だ。ばらばらになっていた謎が、絳のなかでつながっていく。

（だとすれば、幼帝は――）

✦

茶杯にひとつ、花が綻ぶ。

時をおなじくして、紫蓮は水亭《すいてい》で最上級の茶を振る舞われていた。飾りたてられた卓《たく》を挿んで、むかいあわせに茶を飲むのは宮廷に君臨する華の皇太妃――珀如珂《ハクジョカ》だ。

「このような場にお招きいただき、有難き幸せでございます、皇太妃殿下」

紫蓮は恭しく袖を揭げ、唇を綻ばせた。

如珂から茶会の誘いがきたとき、紫蓮は戸惑った。だが、すぐに幸運だと考えなおした。こんなことがなければ、最低級の妃が皇太妃に拝謁することなどかなわない。

「ですが、お戯《たわむ》れにしては些か悪趣味が過ぎるかと。死に穢れた妃を茶会に誘ったとあっては、後宮の華々がいかなる噂の蝶をまつわらせることか」

紫蓮は媚びることなく、如珂の真意をひきだすように敢えて毒を孕《はら》んで微笑みかける。

「ふふ、可愛くない姑娘だこと」

茶杯をまわしながら、如珂は妖艶な笑みをこぼす。

「異腹《いふく》とはいえども、そなたは皇帝陛下の姐《あね》にあたる。妾《わらわ》にとっては姑娘のようなものだ。奴婢に等しい身分の姑娘であっても、な」

「勿体なき御言葉です。皇太妃殿下は国の母、士族から奴婢まで民を等しく子と想われる寛容なる御心には頭があがりません」

穏やかな午後の日が差すなか、言葉の剣戟《けんげき》が繰り広げられる。互いを牽制しあうような言葉の応酬に、女官たちが頬をひきつらせている。

皇太妃の背後では老いた宰相《さいしょう》がおろおろとしていた。背をまるめた気弱そうな老爺《ろうや》だ。確か、もとは宦官だったと風の噂で聞いたことがある。

「柴綜芳の葬礼がつつがなく終わったのはそなたの功績だ。公の場に崩れた屍をさらしては皇族の威信にかかわる。褒めてつかわそうぞ」

「恐縮です。ひとかたなりと御役にたてましたこと、身にあまる幸甚でございます。さながら祭祀のような葬礼でしたね。特に輦輿《みこし》は素晴らしかった」

如珂が訝しげに眉を動かす。

「輦輿などあったか？」

「ええ、ございましたよ。輦輿はひとりでには動きませんが、降る矢を一身に受けるのは輦輿ですね。担ぐ群集ではなく」

紫蓮の言葉の裏にある意を解して、如珂は微笑をこぼした。

「あれは、棺桶であろう」

紫の双眸をとがらせる。

如珂は柴綜芳がまわりに担がれただけで、野心などなかったことを知っていた。知って、暗殺を命じたのだ。

「失礼を。いかにも仰せの通りでございます。あれは棺桶でございましたね」

言いながら、紫蓮は茶を飲む。

毒殺はおそれない。それに毒を盛るのならば、ふたりきりの茶会などではなく、毎月配給される甜茶《てんちゃ》あたりに毒を混ぜておけばいいだけだ。

「まことは」

茶杯を傾け、艶やかな唇を濡らしてから如珂は続ける。

「誰もがなべて、棺桶のなかで舞う演者《えんじゃ》なのだ」

花散るがごとく静かな声だった。

「そなたは敏い姑娘だ。だが、口は禍《わざわい》の門という。語りすぎぬことだ」

あからさまな警告だったが、紫蓮は微笑を絶やさない。

「ご懸念には及びません。死は盟友《めいゆう》です」

「若いな。死より惨《むご》いものを知らぬとは」

如珂は唇を弧《こ》にする。

「実に母親そっくりな姑娘なこと……」

母親、か。錠をかけていた箱から積年の想いがあふれだしそうになって、紫蓮が思わず微笑を凍てつかせた。

珀如珂は先帝の寵愛を一身に享《う》けていた妃だ。紫蓮の母親がどれだけ愛しても、こがれても、先帝は一度たりとも母親のもとに渡ることはなかったというのに。

母親の哀しい嫉妬が、紫蓮の胸を借りて寒々しい嵐を吹かせる。

「妾はずっと、妬ましくてならなかった」

如珂の唇からこぼれた言葉に紫蓮は耳を疑った。

「卑賤《ひせん》の身でありながら、ただひとり、先帝陛下に愛されていたあの女のことが」

たまらず声をあげる。

「違います、先帝陛下のご寵愛は」

「妾か」

如珂はため息でもつくかのように笑った。だがすぐに真剣な眼差しになる。

「そなた、如何なるものであろうと等しく葬ると言ったな」

「……左様ですが」

「それが親の仇《かたき》でもか」

紫蓮は呼吸をつまらせる。

「なにを仰っているのか、私には理解が及びませんが」

「ふふ、ならば、よい」

如珂は茶杯の底を乾かして、水亭を後にする。

いったい、どういうつもりなのか、最後まで如珂がなにを考えているのかはわからなかった。

老宰相は慌てて如珂の後を追いかけようとして、なにをおもったのか、紫蓮のもとまで引きかえしてきた。

「綏紫蓮――いえ、紫蓮皇姫《ひめ》とお呼びするべきでしょうか」

産まれついてから一度たりとも姫などと呼ばれたことがなかった紫蓮は虚を突かれる。

「ご立派になられましたな。この唐圭褐《トウケイカツ》、大変嬉しゅうございます」

「何処かでお逢いしたことがありましたか」

「いえ、御目に掛かるのは御初になります。ですが、先帝陛下がいつも貴方様のご成長を気に掛けておられました」

先帝という言葉に紫蓮の唇が微かにひきつる。そんなことはありえない。先帝が廃姫《はいき》である紫蓮のことを気に掛けていたはずがなかった。

「私は先帝陛下の腹心《ふくしん》として御側につかえておりましたが、貴方様の話を聴かぬ日はございませんでした。冬には笄年《けいねん》をお迎えになられるとのこと、先帝陛下がおられたら、さぞやお喜びになられたことでしょう」

唐圭褐は袖で涙を拭った。

「実《まこと》に美しい紫の眼になられて」

如珂が「圭褐《ケイカツ》」と呼んでいる。圭褐は紫蓮にむかって辞儀をしてから、絶句している彼女をその場に残して如珂のもとに参じていった。

紫蓮は先帝――父親には、命あるうちに逢ったことがない。

酷い熱をだして倒れても逢いにこない男を愛し続ける母親のかわりに、紫蓮は父親を怨んできた。

だが、ほんとうは父親のことはなにひとつ、知らないのだ。

逢ったばかりのとき、絳から聴いたことを想いだす。

先帝が、あなたがたをわすれたことはありませんでしたよ――

さめてしまった茶を飲む。残った茶は、喉を焼くほどに苦かった。

✦

離宮の庭には庭師がいない。

植木はあるが、枝振りは酷い有様で、敷石が埋もれるほどに草が繁っていた。だが風が吹くたびに夜来香《つきみそう》が揺れる風景は物憂《ものう》いながら風情がある。

あれだけ舞っていた蛍《ほたる》も減った。まもなく晩夏だ。

「柴綜芳《サイスオウ》の暗殺を命じたのは皇太妃だったよ」

縁側に腰かけて名残りの蛍を眺めていた紫蓮が、背後の壁にもたれている絳に語りかけた。

「どうやって調べたのですか？」

「茶に誘われてね、直接逢って、喋ったんだ。警告をされたよ。死よりも惨いことがあるってね」

「それは」

絳が視線を彷徨わせた。

「いまさら、なにを臆することがあるのかな。毒を喰らわばなんとやらだよ。つつがなく天命を全うするには僕は語りすぎ、きみは聴きすぎた。違うかな」

「ふ、違いないですね」

絳は微苦笑して、紫蓮の側に腰をおろす。

「私のほうですが、皇族の連続暗殺の端緒がつかめましたよ。柴綜芳の父親である柴蘇朴《サイソボク》です。八年前の真冬に事故死しています」

「皇帝陛下が産まれた年だね」

「さすが、あなたは察しがいい。仰る通りです。柴蘇朴は皇帝陛下が産まれた翌日に死んでいます。暗殺されたのでしょう。あとはなぜ、暗殺されたか、ですが」

「先帝が崩御したあと、実弟である柴蘇朴が継承権を握る可能性があったから、かな」

「それもあります。ですが、それだけではなかったと――ここからは私の推察になります」

夜陰が張りつめる。

「前提から話しましょうか。紫蓮は知っておられるとおもいますが、紫の眼は皇族の証です。天地《てんち》神明《しんめい》を統べる祖神《そしん》が斎の始皇帝《しこうてい》にこの紫の眼を授けたとされています」

幼い頃の寝物語でも語られる古い伝承だ。

「天意による血統だから、皇帝になれなかったものが御子を儲けても正統な紫にはならないとか、まあ、いろいろといわれているね」

「眉唾物《まゆつばもの》だとおもっていましたが、先帝の甥でありながら柴綜芳の眼は赤紫で、あなたのような純正な紫ではなかった。あながち、ただの伝承ではないのかもしれません。もっとも幼帝《ようてい》の眼よりはまだ、紫だったそうですが」

「そうだね、幼帝の眼はほぼ、紫ではなかったよ」

角度によっては滅紫《めっし》とも言えるが、かぎりなく黒、もしくは涅色《くりいろ》に近い。

「拝謁したことがあるのですね。私は葬礼の場でも皇帝陛下がおられる時は最敬礼をしていたため、眼の色までは確認できなかったのですが、やはりそうですか」

風が吹きつけて、あたりに漂っていた青火が散り散りになった。あるものは落ち、あるものは舞いあがり、燃えつきる。

「私が考察するに」

乱舞する火のなかで、絳が続けた。

「幼帝は、先帝陛下の御子ではない」

紫蓮が息をのむ。

「紫の眼だけが根拠というわけじゃないだろうね？」

だとすれば、浅慮にもほどがある。

「無論です」

「でも、珀如珂《ハクジョカ》は先帝の寵愛を享《う》けていたはずだよ」

声の端が強張る。紫蓮はすでにそれを疑っている。紫蓮が予想した通り、絳は首を横に振った。

「いいえ、先帝陛下は珀如珂を目に掛けたことなど、ありませんでしたよ。先帝陛下はたったひとりの妃だけを愛しておられた」

紫蓮は唇をかみ締め、またほどいて、震える声をだす。

「先帝が、母様を愛していたというのは」

「事実ですよ。先帝陛下はずっと、あなたのお母様だけを愛しておいでででした」

胸を掻きみだされる。紫蓮は先帝が紫蓮の母親を疎んでいるものと思い続けてきた。なのに、いまさら、愛していただなんて。

「陛下は最期まで、皇后を迎えなかった。なぜか、わかりますか」

紫蓮は酷く視線を彷徨わせ、唇をかむ。

「いつか、身分による格差や職にたいする差別をなくし、死化粧妃を皇后に迎えたいと考えておられたからです。宦官を昇進させ、私のようなものにまで官職を与え、迅速に改革を進めようとしていたのはそのためでもあった。もちろん、公正なる制度を敷くというのが彼の理想でもありましたが、秘めた愛がその果てなき夢を支えていた」

　頭のなかで嵐が吹きすさぶ。怒りか、嘆きか。悔しさか。いずれともつかないやるせなさが、紫蓮を責めたてた。

「逢いにもこなかったくせに」

　紫蓮は瞳をゆがめ、つぶやく。

　母親は知っていたのだろうか。皇后に、という約束があったかどうかではない。愛されていたことを、だ。だから、あんなに弾んだ眼をして先帝を想い続けることができたのか。

　絳は意味深に微笑んでから、話をもどす。

「そう、だからこそ、解せない。彼は妃妾の宮に渡り政の交渉などをすることはあっても、枕をかわすことは一度たりともありませんでした」

「それこそ、嘘だよ。皇帝のご寵愛もなく珀如珂が懐妊するはずがない。とざされた後宮はそのためにあるんだから」

　いまでこそ後宮はひらかれているが、先帝の頃は後宮には宦官を除いて男はいっさい踏みこめなかった。

「不貞《ふてい》を裁かれることはあっても、他の男との御子が皇帝の嫡子として認知されるはずがないよ」

「いえ、憶測ですが、先帝陛下にはご自身の御子ではないとわかっていながら認知せざるを得ない理由があったのでは」

　絳はここであらためて、柴蘇朴の話題をだした。

「柴蘇朴は都の郊外に居を移したあとも、九年前までは武官として宮廷につかえていたとか。特例なので、実弟にたいする先帝陛下のご厚誼の賜物だったのだとおもいますが――ただ、この男、女遊びが酷かったとか」

紫蓮は訝しむ。

「柴蘇朴が後宮に侵入し、珀如珂を孕《はら》ませたとでも？　そんなことは無理だよ」

「可能です。そもそも斎の後宮の衛《まもり》が強化されたのは紫巾《しきん》の乱があってからだ。九年前ならば侵入はさほど難しくはなかったはずです。ただし、後宮側からもなんらかの助けがあれば、ですが」

あってはならない事態だが、事実だとすれば辻褄があうことばかりだ。蘇朴が突如辞職した時期とも重なっている。

「弟が妃を手籠めにしたとなれば、先帝陛下は哀れな被害者である珀如珂をかばい、懐妊した御子を皇子として認知するはずです。陛下は公正を重んじていましたが、弱者には徹して寄りそう仁愛のある御方でしたから」

絳の言葉の端にはわずかだが、とげがあった。先帝の慈悲にあきれているというべきだろうか。

「ですが、ここでひとつ、矛盾があるのですよ」

「後宮側から助けがあれば、と言ったね。つまり、如珂のほうから誘いかけた可能性があるということかな」

絳が肯定する。

「辞職から約一年後に幼帝が産まれ、柴蘇朴は暗殺されています。明らかに口封じです。幼帝の出生の秘密を知るのは先帝を除けば、実の父親である柴蘇朴だけですから。いえ、おそらくはもうひとり、いますね。幼帝の養育係を務めていた命婦のことをおぼえていますか」

「堀からあがった遺骨だね。確か、冉吟《ゼンギン》だったかな」

「左様です。冉命婦の死は事故だとはとても考えられない。帰る故郷がないことを嘆いての投身でないならば、殺されたと考えるのが最も理にかなっています。推察するに命婦は幼帝の素姓を知ってしまったのではないでしょうか」

「陰謀にまきこまれたのか。酷い話だが、ここまできたら充分にあり得るね」

宮廷とは底のない奈落だ。踏みこめば最後、落ちるだけ。

抜けだすことはできない。

「だとすれば」

怒濤《どとう》のように明かされた事実をのみくだし、紫蓮はふせていた睫をあげる。

風に散らされ、落ちたはずの蛍火が草陰でほつほつと燃えだす。水鏡を想わせる紫の眼に映りこみ、星を鏤《ちりば》めたようになる。

「先帝を暗殺したのは珀如珂――――だろうね」

青ざめた唇から洩れた声は低く、微かに震えを帯びていた。

だが、恐怖ではない。

「間違いないかと」

先帝が崩御すれば、珀如珂の子が皇帝となり、幼い皇帝にかわって彼女が政権を掌握することができる。事実、そうなった。現在、宮廷に君臨しているのは珀如珂だ。さながら女帝のごとく。

紫蓮の愛する母親は先帝と同じ死にかたをした。妬ましかったとつぶやいた如珂の声がよみがえる。

「そうか、彼女が母様を」

紫の眼が、強い怨みで燃えあがる。

紫蓮はこれまでいっさいを諦めてきた。誰を怨むべきかもわからず。哀しむことすらも諦めて。

紫蓮の横顔を覗きこんで、絳がふっと嗤った。

「ああ、いい眼ですね」

亡霊だ。

紫蓮のなかで死んでいた亡霊が、息を吹きかえす。

終われない、終われないよと幼い声で啼《な》きながら。

✦

斎の後宮では蝉も眠らない。

真昼ほどではないが、蝉の声があちらこちらから聴こえてきた。夜通し燈されている燈火《あかり》が蝉を狂わせるのだろう。

「柴《サイ》家では一睡もできなくてね、参ったよ」

そうつぶやいた紫蓮にうっすらと隈ができていたせいか、絳は「今晩は離宮の寝室で眠りましょう」と気遣ってくれた。離宮でも絳が一緒にいれば、危険はないだろう。だが、先程の話のせいで神経が昂《たかぶ》って眠りにつけず、紫蓮は寝がえりばかりを繰りかえしていた。

「……まだ、起きているかな」

「もちろんです。紫蓮こそお疲れでしょうに、眠れないのですか」

紫蓮が声をかければ、寝台をならべて眠っていた絳が微かに身を起こした。絳がつかっている寝台は倉から運んできたものだ。

「寝つけなくてね。ねえ、きみはなんで、先帝が母様を愛していたと知っているんだい」

それほどまでに先帝に近いところにいたのだろうか。武官や文官程度では、皇帝に拝謁することもかなわないのが普通だというのに。

「有難いことに先帝陛下は事あるごとに私に御声をかけ、護衛として側においてくださっていたので。陛下は愛するおふたりの身を危険にさらさぬよう、敢えて遠ざけていましたが――逢わなかっただけで、時々離宮まではお越しになられていたんですよ。私も二度ほど御供させていただきました」

「まさか」

「ほんとうです。いつも遠くから、愛しげにおふたりのことをみておられましたよ」

おどろいたが、続けて怒りがわいてきた。母親がどれだけ逢いたがっていたことか。だが、最後にはため息だけが残る。

「遠くから想われても、ただただ、惨めなだけだよ」

「違いない」

言葉にせず、想いがつたわるはずもない。そんなものは思いあがりだ。

「陛下は理想だけで酔える男《ひと》だった。人は産まれながらに平等であるべきだ、なんて夢を実現できると疑わずに信念を貫き、理想に殉《じゅん》じた。私は、そんな陛下の姿がうらやましくて」

「うらめしかった、のかな」

声もださずに絳が嗤ったのが息遣いでわかった。

「御側にいってもいいですか」

「構わないよ」

紫蓮も身を起こす。絳は寝台の端に腰かけ、紫蓮とむきあった。

「あなたに逢ったとき、陛下と瓜ふたつの眼に吸いこまれました。立場は違えど、語られたら語るとみずからの信条を誇る姿もまた先帝陛下と重なって――ですが、違った」

絳は囁きながら紫蓮の髪をすくいあげた。

雲が晴れたのか、窓から月明かりが差す。浮かびあがった絳の横顔は端麗で、透きとおるような果敢なさを漂わせていた。彼が屍であったならば紫蓮は思わずその頬に触れていたかもしれない。

「あなたはこの宮廷で真実を語ることが、いかに愚かなことかを理解していた。誰も耳を傾けないと端から諦めながら、黙らない。それだけが屍にたいする誠意だとおもっている、そんなあなたがたまらなく」

髪に唇を寄せ、彼は接吻《くちづ》けた。

「愛しかった」

吹きかかる熱を感じる。

髪の先端にまで神経が張りめぐらされたかのような奇妙な痺れがあった。

絳が腕をついて身を乗りだしてきた。結われていない絳の髪が紫蓮を絡めとるように垂れてくる。さながら暗幕だ。

「だってあなたは、私と一緒でしょう？」

幸せをかみ締めるように絳の声がどろりと熟れる。

「終われなかった死に捕らわれて、彷徨い続けている。愛しくてたまらない。だから、私はあなたのことを――――」

なにを言いかけたのか。

絳の眼のなかに一瞬だけ、危うげな欲がよぎる。だが、彼は言葉をのみ、すかさず穏やかな微笑でごまかす。

「あなたに逢えてよかった」

その言葉は嘘ではないが、真実でもない。紫蓮が問い質そうとしたのがさきか、廻廊から物音が聴こえた。

絳が弾けるように身を離す。

騒がしい靴音からして刺客だとは想えないが、万が一という危険もある。

「紫蓮は後ろにいてくださいね」

絳が枕もとにかけていた剣を抜く。廻廊に面する壁に身を隠して、絳は提燈を掲げてやってきた侵入者に剣を突きつけた。

「ひゃっ」

「……皇帝陛下!?」

絳は驚愕して跪いた。紫蓮も慌てて膝をつき、袖を掲げる。

廻廊にいたのは腰を抜かした幼き皇帝だった。

後ろには老宰相もいる。

幼帝がなぜ、離宮に――想像を絶する事態に理解が追いつかない。

幼帝は冕《かんむり》もつけず、錦織物の冕服《べんぷく》ではなく絹の中衣《ねまき》を着ていた。酷く泣き腫らした眼をしている。

それだけでも火急の事態で着の身着のまま、寝室《しんじょ》から飛びだしてきたことがわかる。

幼帝は涙をこぼして、訃報を告げた。

「母上様が、身罷《みまか》られた」

# 第四章

## 彼女は死に祈らない

眠らない後宮とは違って、夜の宮廷はしんと静まりかえっていた。

綏紫蓮《スイシレン》は幼帝と宰相に連れられて、宮廷に渡っていた。

張りつめた静寂は耳に刺さる。幼い皇帝のこらえきれない嗚咽だけが、廻廊の先に続くうす暗がりに吸いこまれていった。燈火《あかり》がないわけではないが、紫蓮《シレン》は華やいだ後宮になれているせいか、視界が曇っているような重苦しさを感じた。

「――母上様が、身罷られた」

離宮に飛びこんできた幼帝《ようてい》は泣きながら、皇太妃の死を報せた。

珀如珂《ハクジョカ》が死んだ。

先帝の頓死から皇族の連続暗殺まで陰謀を張りめぐらせた毒婦《どくふ》が命を落とした――予期せぬ事態に紫蓮は動揺を禁じえなかった。

いまだにこれが現実なのかわからず、足もとがふらついている。

なぜ、珀如珂が頓死したのか。

尋ねたくとも死化粧師ごときに教えてもらえるはずがないため、推察する他にない。

静まりかえった宮廷の様子から察するに、如珂《ジョカ》の死は官吏や女官にはまだ知らされていない。現段階で如珂の死を知っているのは幼帝、宰相である唐圭褐《トウケイカツ》、紫蓮――偶々離宮に居合わせてしまった姜絳《キコウ》だけだろう。

医官らを呼ぶまでもなく、真っ先に紫蓮のもとに報せがきたのは、他人《ひと》の眼にさらされる時には屍が修復されていなければならないからだ。

よほどに凄惨、あるいは異様な死にかたをしたのだろうか。

想像するだけでも、紫蓮は酷い胸さわぎをおぼえた。

最後に如珂と逢った時のことを想いだす。紫蓮を牽制しながら、如珂は虚しげにつぶやいた。

「誰もがなべて、棺桶のなかで舞う演者なのだ――」

如珂はすでにあの時、暗殺されると予期していたのではないか。

先導していた圭褐《ケイカツ》が口をひらいた。

「つきました」

紫蓮が通されたのは皇帝の寝室だった。

唐草紋様の金砂《きんしゃ》の壁紙に最高級の花氈《かせん》が敷きつめられ、紫蓮の身のたけをゆうに越える特大の香炉に大壺が飾られている。これだけの調度がそろっていてなお、ゆとりのある部屋の中央には天蓋のついた大きな寝台がおかれていた。

皇太妃の屍がここにあるということは、幼帝は八歳にもなって、母親と一緒に眠っているらしい。

踏みこむと微かに白檀《ビャクダン》の香が漂ってきた。高貴なはずの檀香《だんこう》が、たちこめる死の予感とあわさって葬式を連想させた。

「こちらです」

圭褐にうながされ、紫蓮が寝台のすぐ側まで進む。

天蓋から垂れた帳が取りはらわれる。

紫蓮は一瞬、目を疑った。

如珂の死に顔は崩れていた。瞼が破れそうなほどに眼を剝いて、額から鼻にかけてしわを寄せ、いびつに強張った頰は嗤っているのか、嘆いているのか。あるいは怨んでいるのか。

どれだけ悲惨な屍と対峙しても動じたことのなかった紫蓮が身震いして、後ろによろめいた。

首謀者であるはずの珀如珂がなぜ、先帝や母親と同様の死にかたをしているのか——

衝撃で思考がとまる。

だが、頭のなかで声が聴こえた。

構わないだろう。欲のために命を奪い続けてきたものがついに奪われる側になった。それだけのことじゃないか——紫蓮の唇が緩く弧を描いて、持ちあがる。

復讐の火がごうと燃えさかった。

「早朝までには公表できるようなかたちに修復を頼みます」

紫蓮の考えなど露知らず、圭褐が死化粧を依頼する。

茶会のとき、如珂は紫蓮にたいして親のかたきであっても等しく葬れるかと尋ねた。あの時は如珂の真意が読めず、紫蓮は言葉を濁したが、今は違う。

(ご免だよ)

絳《コウ》から先帝崩御の真実を聴き、紫蓮のうちなる亡霊は息を吹きかえした。亡霊は声を嗄らして、訴える。許せない、許せるものかと。

(母様の哀しみを、父様の苦しみを、なかったことにして葬ってなるものか)

如珂をやすらかに葬ることは、紫蓮にとっては真実を闇に葬るに等しかった。

だが、いまさら如珂の罪を弾劾することはできない。ならば、ふさわしい報いとはなにか。紫蓮には考えつかなかった。

(たったいま、わかったよ)

どうすれば父親と母親の復讐を遂げられるのか。

「承りました。綏紫蓮、謹んで死化粧を施させていただきます」

死には死を。冒瀆には冒瀆を。

(僕はきっと)

この時のために死化粧妃となったのだ。

✦

暁の天《そら》は昏い。

月は眠りに落ち、群青の帳に星ばかりがまばらに瞬いている。

時をおなじくして、絳は後宮の橋にもたれて暗天の星を睨んでいた。

(珀如珂が死んだ)

にわかには信じがたかった。だが、幼帝がきたということは真実だろう。

如珂は策略をめぐらせ、先帝の弟とのあいだに儲けた男児を皇子にした。そればかりか、先帝や先帝が愛した紫蓮の母親の命を奪った。

その真実を知るのは絳と紫蓮だけだが、女帝さながらに君臨する如珂を退けたいと考えるものは多く、如珂は常に暗殺の危険にさらされていたはずだ。現在は特に柴綜芳を担いでいたものたちが報復にくる時期で、警備を強化していたに違いない。

幼帝の身に危険は及んでおらず、衛官や武官にも非常事態だと通達されていない。政変が起きたり刺客が侵入したわけではないということだ。

（ならば、毒か）

そこまで考えて、絳は頭《かぶり》を振る。

（憶測で語るのは危険だ。そもそも如珂が暗殺されたかどうかもさだかではない。事故、病、ひとは絶えず、死と隣りあわせなのだから）

太鼓橋の架かった池には睡蓮が浮かんでいた。

睡蓮の花は夜眠る。だが、眠らない後宮の燈火にさらされて時を誤り、紫の睡蓮がぽつぽつと咲き続けていた。眠りを奪われた哀れな蓮に視線を落として、絳は愛する姑娘に想いを馳せる。

復讐するべきものがいなくなって、紫蓮は失意の底にあるだろうか。

（いいや、違うな）

紫蓮は愛する母親の命を絶たれたことを怨んだのではない。

ひとはかならず死に絶えるものだ。それを怨むほどに彼女は愚かではなかった。哀しいことに。

彼女は、死を穢されたことが許せなかった。

異様な死にかたをした妃妾の屍など、人としては扱われなかっただろう。墓に埋葬されるはずもなく、風葬地に捨てられたか、豚の餌にされたか。

残された紫蓮の絶望感たるはいかほどのものだったか。

絳は想像するだけでも胸が締めつけられた。

「紫蓮」

暗天から吹きつけてきた風が、腰まである絳の髪を掻きみだす。宛てもなく語りかける絳の声は、風に散るほどに細かった。

「私にはあなたをとめることはできません。とめるつもりもない」

それが命を捨てた復讐になるとしても。

睡蓮は物を語らず。

眠れない花びらがひとつ、はらりと落ちて、水鏡がみだれた。

✦

復讐は葬礼に似ている。

どれほどに贅をつくして芸妓に舞を披露させ、馳走をならべて参列者をあつめても、死んだものが喜ぶかどうかは確かめようがないのと一緒で、報復を果たしたところで死んだものは還ってはこない。とどのつまり、どちらも残されたものが未練を絶ち、みずからを納得させるためのものにすぎない。

それでよいのだ。

柴綜芳が暗殺されたとき、玄戒韋は復讐を考えた。紫蓮は想いとどまってくれてよかったと心からおもったが、かといって復讐を制するつもりはなかった。それでしか戒韋が終われないのならば。

だが、それを死者のためだと言い張るのは思いあがりだ。

(僕はただ、終わらせるために復讐を選ぶよ)

幼帝、宰相は退室して、部屋には紫蓮だけが残されていた。

紫蓮はあらためて、珀如珂の屍と対峙する。

如珂は宮廷の華だったとは想えないほどに醜く崩れた顔で息絶えている。彼女が腹のなかに隠し続けてきた欲望や妬みといった悪意が剝きだしになったような。

そこまで考えて、紫蓮は自嘲する。

関係ない。罪も野心もなかった紫蓮の母親だって、まったく同じ死に顔をさらしたのだ。そのことが、紫蓮は言葉にできないほど悔しかった。

母親が死んだとき、腐敗し崩れていく愛するひとの屍《すがた》を前にして、紫蓮はなにも手を施すことができなかった。

いまならばわかる。どうすれば強張ってしまった表情筋を緩め、瞼をおろして唇を潤わせることができるのか。腹部から進んでいく腐敗をとめられるのか。

完璧に復元できる。

それは壊しかたもわかるということだ。

修復したようにみせかけ、葬式の時に敢えて公衆に崩れた死に顔をさらすこともできた。死後に恥をかかせ、麗しき女帝の名声を貶《おと》す。

きっと最大の復讐になる。

紫の眼が燃えたつ。

皇太妃の死を冒瀆したとなれば、紫蓮は死刑に処されるだろう。構わない。父親の死を穢し、母親の死を卑しめた珀如珂に報いを享《う》けさせることができるならば、命など惜しくはなかった。

それに紫蓮はもとから死んでいるようなものだ。

母親が殺されたあの時から。

「これが、僕が最期に葬る死になるね」

紫蓮は眦を決して、医刀《メス》を執る。

その時だ。背後で微かだが、物音がした。

「誰かな」

振りかえれば、飾り棚に隠れるようにして幼帝がたたずんでいた。

柔らかなまるみを帯びた頰はしとどに濡れて、哀れなほどに瞼が腫れている。彼は如珂のことばかりを見つめていたが、紫蓮の視線にはっとしてこちらをみた。紫というにはくすんだ滅紫《めっし》の眼が、紫蓮を映す。

紫蓮もまた我にかえり、慌てて袖を掲げて頭《こうべ》を垂れた。

「お越しになられてはなりません、皇帝陛下」

不浄だとは言わないが、死化粧の工程では毒を扱う。万が一にでも皇帝の身に障ったら取りかえしがつかない。珀如珂のことは怨んでいるが、幼い皇帝まで害するつもりはなかった。

「どうか、いましばらく他の部屋にてお待ちください」

「でも、母上様が」

幼帝はふらつきながら、こちらに近寄ってきた。

死化粧を施すため、如珂は寝台から移されて棺蓋の上に横たえられていた。母親の異様な死に顔を覗きこみ、幼帝は身を強張らせる。

「母上様は死んでしまったのか？」

背を震わせ、彼は尋ねてきた。紫蓮は言葉もなく視線をさげて肯定を表す。

死亡確認は終わっている。心拍、呼吸は停止、瞳孔が散大して死の三徴候《さんちょうこう》がそろっていた。

「いつもどおりだったのに。難しい書を読み終えたことを褒めてくださって、頭をなでて、ぼくが眠りにつけるまで歌を聴かせてくださって——前の晩となにも変わらなかったのに、どうして」

幼声《おさなごえ》がつぶれる。

紫蓮はきつく唇の端を結んでから、ほどいた。

「おそらく、毒を盛られたのではないかと」

幼帝に教えるつもりは、なかった。だが、真実を語ることはこれまで紫蓮が命を賭して貫いてきた信条だ。知らなければよかったと後悔するような残酷な真実だとしても。

「そう、か」

意外なことに幼帝はいっさい取りみださなかった。

「母上様は怨まれていたのであろう？」

「それは」

「知っている。宦官たちが噂していた。母上様は野心家だと。女のくせに皇帝みたいに振る舞ってごう慢きわまりない、いつか、かならず報いを享けることになると」

舌足らずな声の端々が傷ましいほどにわななないた。

佞臣たちの陰を見続けてきた彼は、幼いながらに腹を据えてきたのだ。いつかはこんな時がくるだろうと。

「でも、ぼくにとってはたったひとりだけの母上様だった」

如珂は権力を握るために愛してもいない男の御子を孕んで、先帝に托卵した。幼帝は竜倚《ぎょくざ》に飾るための張子《はりこ》に過ぎず、母親から愛されてなどいなかった――はずだ。

「死化粧妃は死者に息を吹きこむのだと、母上様から聴いた。ならば、母上様をよみがえらせることだって、できるのであろう？」

幼帝は頬をゆがめて、悲鳴のような声で訴える。

「だって、こんなの母上様じゃない」

その言葉は紫蓮の胸に突き刺さった。

「母上様はいつだって微笑んでいた。きれいで、やさしくて、やわらかくて……うっ、母上様……母上様あぁ、ううぅ」

幼帝はこらえきれず、死んだ母親の胸にしがみついた。揺さぶり、縋りついて。

(ああ、あれは母様が死んだ時の僕だ)

紫蓮もまた、母親が再びには「紫蓮」と微笑みかけてくれることはないとわかっていながら「母様」「母様」と呼び続けた。

愛していたからだ。愛されていたからだ。

想いだす。綜芳の葬礼に参列し、紫蓮が如珂と喋っていた時に幼帝がかけ寄ってきた。如珂はその声を聴いただけで振りかえり、眼もとを綻ばせた。あれは他でもなく、息子を愛しむ母の眼差しではなかったか。

紫蓮は知っている。母の眼差しがどれほど暖かいものかを。

いつだったか、紫蓮の母親が麻花《マーホア》という甜菓を焼いてくれたことがあった。母親は頭もよく、卓抜した死化粧の腕を持っていたが、炊事や掃除はてんでだめだった。麻花は結局揚げているうちにほどけて、まっくろにこげてしまった。

だが、紫蓮は母親の気持ちが嬉しかった。だから紫蓮はまるこげのそれを頰張って、母親に「おいしいよ」と微笑みかけたのだった。母親は「だめよ」と慌てて取りあげながら愛しげにはにかんで、紫蓮のことを抱き締めてくれた。

あの時の母親の眼差しは、いまだに紫蓮のなかに残っている。

それなのに、追憶のなかの母親の顔はおぼろげだ。どのような眉のかたちをしていたか。微笑んだとき、唇はどんなふうに持ちあがるのか――崩れた死に顔にぬりつぶされて、どうしても想いだすことができなかった。

あらためて視線を落とせば、憎くてたまらないはずの如珂の死に顔が母親と重なった。あれほど非道なことをした如珂もまた愛し愛されてきたのだという真実が、残酷なまでに紫蓮の胸を締めつける。

「蓋棺事定《がいかんじてい》、か」

人は死後、これまで取り繕ってきた嘘が剝がれて真実の素顔になる。それをかたちにするのが死化粧というものだ。だから、いかに他人から誇《そし》られようとも、紫蓮はこの職を誇ってきた。どうか、変わらず誇りにおもっていて、死化粧師は素晴らしい役職《おしごと》なのだから――親友である琉璃の声が、怨嗟という奈落の底から紫蓮をひきもどす。復讐のために死化粧を施すというのはみずからの信条を破り、誇りを捨てることではないのか。

「……」

知らず、かみ締めていた唇から微かに血が滲んだ。苦い味が拡がる。

「お約束いたします、皇帝陛下」

紫蓮は幼帝にむかって跪いた。

「かならずや、皇太妃殿下をよみがえらせましょう」

幼帝が息をのんで、濡れた眼をあげた。

「それはまことか」

「僕は嘘をつきません、なにがあろうと」

怨みはつきない。眼のなかで燃え続ける火が鎮まることはなかった。許せるはずがないのだ。復元を施すほどに腸《はらわた》が焼ける。

それでも、紫蓮は。

（母様）

死を等しく扱うと、きめた。

心頭滅却して死化粧を施す。腹を割《さ》き、血潮を交換して、次第に心は落ちつき愛しい想いがあふれてきた。

微笑のよみがえった唇に紅をひきながら、紫蓮は唐突に想いだした。紫蓮の母親はこの花海棠《はなかいどう》の紅《べに》が好きだったのだと。麗らかな春を想わせる華やいだ紅《くれない》だ。紫蓮はいつからか、自身の母親に化粧を施していけるような心地になっていった。

あの時できなかった、最期の死化粧を。

✦

宵の帳が解け、朝日が差す。

愛するものが死んでも、朝は循環《めぐ》る。

紫蓮はふうっと息をつき、紅筆をおいた。泣き疲れて眠ってしまっていた幼帝に声をかける。

「皇帝陛下、終わりましたよ」

幼帝は瞼をあげた。夢をみていたのか、しばらくはぼんやりとしていたが、幼帝は母親の死を想いだして慌てて身を起こす。

「母上様……母上様は何処《いずこ》に」

紫蓮は袖を掲げ、横に身をひいた。

紫檀の椅子に女が腰かけている。

朝の、清らかな光に擁《いだ》かれて、珀如珂が微笑んでいた。瞼を瞑っているが、艶やかな唇は綻び、慈愛の微笑を湛えている。

「母上様っ」

幼帝は声をあげ、如珂のもとにかけ寄っていった。

毒で崩れた悲惨な死に顔は酷《わる》い夢だ。彼の母親は微笑んで、逝った。それが真実だ。

幼心のなかに残る母親の顔が、あんなふうに惨たらしい様であってはならない。

鼓動まではよみがえらなくとも。

母親の愛は彼が想いだすかぎり、なんどでもよみがえるはずだから。

「皇帝陛下、こちらにおられたのですか、捜しましたぞ」

唐圭褐《トウケイカツ》が息をきらして飛びこんできた。朝になって、臨時の寝室《しんじょ》に幼帝の姿がなかったため、慌てて捜しにきたのだろう。圭褐は幼帝を連れもどそうとして、眼前に拡がる光景に息をのむ。

「おお……」

微笑んで眠る皇太妃に寄りそう幼き皇帝。一幅《いっぷく》の絵のような風景に割りこむことは何人にもできない。圭褐は頭を低くさげて敬服を表す。

紫蓮も哀悼するように睫をふせた。

「一路走好《逝ってらっしゃい》」

華の女帝は息子への愛を遺して、逝った。

視線をあげた紫蓮が眼を見張る。

「母様……」

如珂ではなく、紫蓮の母親がそこにいた。

左眼のふちを飾るほくろ。愁いのある睫。柔らかく綻ぶ唇。屍を扱う指まで紫蓮が幼い時と変わらない——ああ、そうか。

母様はこんなひとだったのか。

母親は紫蓮に微笑みかけてから、安堵して眠りにつくように瞼をおろした。

幻想《まぼろし》だ。わかっている。

だが、紫蓮の頬にひとつ、涙がこぼれた。

「これでよかったんだよね、母様」

朝日を映して、雫は星のように瞬く。

葬ることのできなかった母親の死が、紫蓮のなかで終わった。

◆

朝になって珀如珂の死が明らかとなり、宮廷は混迷をきわめていた。

政を執り、宮廷に君臨していた皇太妃が頓死したのだ。残されたのは八歳になったばかりの幼帝だけ。官人たちが混乱をきたすのも無理からぬことだった。

武官から文官、宦官までもが慌ただしく廻廊をかけまわっている。

死因は中風と報じられたが、暗殺されたのだと吹聴する武官もいれば夏から体調を崩されていたと証言する女官もいて、情報が錯綜している。都には訃報が拡がらぬよう緘口令《かんこうれい》が敷かれているが、いつまでもつか。宰相を含めて高位の官人たちは早朝から議事を執りおこない、今後いかに政を敷くべきかと論じていた。

絳は赤紫の官服のすそをさばいて、吏部《りぶ》尚書室《しょうしょしつ》にむかっていた。官吏たちにぶつかりそうになりながら、そんな絳の背を追いかけるのは青青《ショウショウ》だ。

「なにがあったんでしょう、朝から吏部《りぶ》に呼びだされるなんて」

吏部は文官の人事を統轄する部署だ。科挙試験を主管しており、刑部官《けいぶかん》を含めた文官に昇進や降格、異動等を言い渡すのも吏部の役割となっている。

「絳様は後宮丞《こうきゅうじょう》になってから続々と難事件を解いて、功績をあげておられますから、きっと良い話に違いありませんよ！」

青青は無邪気に笑った。だが、絳はすでに腹を括っていた。

夜晩くに妃の寝室《しんじょ》にいたのだ。密通していたと勘繰られても言い訳のしようがなかった。相手は廃妃に等しい綏紫蓮とはいえども、便宜上は皇帝の妃として後宮におかれている身分だ。お咎めなしというわけにはいかない。謹慎処分か、あるいは降格ということも考えられた。

だが結果は思いも寄らないものだった。

「姜絳、貴下を刑部《けいぶ》少輔《しょうゆう》に任命する」

「は」

思わず、声がでた。

刑部少輔は刑部丞より上位の階級だ。つまり、昇進だった。

後ろで青青が跳ねあがらんばかりに喜ぶ。戸惑う絳だったが、古狸《ふるだぬき》のような吏部《りぶ》尚書《しょうしょ》は渋面で続ける。

「かわりに後宮丞の役職からは除籍するものとする」

絳はそれを聴いて、上部の魂胆を理解した。

これは昇進にみせかけた監視だ。

刑部丞には制約がないため、事件現場に直接赴いて再調査できる。だが刑部輔《けいぶゆう》ともなれば尚書の補佐官にあたるので、緊急時を除いて尚書室に留まらざるを得ない。結果として実際に事件とかかわる頻度は減る。また、これまでは後宮丞の特権で宦官に非ざる身でも後宮にいられたが、後宮丞を除《じょ》されては紫蓮ともひき離される。

密通を疑って、ではない。絳が紫蓮と結託し、よけいな調査ができないよう牽制するつもりだ。

「身にあまることです。辞退させていただきます」

「すでにきまったことだ」

かねてから絳を敵視していた吏部尚書は髭をなでつつ頭を振る。

「はっ、姜家の男が第二官になるなど。上部はいったい、なにを考えているのか」

吏部がきめたことではないのか。ならばよけいに覆すことはできそうにもない。絳は低頭しつつ悔しさをかみ締めた。

✦

死化粧を終えて、紫蓮は後宮に還ってきた。

時刻は隅中《ぐうちゆう》の終（午前十一時）をすぎていた。朝には施術を終えていたのに、こうも時間が掛かってしまったのは宮廷の都合にまきこまれたせいだ。

復元された遺体はあの後、寝台にもどされて、珀如珂は眠っているうちに中風《ちゆうふう》で息を引き取ったということになった。日出の終（午前七時）に医官が死亡を確認してから紫蓮が呼びだされ、防腐処理を施した——というのが表むきである。先帝に続いて皇太妃までもが異様な死を遂げたとあっては、民心が乱れるため、事の経緯が捏造された。

一昨日《おととい》から一睡もしていないため、紫蓮はふらついていた。昼の日差しが眼に刺さり、頭がくらくらしてきた。離宮までもちそうにない。

「もうだめだ……眠いよ」

木の根かたにすわりこんで、紫蓮はうつらうつらと居眠りをはじめる。

「夏とはいえこんなところで眠っては風邪をひきますよ、紫蓮」

ふわりと外掛《はおり》をかけられて、紫蓮が睫をほどく。

「絳」

曇りのない微笑を張りつけた男がたたずんでいた。彼が見せ掛けほど穏やかな男ではないことはすでに知っている。

「復讐は果たせましたか」

「できなかったよ、僕は――死に寄りそうものだからね」

絳は彼女の選択を受けいれるように息をつき、緩やかに眼をふせた。

「左様、ですか」

「落胆したかな？　復讐を諦めるなんて」

「いえ」

絳は破顔する。

「誇りを穢さず、信念を貫いた。素晴らしいことです。あなたはやはり、先帝陛下に似ている」

微笑んではいるが、絳の眼差しは遠いものをみるような一抹のさみしさを漂わせていた。今は亡き先帝を懐かしんでいるためか、それとも、ほんとうは紫蓮に復讐を選んでほしかったのか。

「ああ、そうだ。きみに報せなければいけないことがあるんだ」

宮廷とは違って後宮は静まりかえっていた。妃妾たちは各宮で喪に服しており、官人が渡ってくることもない。いまだったら、場所を移さずに絳とも情報共有ができそうだ。

「珀如珂は先帝や母様と同様の死にかたをしていたよ」

　絳が息をのむ。

「中風だと報じられた時に妙な胸さわぎはしていましたが、まさか」

「先帝、母様、如珂――こうも連続で同様の変死を遂げているんだ。偶然だとは考えにくい。そもそも、中風というのは脳にある血管が滞ったり破れたりすることで、意識や神経に障害をきたすものだ。皇族の頭を割ることはさすがにできないからこれは確かめようがなかった。だが、腹を割いたときに胸までひらき、心臓を取りだすことはできた――僕の考察通りだったよ」

「どういうことですか」

「死因は頭じゃない、心臓の壊死だよ」

　取りだされた如珂の心臓は青紫になっていた。

「僕は神経毒による死だとおもう」

「毒、ですか」

「神経毒といえば蛇とか蠍だが、外傷はなかった。だとすれば、毒を盛られたとしか考えられない。でも、神経毒は総じて即死毒だ。毒をのんだらその場で命を落とすはずだよ。食後からしばらく経った就寝中に絶命するなんてことはまず考えられないね」

「就寝する直前に毒物の混入した薬を飲んだという可能性は考えられませんか」

「薬か。食事に混入させるのとは違って毒そのものを飲むことになるから、よけいにまわりがはやいよ？　飲んでから死にいたるまで、五分とかかからないだろうね。幼帝の証言では彼が眠りにつくまで如珂はいつもどおりだったと言っていたよ」

しかしながら、薬か。ふむ、と紫蓮が考えこむ。

「なんで、薬だとおもったのかな？　僕には考えつかない発想だ。きみの推理をぜひとも聞かせてもらえたら嬉しいのだけど」

「私なりに考えていたのです。先帝が毒殺されたのだとすれば、いつ毒を盛られたのかと。食事に毒は混入していなかった。それは、毒味係が死んでいないことからも明らかだ。だとすれば、薬ではないかとおもいまして」

「ですが」とつぶやき、絳は自嘲するようにため息をついた。

「薬のほうがより速やかに毒性があらわれるのであれば、考え違いですね」

「いや、確かに薬は毒味がされないからね。現段階で考えつくかぎりでは、他に抜け道がない。一理あるかもしれないよ」

絳はややためらいながら「前提として」と続けた。

「先帝は如珂を寵愛していなかった。妃妾である如珂に医の心得があるはずもなく、如珂が薬を渡したとして、先帝がのむとは考えられません。薬に毒を盛れる人物というのはかぎられてきます
――唐圭褐は」

宰相か。宦官だけあって腰が低く穏やかそうな老人だったが。

「彼はもと漢方医の宦官でした。先帝陛下にその有能さを買われて側近にまでなり、厚い信頼を得

ていた。彼ならば、陛下に毒を盛るのもそう難しくはなかったはずだ」

「宰相が、如珂と一緒に先帝を陥れたということかな」

「あるいは権力を欲する如珂につけこみ、唐圭褐が知恵を吹きこんで彼女を操っていた、とも考えられます」

圭褐は宰相ということもあって、先帝が崩御したあとは幼帝の補佐を務めていたが、側に侍《はべ》るだけの老人とは違って、華やかな如珂は民の視線を集める。そのため如珂ばかりが槍だまにあがっていた。しかしながら、裏で実権を握っていたのは如珂ではなく圭褐だったのではないか。

「幼帝も育ち、如珂が要らなくなったため、毒を盛って殺害した。そう考えれば理にかないますね」

「だとすれば母様が殺害されたのも如珂に妬まれたからじゃなくて、毒のまわりを遅らせる仕掛けを暴いた、あるいは暴く危険があったから、かな」

「紫蓮のお母様は薬学にも通じておられたのですか」

絳が感心する。

綏《スイ》家は特異な一族だ。宮廷から特例として解剖を許されているばかりではなく、書庫室から書物を持ちだして修得することが認められていた。だが、いかに知識を身につけようとも、綏家に産まれたかぎりは死化粧師以外の職に就くことはできない。

「母様は敏かった。先帝に死化粧を施した時に検視をして、この不可解な毒について調べていたはずだ」

だから、母親は先帝の屍に紫蓮を近寄らせなかったのだ。

紫蓮は木の根かたから腰をあげ、蓮華《れんげ》が綻ぶように微笑む。

「ここまでわかってきたんだ、じきに先帝の死の真実も解けるだろう。僕ときみならね」

確かな信頼を寄せた言葉に絳はなぜだか、表情を曇らせた。ためらいがちに絳は唇を割る。

「実は昇進いたしました」

風が吹きつけてきた。

晩夏の風だ。会話を遮るほどに強い風ではないが、紫蓮は一瞬、言葉をかえすことができなかった。

「後宮丞を退任することになります」

紫蓮は息を吸い、言葉を捜したが、結局眼をふせて項垂れる他になかった。

この時期に後宮から異動させられたということは上部からの牽制にほかならない。絳もそれを理解している。いま、もっともやり場のない悔しさを抱えているのは絳だ。

「私がいないとさびしいと仰ってはくださらないんですか」

絳が苦笑いをこぼして冗談めかした。

「そうだね。さびしいかどうかはわからないけど、残念ではあるよ。きみはとんでもない奇人で、穢れをいとわず、死をおそれなくて——側にいられても、そんなにいやじゃなかったから」

「ちょっとはおいやだったんですか」

絳が傷ついたとばかりにわざとらしく肩を落とす。

「まったく逢えなくなるというわけではありません、ですが、しばらくは逢うことが難しい。あなたの身が気掛かりです」

「戸締りはしておくよ」

鍵をかけたくらいで刺客の侵入を防げるかは疑わしいが、紫蓮にできる対策はほかにない。

「いざとなれば、諦めるさ」

絳は苦笑をやめて真剣な眼差しになった。別れを惜しむように紫蓮の髪に触れる。

「いかなる手段を講じても、私はかならず後宮にもどります。あなたに終わらせてもらうために。ですから、それまでどうか、誰にも殺されないでください」

約束はできない。いつ破ることになっても、おかしくはないからだ。

ふたりとも、それを理解している。

だから絳は紫蓮の返事を待たず、踵をかえした。

遠ざかる後ろ姿を眺めながら、紫蓮は今さらながらに胸のなかに北風が吹きこむのを感じた。

枝に残っていた夏椿《シャラ》が落ちる。

嵐のような夏が、終わった。

◆

尚書室は紙の海と化していた。

塔を築くがごとく積みあがっていた文書がついに今朝がた、崩れたのだ。

願書やら筆録《ひつろく》やらがそこらじゅうに散らばっており、足の踏み場もない。絳は文書をかき集めては優先順にならべかえながら、ひそかにため息をついた。

第二官である刑部少輔《けいぶしょうゆう》になってから、絳は朝から晩まで文書とばかりむきあっている。事件の再調査の依頼だけではなく行政官による処分に不服を申したてる訴願《そがん》もあった。だが、確認したかぎりでは訴願してきているのは士族、豪族、地方官ばかりで、民からの訴えはひとつもなかった。民の声は司門《しもん》が受理した段階で紛失――棄却されて、刑部まではまわってこないのがつねだからだ。現場でなければ、抑圧される弱者の声を聴くことはできない。

現場にも赴かず、容疑者にも逢わず。捺印ひとつで事件を処理することに絳は不信感を抱かずにはいられなかった。だが職務は職務だ。

「終わりました。こちらが五日後までに可否を決めるべき案件です。優先順に重ねておきました。後にまわしても、差し支えないものはあちらに」

曹莵仙《ソウトセン》に願書の束を渡す。

豊かな髭をなでながら莵仙《トセン》は感心する。

「ほお、そなたは気が利くのう」

「……浮かぬ顔をしておるな」

「いえ」

絳は咄嗟に否定して微笑んだが、その微笑も曇っていたのか、莵仙は苦笑した。

「無理をせずともよい」

厚みのある声は柔らかで、絳を責めるようなものではなかった。

「……昇進したと、諸手《もろて》をあげて喜ぶような単純な男であれば、そなたも幾分かは楽に生きられたであろうにな。想いかえせば、先帝陛下に見いだされて刑部丞に任命された時もそなたはさして喜んではおらならんだな」

「そのようなことは。ただ、この身にはあまることで恐縮いたしております」

それなりにごまかしていたつもりだったのに、看破されていたとあって、きまりがわるかった。

「欲がないというべきか、なんというべきか」

「ある姑娘《ひと》は私のことを奇人だと」

「ほほお、それは言いえて妙じゃな」

紫蓮のことを想いだすだけで、絳は焦燥にかられ、胸を掻きみだされた。絳が異動してから約十日は経つ。彼女は変わりないだろうか。

「ふむ。そなた、酒は飲めるか」

「嗜む程度には飲めます」

菟仙はそうかそうかと満足げに笑った。

「執務が終わったら、ちょいとつきあってくれんか。なに、たまには若いもんと飲むのも楽しかろうて。そなたとならば、昔話もできるでな」

✦

都の酒亭《さかば》はたいそう賑わっていた。

男たちは飲みながら賭けごとで盛りあがっている。じきにつかみあいの喧嘩にでもなりそうな剣幕だ。

「賑やかなところですね」

「なじみの亭《みせ》でのう、女房と喧嘩して家に帰れん時は朝まで飲んだもんじゃ」

執務が終わり、絳は菟仙に連れられて酒亭にきていた。士族の出身である菟仙がこのような下町《したまち》の亭に通っているとは意外だった。

「ちょいと喧しいが、良い亭じゃぞ。黄酒《ホアンチュウ》も旨けりゃ、つまみも旨い。ついでにここでならば、なにを喋っておっても、まわりに聴かれることもない」

菟仙は「宮廷ではなかなかに愚痴もこぼせんじゃろうからな」と笑った。しばらくは黄酒を傾けながら他愛のない話をかわす。話題にあがるのは先帝のことだ。

「陛下は日頃からそなたを褒めておった。武芸の腕もたち、官職を与えたいから科挙試験を受けてこいと言えば、すぐに榜眼《ぼうがん》(第二位)に及第してきたとか」

「まともに勉強などしたことのない身でしたから、にわかじこみもいいところだったので、お恥ずかしいかぎりです」

首斬役人の一族である姜《キ》家では家督を継ぐ長男を除いて、最低限の教育を受けさせない。絳は先帝に推挙されて、いちから字を読むところから勉強したくらいだ。

「なにより死をおそれぬ眼がよいとな」

菟仙は絳の眼を覗きこむ。

「内乱の時、武官や衛官が臆病風に吹かれて逃げだしても、そなただけは臆さずに敵にむかい、先帝陛下に加勢したそうではないか」

「宮廷につかえるものとして、あたりまえのことをしたまでです」

「まだ若い身空《みそら》で大したものじゃった。なんでも謀反をくわだてたなかにはそなたの友もおったとか。そなたが友を処刑するようなことにならぬよう、先帝陛下はただちに処刑人から退職させた」

絳の唇の端が一瞬だけ、ひきつる。ごまかすように絳は黄酒を飲み、つぶやいた。

「陛下は仁愛あふれる御方でしたから」

「そうじゃな。情けがふかすぎたとも言えよう」

菟仙はため息をついてから、続けた。

「そなたに伝えておきたかったのは他でもない、先帝陛下が〈祟られた皇帝〉などと謗られることになった経緯についてじゃ」

「確か、異様な死が、政にたいする疑いを掻きたてたのでは」

「それもある。だがそれだけではない、そなたも知っておろう。陛下が民の集落を焼き払ったのを」

「民の信頼を著しく損なう結果になったと官人たちが憂慮していましたね」

それについては緌も得心できなかった。先帝らしからぬ暴挙だったためだ。

「例の集落は疫病に覆われておった。息も絶え絶えに助けを求める民ごと、陛下は火をかけて燃やした。なんたる非道なおこないかとまわりは強く先帝を非難したものじゃ」

酔っぱらいたちの大声があがる。案の定というべきか、酔いのまわった男たちが殴りあいをはじめていた。その喧騒に紛れて莬仙は話を続ける。

「じゃが、あれは致しかたのないことであった。疫病を喰いとめるためにはな」

理窟が解らず、緌は眉根を寄せた。

「集落はいたるところに屍が転がり、息があるものもすでに助かるのぞみはなかった。屍を埋葬するだけでも、疫病は拡がる。じゃが、燃やして骨になってからであれば危険をおかすことなく葬れるとな」

斎においては死んだものであろうと火をつけて燃やすことは禁じられている。だが火葬という風習が根差す地域もあるのだと紫蓮から教わった。

「その知恵を授けたのが後宮の死化粧妃であった」

予想外の言葉に緌が息をのむ。

「緌紫蓮の母親ですか？　先帝陛下は徹して、彼女には逢わぬようにしていたはずですが」

「そうじゃな。陛下は最愛の女を権力争いにまきこみたくなかった。ゆえに彼女の知識を借りねばならぬ時はこっそりと後宮にしのびこんで逢っておったようじゃ」

知らなかった。

絳はため息をつきたくなった。一度くらいは姑娘にも逢ってやれば、紫蓮があれほどまでに父親を怨むことはなかっただろうに。

酔っぱらいの喧嘩はまだ続いている。毎晩のことなのか、他の客は慌てることもなく野次をとばしたり勝敗に賭けたりしていた。

絳は酌をしながら声を落とす。

「先帝陛下の崩御についてては、すでに終わったことだと仰せになられましたね。ですが五年経ってもまだ終わっていないとしたら、どうなさいますか」

菟仙は白髪まじりの眉をあげて傾けかけた杯をおいた。続きをうながされているのだと感じて、絳は真実の一部を打ち明ける。

「先帝の死後、死化粧妃が先帝陛下と全く同様の死にかたをしています」

「なんじゃと」

やはり知らなかったか。推察するに紫蓮の母親の死は後宮の宦官によって処理され、宮廷には伝達もされなかったのではないだろうか。調査などされようはずもない。

「そればかりではありません。先だって薨去《こうきょ》された皇太妃ですが、復元されるまでは顔がひきつれて崩れていたとの報告がありました。そう、先帝陛下と同様に――果たして、ほんとうに中風《ちゅうふう》によるものなのでしょうか」

むうと呻るように息をつき、菟仙が頭《かぶり》を振る。

「綏紫蓮か？」

「左様です。綏紫蓮はきわめて優秀な姑娘《ひと》です。彼女の検視は宮廷や都の検視官とは雲泥の差でした」

「そうか、血は争えんな」

髭をなでつつ、彼はあきれたように苦笑した。

「綏紫蓮と懇意にしていたのじゃな。それで後宮丞をおろされたか」

「ご推察通りです」

絳は苦笑いをかえして、頭をさげる。

「先帝とは似ておるか」

紫の眼が想いだされる。浄らかな眼差しだ。彼女は怨嗟する相手の死であっても等しく扱う。揺るぎのない信念と誇りをもっている。

「似ています、とても」

「そうか」

老いた眼に涙が溜まる。

菟仙は今でこそ幼帝に忠誠を誓っているが、かつては先帝を敬い、彼の理想を実現するために忠義をつくしていたという。先帝の崩御についても想うところはあるはずだ。だから、先帝の死が暗殺ではなかったかを疑っていると絳に洩らしたのだ。

あおるように杯を飲み乾してから、菟仙がつぶやいた。

「毒菫《トリカブト》――」

絳が眼を見張る。

「先帝陛下が崩御した時に疑われた毒じゃ。ただ、これは即死毒で、先帝が盛られていたとしたら儀式のさなかに命を落とすことはないという結論になった」

「っ……教えていただき、ありがとうございます」

菟仙は小銭をならべ、腰をあげた。

「おまえはすでに睨まれておるぞ。死に急ぐなよ、若いの」

喧嘩する男たちのあいだを割って通り、老いた背が遠ざかっていく。

絳は最後まで頭をさげていたが、やがて張りつめていた息をついて椅子にすわりなおした。杯をまわして残った黄酒を持てあます。嗜む程度なんて嘘だ。酒など旨くもない。どれだけ飲んでも酔えないからだ。むしろ飲めば飲むほどに損をしたきぶんになる。

「あいにくと、私はずっと死に時を捜しているんですよ。理解は、していただけないでしょうね」

酔ってもいないくせにくだをまくようなつぶやきが、喧騒の海にのまれていった。

✦

秋の風が、離宮のなかに吹き抜けた。

あれだけ喧しかった蟬が静かになってから、どれくらい経っただろうか。窓にかかった紅葉《もみじ》の一《ひと》葉《は》がいろづきはじめていた。取りとめもなく秋晴れの空を眺め、紫蓮はため息をつく。

さびしいわけではない、はずだ。

夏があまりに慌ただしかったせいか、静かすぎるのが落ちつかないだけで。

「まったくこまったものだね」

紫蓮は虎の死骸の頭をなでて、頬を寄せた。その時だ。「紫蓮様！」と賑やかな声が聴こえてきた。声変わりをしていないこの声は絳ではなく――

「わっ、こちらにおられたんですね。よかった、声を掛けたんですが静かだったので」

青青がひょこんと顔を覗かせた。

「あいかわらず、きみは賑やかだねぇ」

「紫蓮様は夏が終わっても億劫そうですね」

「秋は秋で、寒くなったり暑くなったりと気候がどうにも落ちつかなくてよくないね」

紫蓮はうんざりだとばかりに肩をすぼめて、ため息をついた。

「でも、よかった。紫蓮様がご息災であらせられて。絳様が日頃からご心配なさっていましたから……まあ、その、ご心配といいますか、朝から晩まで『紫蓮は変わりないでしょうか』とか『眠れているでしょうか』とか『死んでいたらどうしたら』とか延々と繰りかえしておられて」

「あぁ、想像がつくよ、きみもつきあわされて大変だね」

「耳にたこができるかとおもいました」

絳は役職がなければ後宮に出入りすることはできないが、青青は宦官であるため、いつでも後宮にくることができる。それなのに、これまで青青を遣いにこさせなかったのは監視を避けるためか。

「えっと、まずはこちらをお渡しするようにと預かってきました」

「桃酥《タオスウ》だね、絳が焼いたのかな」

桃酥とは胡桃《くるみ》を練りこんだ焼き甜菓《かし》だ。

「縁側で一緒に食べようか。甜茶《てんちゃ》くらいだったら淹れてあげるよ」

「えっ、ほんとですか。じゃあ、ちょっとだけ」

青青がぱっと笑顔になる。紫蓮もつられて、唇を緩めた。

「きみはお客さんだからね」


青青にはしばらく縁側で待っていてもらって、紫蓮は甜茶を淹れる。茶杯を盆に載せて縁側にいくと、青青は裏庭の細流《せせらぎ》にむかって「けろけろ」と喋りかけていた。蛙でもいるのだろうか。志学《しがく》（十五歳）をとうに越えているとはおもえない幼さだ。

「淹れてきたよ」

青青が慌てて振りかえった。恥ずかしかったのか、熟れた果実みたいに頬を紅潮させる。

「あわわっ、紫蓮様！　違うんです、これは」

「恥じることはないよ。嘘をつかない生き物と喋っていると、心が落ちつくんだろう？　僕も一緒だから、わかるよ」

屍もまた、蛙や猫と一緒で、虚飾《きょしょく》や欺瞞《ぎまん》がない。

だから紫蓮は屍たちを愛する。

「幼いころから馬とか鶏だけが友だちだったので……あ、あの、ぼく、紫蓮様には嘘をつかないと約束します」

青青はなにをおもったのか、おずおずと小指を差しだしてきた。

「だから、その、お友だちになっていただけませんか」

「僕なんかと友だち、か。そんなことを言ったのはこれまでひとりだけ……ああ、そうだったね」

紫蓮は今さらながらに青青が親友の実弟であることを想いだす。

打算もなにもない純粋な想いをむけられて、胸が暖かくなる。だが、紫蓮にはどうしても、他人《ひと》と指を絡めることができない。

だから、盆に載せた茶を差しだす。それがいま、紫蓮にできる最大の誠意だ。

「ゆびきりのかわりに杯《さかずき》をかわすというのはどうかな」

青青は嬉しそうに眼を輝かせた。

「こういうのを、桃園《とうえん》の誓いっていうんでしたっけ」

「うん、それはまったく違うね」

茶杯のふちを、かつんとあわせる。

「これで友だちですね。嬉しいな」

あとはふたりして、絳が持たせてくれた桃酥《タオスウ》を頰張った。さくさくの生地に練りこまれた胡桃が香ばしく、素朴だが飽きのこない味わいだ。

「おいしいですねぇ、ぼく、絳様がつくってくださる甜菓《おかし》がすっごく好きなんです。なんだか、やさしい味がするじゃないですか」

「ふ、ほんとうだね」

青青が公私ともに絳を慕っているのは日頃の振る舞いをみていればわかる。

「きみからみて、絳というのはどういう男かな」

「絳様ですか」

青青は桃酥のかけらを頰につけたままで真剣な眼差しになる。

「恩人です。死ぬまでおつかえしても、かえせないくらいのご恩をいただきました。ぼくは宦官になってから、その、飼われて、いたんです」

どういうことだろうか。察しがつかず、紫蓮は睫を瞬《しばた》かせた。

「宮廷にあがったばかりの宦官は旦那様と呼ばれる官職持ちの宦官につかえて、教育を受けることになるんです。ぼくは旦那様から特別に可愛がられていて、女官の服を着せられて、その」

ようやく想像がついた。宦官のなかには男に女役をさせて、欲望を発散させるものがいる。これは柴綜芳のような、男でありながら男を愛してしまったというものではなく、女の代替に過ぎない。

「殴られたり絞められたり、勉強もさせてもらえなくて」

権力をかさにきて、幼い宦官を甚振るなんて畜生にも劣る非道さだ。

「絳様はそんな旦那様のもとから、ぼくのことを助けだしてくれました。官職に就くための勉強もさせていただいています。ぼくは宦官で、姓もない身ではありますが、それでも人生といえるものを取りもどしてくださった」

「そうか、つらかったんだね。それでもたえてきたんだね」

紫蓮はいたわるように相槌を打つ。それいじょうの言葉は要らない。なぐさめもまた、しかりだ。喋りすぎたとおもったのか、青青は恥じらうように鼻をこする。

続けて「あ」と声をあげた。

「そうです。絳様からもうひとつ、預かっていたものがありまして」

青青は荷から、紙に包まれた植物を取りだす。かぶとのかたちをした風変わりな紫の花をいくつも咲かせている。

「後宮では見掛けたことのない花で、希少なものみたいですが、いまいち可愛くないというか、好いている姑娘《にょにん》に渡すにはふさわしくないような気が。ただ、絳様がどうしても、と」

毒菫《トリカブト》だ。致死毒を有する植物であり、確か、漢方薬にもつかわれたはず。紫蓮は瞬時に絳の真意を察して、抱き締めるように紙ごと花を預かる。

「ありがとう、嬉しいよ」

「ええっ、ほんとうですか？」

青青はしげしげと紫の花を眺めていたが、ぽつとつぶやいた。

「絳様はなにか、とんでもなく危険な橋を渡っておられるのではないですか？」

風が吹いてきた。

「なんで、そんなふうにおもったのかな」

「時々ですが、絳様は死地にでも赴くような殺伐とした眼をなさっていることがあって。いつ死ん

のです」

「紫蓮様。どうか、絳様のことをお願いします。絳様のよすがになれるのは紫蓮様だけだとおもうでも構わないとでもいうような」

青青は不安にかられたのか、あらたまって頭をさげた。


「無理だね。あんな奇人、僕の手には負えないよ」

紫蓮は死と相思相愛だが、絳は死に懸想している。

どちらも死に呪縛された身だ。

ならば、道連れにするか、されるか。できるとしてもそれくらいだ。

「危険な橋だとおもうんだったら、きみが後ろから袖をつかんであげることだね」

「ぼ、ぼくにできるでしょうか」

心細げな青青をみて、紫蓮は苦笑する。

「しかたないな。押しかえしてやるくらいだったら、してあげてもいいよ」

絳が青青に事情を教えるつもりがないのならば、紫蓮がみだりに喋るわけにはいかなかった。純朴な青青を危険にさらしたくないという想いは紫蓮も絳と一緒だ。

日が陰り、晩夏の蜩《ひぐらし》がいっせいに鳴きだした。まもなく黄昏《たそがれ》だ。

明るいうちに青青を帰す。

ここからは、死の領域になる。

✦

離宮には書庫がある。

書庫の本棚は紫蓮の母親が残した知の結晶だ。なぜならば、ここに収められているのは宮廷の書庫から借りた文献を、母親がみずから書き写して新たに編纂《へんさん》したものだからだ。紫蓮は漢方薬についてまとめられた書物を紐解く。

「あった」

毒菫《トリカブト》は生薬としては附子《ブシ》と称される。痛みどめとして処方されるが、毒性も強いため、弱毒処理を施してから、他の薬では改善できない重篤な患者にのみ服薬させる。毒物としては経口後すぐに痺れがまわり、不整脈や呼吸不全、神経麻痺を発症して、早ければ一分後には心臓が壊死して心肺停止するとあった。

つまりは即死毒だ。

紫蓮は珀如珂の検視結果と照らしあわせる。

如珂の心臓は壊死していた。

また、強い神経毒のため、毒菫に侵されると表情筋が神経麻痺をきたして顔がゆがんで崩れるとある。これは先帝、珀如珂、紫蓮の母親の死にかたと一致する。

ただひとつ、違うのが即死ということだ。

先帝も珀如珂も、食後もしくは服薬後すぐに命を落としたわけではない。紫蓮の母親だけはいつ毒を盛られたのかがわからないので、除外とする。

絳が毒菫を持ってきたということは、先帝崩御の折に宮廷で疑われた毒がこれであると推察できる。だが、医官たちには時間差の謎が解けず、中風という結論になった。

どうすれば、毒のまわりを遅らせることができるのか――

考えこんでいたところ、文献のすきまに挿まれていた栞《しおり》がわりの紙が落ちた。拾いあげた紫蓮は思わず、息をのむ。

「萬菫《まんきん》不殺《ふさつ》――」

古書に記載される漢方の知見のひとつだ。萬《さそり》の毒と菫《トリカブト》の毒はどちらも命を奪うものだが、ふたつをあわせることで互いの毒を中和して無毒になるという。毒をもって毒を制するという最たる例だ。

ならば毒菫に他の毒物を組みあわせることで、死を遅らせることもできるのではないか。

(それさえ実証できれば、いっきに謎が解けるのにな)

紫蓮が唇をかみ締めたその時だ。表から荷車の音がした。

死化粧の依頼だろうか。紫蓮は文献を棚にもどし、外にむかった。

屍を乗せた荷車が停まっていた。妃妾の屍だが、肥えていて、そうとうな重さがありそうだ。そそくさと帰りかけていた宦官に声をかける。

「そんなところにおかれても、こまるよ。宮の中まで運んでくれないと」

宦官はあからさまにいやがりながら、妃妾の屍を担いで宮にあがる。

「いいよな、妃妾ってのはよ。さぞかしいいもん食ってやがるんだろうな。どっかのご令嬢だそうだが、豚みたいにまるまると肥えて、こんなになっちまったら、何処からも縁談なんかくるわけねえさ」

よほどに重いのか、宦官はぶつぶつと文句を垂らしている。

「死因は何かな」

「西施乳《せいしにゅう》を食って、中毒死だとよ。つまみ喰いした宦官も死んだとか。ばかだよな」

宦官は鼻を鳴らして乱暴に屍をおき、離宮を後にする。

西施乳とはきわめて美味だが毒のある物のたとえで、斎においてはふぐの肝の別称として知られている。究極の美食と言われるほどに旨いが、強い神経毒がある。だが、食通は命を賭けることになっても、食べずにはいられないという。

まさに魅惑の毒だ。

「毒の魚か」

こんな時に毒で死んだ屍が運びこまれるとは。

「母様の、導きだろうか」

考えすぎだ。わかっている。屍は語れども、死者は語らず。

だが、偶然が重なることはある。

試してみるか。

紫蓮は妃妾の屍を解剖して、胃の残留物を取りだす。庭にいたねずみを捕まえ、揉みくだいた毒菫とふぐ毒を混ぜた餌を食わせた。

「ごめんね、どうしても必要な実験なんだ」

犠牲になるねずみにあやまる。

餌を食わせてすぐには異常はみられなかった。普通ならば即死するはずなのに、明らかに毒が遅延している。紫蓮はねずみを観察しつつ、妃妾の死化粧を進めていく。

肥ってはいるが、愛嬌がある顔だちの妃妾だ。宦官はああ言っていたが、食道楽《くいどうらく》が祟らなければ縁談があったのではないかとおもった。

死化粧を終えるころになって、ねずみが奇声をあげ、もがきながら死んだ。

線香を燃やして時をはかっていた紫蓮が息をのむ。

餌を食べてから毒がまわり、息絶えるまでねずみでこれだけかかったということは人間ならばちょうど一刻（二時間）かかるということだ。

「そうか、これが先帝を殺めた毒か」

毒菫《トリカブト》、ふぐの毒肝。いずれも神経毒だが、毒菫は神経の働きを過剰に活性化させ、毒肝は神経の伝達を阻害するという違いがある。これらを同時に摂取するとふたつの毒の作用が拮抗するため、即死毒ではなくなる。だが、ふぐの毒は先に分解されるので、残された毒菫が後から心臓にまわり、一刻ほど遅れて命を落とすことになるのだ。

絳に報せなければ。

だが、絳はすでに後宮にはいない。どうすれば逢えるのか。青青に伝達してもらうか、いやそれは無理だ。青青の身を危険にさらす。

妃妾の屍に視線を落として、紫蓮はあることを考えついた。

妃妾と一緒に宦官も命を落としたと言っていた。宦官の屍は後宮から運びだされ、風葬地におくられる。荷車に身を隠して、後宮を抜けだせばいいのだ。

まだ、間にあうだろうか。

紫蓮は唇をかみ締め、後宮の橋へとむかった。

✦

「宮廷で人死にが続きすぎちゃいないか」

荷車を押しながら、後宮の宦官たちが喋っている。

「やっぱり先帝の祟りだよ」

「いや、先帝のほうが祟られてたんだろ」

「どっちでも変わらんだろうよ。皇太妃様まで死んじまって、あんな幼い皇帝陛下だけでこれからこの国はどうなっていくんだか」

「皇帝陛下がご成人なさるまでは、宰相が摂政《せっしょう》することにきまったとか。ほら、皇帝陛下のご親族にはもう摂政なんかできる御方はいないからな。綜芳《スオウ》様が亡くなられたのが悔やまれるよ」

「それにしてもこの屍、重いな。ま、あとは奴婢が取りにくるだろう」

宦官たちの声がしなくなってから、紫蓮は屍を包んだ藁の被せ物から這いだし荷車から降りた。

「やれやれだよ」

うまく後宮から抜けだすことができた。

宮廷は眠らない後宮とは違って、飾りたてるように燈火がたかれているわけではないので、暗がりに紛れるのもかんたんだ。あとは絳を捜すだけだが——いるとすれば官舎《かんしゃ》か、刑部の尚書室か。

宮廷にきたことなどないので、紫蓮はどちらに進んでいいのかもわからずに途方に暮れた。

まずは官舎を捜してみるか。

提燈をさげた衛官《みまわり》がきた。紫蓮は繁《しげ》みに身を隠しながら探索をはじめた。

✦

また今晩も眠れないか。

紫蓮と逢えなくなってから、絳の不眠は酷くなるばかりだった。まもなく鶏鳴《けいめい》の初刻《しょこく》（午前一時）の鐘が鳴る。絳はすでに眠るのを諦めて、几《つくえ》にむかって文書を読んでいた。

青青いわく、紫蓮は毒菫《トリカブト》を喜んでくれたという。聡明な彼女のことだ。あれが毒物で、先帝の死の真実を解きあかす手掛かりになることも察してくれたはずだ。

「紫蓮……」

彼女のことを想うだけで胸が締めつけられる。

愛しい。だが、想えば想うほどに切なさがこみあげた。

彼女は一緒だとおもっていた。死に惹かれ、怨嗟を抱えて終わりを求め続けている亡霊の身だと。

だが、彼女は絳の想像をはるかに超えるほど浄らかで、強かった。

「彼女を道連れにはできない、な」

ひとり、ぽつりとつぶやいたそのとき、窓にこつんとなにかがあたった。燈火に惹かれた夏の虫だろうか。あるいは刺客か。警戒しながら、窓の外を覗きこんだ絳は現実を疑った。

房飾りのついた袖が、揺れる。

「紫蓮、なぜ」

ここにいるはずのない姑娘《ひと》が、そこにいる。

絳は慌てて官舎の窓をあけ、飛びおりていった。

✦

「あのねぇ、猫じゃないんだから、肝がつぶれるかとおもったよ」

三階の窓から飛びおりてきた絳をみて、紫蓮はあきれてため息をついた。絳は木の幹に足をかけて、危うげもなく着地する。

「ふふ、愛しいあなたに逢えて、嬉しくてつい」

明らかに嘘のない微笑を投げかけられて、紫蓮はやれやれと苦笑する。

「後宮から抜けだすなんて。そうとうに危険な橋を渡ったのではないですか？」

「おや、端《はな》から僕らはいつ崩れてもおかしくない橋の中程にいるんじゃなかったかな」

「違いない」

橋が崩れたところで、葬頭河《そうずか》に落ちるだけだ。

「ここでは危険です。私の部屋に。ただ、表には衛官がいますので、一度だけ抱きあげてもよいですか。すぐに終わりますから」

背に腹はかえられないか。

「血を喀《は》かないように頑張るよ」

絳は軽々と紫蓮を抱きあげる。壁を蹴り、幹に足を掛けて、彼は異様な身軽さで三階の窓まで難なくあがってしまった。

「つきましたよ」

「きみさ、普通に後宮に侵入できるんじゃないかな」

塀とか堀くらい、かんたんに越えられそうだ。

絳の私室は後宮丞の時よりせまかったが、あの時と変わらず、がらんとしていた。宮廷にも後宮にも絳が落ちつけるところはないのだ。

窓ぎわの椅子だと外から覗かれた時に見張りに気づかれる危険があるので、紫蓮は「ちょっと借りるよ」と断ってから寝台に腰かけた。

絳が念のため、燈火を落とす。

「毒菫《トリカブト》、あれが先帝の時に疑われた毒なんだね」

「左様です。ですが、毒菫は即死毒であるため、毒殺を実証できませんでした」

「それなんだけどね、萬菫不殺《まんきんふさつ》という教えがあるんだよ」

紫蓮は毒をもって毒を制するというこの原理について語り、無毒化するのではなく、遅効毒にすることができる組みあわせがあることを明かした。

「ふぐ毒だよ。毒菫と一緒にのませれば、時が経ってから毒がまわる——実験したかぎりだと約一刻の時間差だったが、やりかたによってはさらに遅らせることもできるかもしれないね」

絳はついに証拠をつかんだと歓喜したが、瞬時にあることを理解して、顔を強張らせた。

相変わらず敏い男だ。紫蓮は諦めの眼で絳をみる。もうちょっとだけ愚かな男であれば、気づかれずに終われただろうに。

「ですが、毒の原理を立証できたら、疑われるのはあなただ」

珀如珂が死んだ日の午後、紫蓮は如珂に招かれて茶会に参加した。容疑者として筆頭にあがる。

「そうだね。四刻ほど毒を遅らせることができれば、理論上は僕にだって珀如珂に毒を盛ることは可能だ。現実にそこまで毒を遅らせることができるかは検証してみないとわからないが、結果はどうであれ、僕のような位の低い妃に疑いをかけるのはかんたんなことだからね」

黄妃の事件の時も確実な証拠がないうちに女官の死刑が確定した。

有罪か、冤罪かではなく、事態を収めるのに都合がよいかどうかが重視される。

宮廷とはそういうところだ。

「だから、僕が犯人になるよ」

絳が「そんな」と言いかけるのを遮って、紫蓮は続けた。

「この事実を公にすれば、先帝の崩御は祟りなどではなく何者かに暗殺されたんだと証明できる。真実を明らかにすることが、最大の報復だろう？」

政を誤ったせいで死んだ民に祟られたのだと誹謗された先帝の雪辱《せつじょく》を果たせるはずだ。

裏をかえせば、紫蓮や絳にできるのはそこまでだ。実質斎の最高権力者となった唐圭褐の罪を裁くことまでは、どう考えてもできない。

紫蓮は芙蓉《ふよう》の眥《まなじり》を綻ばせて、絳に微笑みかけた。

「あとは頼むよ、刑部少輔さん」

絳が顔をゆがめ、声の端を震わせながら訴える。

「わかっているのですか……！　皇族を暗殺したともなれば死刑だけでは済まない。鼻をそがれて膝を砕かれ、惨《むご》い死に様をさらすことになる」

「そうだね」

落ちついている紫蓮をみて、絳は失意に双眸を陰らせた。

「また、諦めるんですか……あなたという姑娘《ひと》は何処まで」

苦しげに呻いてから、彼はゆらと燈火が傾《かし》ぐように視線をあげる。その眼は強い怨嗟を滲ませて、紫蓮を睨みつけていた。

壊れてゆがんだ怨嗟が、紫蓮に牙を剝く。

逢った時からそうだった。

彼の怨みは先帝を暗殺した敵《かたき》ではなく、死んだ先帝にむけられていた。

これまで揺らめくばかりだった不知火《しらぬい》が強く燃えさかり、紫蓮を喰らおうとしている。

「あなたまで逝くのですね？」

紫蓮は異様な熱をむけられて総毛だつ。

「なにひとつ真実を知らない、知ろうともしない奴らにあなたの死が踏みにじられ、穢され、壊されて——あぁ、許せません、そんなことになるくらいならば、いっそ」

絳がつぶやきながら、側に掛けられていた剣をつかむ。

「ああ、そうか、きみは」

紫蓮は理解する。

絳の後悔がなんだったのか。

「きみが、先帝の首を落としたかったんだね」

絳の眼が赤を帯びて、微かにゆがんだ。

「陛下は私を壊したんですよ」

「壊した？」

剣をひきずりながら、絳は紫蓮にせまる。

「陛下は理想を押しつけ、私の誇りを奪った。それなのに、彼は理想を実現することもなく、志《こころざし》なかばで惨たらしく息絶えた。わかりますか、その時の私の気持ちが」

絳は凍りつくような微笑を張りつけていたが、その眼はわずかも笑ってはいなかった。

「何処から話せばよいでしょうか。ああ、そうですね、碧城《ヘキジョウ》という武官の死から。あれは今から八年前になります」

絳は語りだす。

彼がなぜ、先帝を怨んだのか。なぜ、首を落としたかったと後悔したのか。彼が葬送《みおく》ってきた、凄惨なる死を。

✦

「この国はいつか、宦官に喰いつくされる」

絳の親友たる碧城《ヘキジョウ》はかねてから先帝の考えかたに懸念を懐いていた。

「皇帝陛下は宦官を昇進させ、奴婢にまで官職を与えて公正なる宮廷の実現を進めているが――危険だ」

魏碧城《ギヘキジョウ》は丁年《ていねん》（二十歳）になったばかりだったが、武官としての功績をあげ、すでに第三官の階級を与えられていた。名家の長男だが偉ぶったところもなく、首斬役人に過ぎなかった絳とも親しくしてくれていた。特権階級たる士族は良き官人となって庶民を助け、社会の模範《もはん》として振る舞う義務があるのだと碧城は日頃から論じていた。揺るぎない理念を持った碧城のことを、絳は友として敬愛していたのだ。

その時も、ふたりは宮廷の中庭にある修練場で語りあっていた。

「なぜ、危険だと思うのですか」

先帝に逆心《ぎゃくしん》があると取られたら厄介だ。他人《ひと》に聴かれぬよう、声を落とす。もっとも絳が修練場にきた段階で、他の武官たちは「死神がきた」と唾棄して解散していたので、中庭にいるのは絳と碧城のふたりだけになっていた。

「まずひとつ。奴らは氏族からも離縁されている身だ。根幹となる帰属意識を持たないということはみずからを律し、制するだけの楔《くさび》もない。だから宦官や奴婢はその時の欲を満たすことを優先する」

「それは先入観ではないですかね」

「どうかな。なくすものがないというのはおそろしいものだよ。戦場においても死んでもかまわないとおもっている奴ほど、なりふり構わずに襲いかかってくるだろう。それと一緒だ」

共感はできないが一理ある。故郷に帰りたいとか一族の恥になりたくないとか、そうした考えにとらわれると鈍《どん》するものだ。楔が強みとなることもあるが、経験則として敵にまわすとおそろしいのは命知らずの考えなしのほうだった。

「それに宦官や奴婢には怨みがある」

「怨みですか」

「そう、刺青《いれずみ》を彫られた時、去勢された時、氏族から離縁された時、その心身に刻みつけられた屈辱、絶望、怨嗟、劣等感ってのは死ぬまで残る。どれだけ身分があがろうと恩を受けようと、怨みほどに強いものはないよ」

あの頃の絳には碧城が言っていることがいまひとつ、理解できなかった。

だが、いまは身にしみる。

怨みは強い。愛や恩を遥かに凌駕する。どんな想いも時が経てば薄れていくが、怨みだけは時を重ねるほどに腐乱して、呪いのように魂を蝕んでいくのだ。

「宦官が政を掌握するようなことになれば、この国は衰退するだろう。誰かが制《とめ》なければならない。たとえ謀反になってもだ」

過激な言葉に絳が息をのみ、碧城をみる。青天に視線を馳せる碧城の横顔は確固とした意志を滲ませていた。

碧城は振りかえり、絳に腕を差しだす。

「絳、俺とともにこないか」

絳は宦官でも奴婢でもないが、それらと大差がない出自だ。なぜ、彼に誘われるのか、理解できず眼を彷徨わせた。

「信頼しているんだ。君には欲がないからな。こちらについてくれたら、心強い」

わずかになやみ、絳は頭を横に振る。

「やめておきます。私にはあなたのような思想がない」

斎の衰退を憂えるほどの知識も、情熱も、絳にはない。

碧城は「君らしいな」と笑った。

「ですが、他に道はないのですか。あなたならば、じきに第一官にもなれる。皇帝の側にまでいけるでしょう。そうすれば、武ではなく理論で改革することも」

「無理だな。上部にいくほどに抑圧されて、動きが取れなくなるのが組織というものだ。取りこまれ、握りつぶされて終わりだよ。それに、それでは間にあわない。若輩者《じゃくはいもの》の俺が第一官になるまでには十五年は掛かる」

碧城は背をむけ、青い官服の袖を振った。

「さよならはいわないでおくよ」

それきり、絳は碧城と逢うことはなかった。


結果として、碧城らが起こした謀反は鎮圧された。

反乱に参加した武官、文官はそろって禁色《きんじき》である紫の布を身につけていたことから、一連の事変は後に「紫巾《しきん》の乱」と称されることになる。

先帝とともに後宮を衛《まも》り、反乱者を退けた絳は、その功績におうじて官職を授けられた。だが、絳は先帝の推輓《すいばん》を一度辞退していた。

「私は姜家の男です。産まれてから死するまで私は首斬役人として宮廷につくすつもりにてございます。穢れた職と誇られようとも、私はこの剣に誇りを持っております」

先帝の期待を裏切ったのだ。処罰されても致しかたないとおもっていた。だが、先帝は跪いていた絳の側まできて膝をつき、絳の腕をつかんで顔をあげさせた。

「処刑人という職を卑しいとおもったことはない。宮廷のために振るっている剣だ。なぜ、いとわしくおもうことがあるのか」

「陛下……」

「だが、勇敢で明敏《めいびん》なるそなたにはもっとふさわしい役割があろう」

絳は先帝の言葉に微かな矛盾を感じながらも、能力を認められたことに強い充足感をおぼえた。

絳は褒められた経験がなかった。親はもちろん、処刑の技巧を教えてくれた祖父も、絳のことを褒めたことはなかったからだ。

「これからは官吏として私の側につかえてくれ、姜絳」

「承知、いたしました」

恩を賜ったと感じた。

今後は先帝に忠誠を誓い、彼の理想を実現するためにつくそうとおもった。

鍵があわないはずの箱があいてしまったような胸さわぎが残ったが、気づかないふりをした。

絳は十七歳だった。まだ若く、浅慮だった。だが、碧城との再会によって、その喜びは無残に砕かれることになる。

絳は息をきらして、都の広場にむかっていた。

魏碧城の死刑が執りおこなわれるのだ。碧城は死を決意して謀反をはかった。絳もそれを理解していた。だが、親友の命が絶たれるとなって、絳はいてもたってもいられなくなった。

広場を取りまくように民が群れていて、なかなか先に進むことができない。

「大逆罪《たいぎゃくざい》だそうだ」

「でも、斬首だろう？　士族様はいいねぇ、皇帝陛下に逆らっても減刑されるのか」

「皇帝陛下がご恩情を掛けて、このたびの謀反にかかわったものはすべて斬首に処すと命じられたんだとか。思想犯だとか、難しいことを言ってたな」

民衆は口々に喋りあいながら、死刑の時を、今か今かと待ち続けていた。処刑は民の数少ない娯楽だ。特に士族の死刑は最たる憂さ晴らしになる。

犇《ひし》めく群衆を掻きわけ、絳はやっと人垣を抜けた。

縄をかけられた碧城は跪いて静かに眼を瞑り、悠揚《ゆうよう》せまらぬ態度で死とむかいあっていた。思想のために命を賭した武官らしいたたずまいだ。

首斬役人は絳の兄だった。彼は碧城にむかって、剣を振りおろす。

絳は咄嗟に息をのんだ。

剣の軌道が荒すぎる。よけいな力が乗りすぎていて軸がさだまっていなかった。あれでは首をひと息に落とすことはできない――絳の直感通り、斬首は失敗した。

斬首刑は罪人に過度な苦痛を与えることのない処刑法だ。

だがそれは一撃で終わらせた場合にかぎる。

碧城が絶叫する。

首斬役人が慌ててもう一度剣を振るが、あせりは剣を鈍らせる。碧城はなおも絶命できず、苦痛に眼を剝き、地を転げまわった。そこからは地獄だった。首斬役人は錯乱して三度、四度と剣を振るったが、もはや首を狙うこともできていない。

「碧城！」

絳はたまらず碧城にかけ寄ろうとする。だが、衛官たちに取り押さえられた。腕をつかまれ、ひきずり倒されながら絳は訴える。

「私にやらせてください、私が、私ならば、あんな――」

碧城は白眼を剝いて嘔吐物の混ざった泡を噴いていた。

苦痛とは化け物だ。思考も自我も品格も、人の尊厳すら喰い荒らす、貪欲な化け物。冷静で誇りたかく凜々しかった友の人格は怪物に喰われて、見る影もなかった。

「ざまあねぇな」

「いつも澄ましてて気に喰わなかったんだよ」

「士族様でもこうなっちまったら犬ころと変わんねえ、惨めなもんだな」

群衆はどっと沸いた。碧城の醜態を指さして嘲笑い、唾を吐きかける。

「首を、どうか、首を」

絳はなおも声にならない声で懇願を続けたが、最後まで無視された。

絳はすでに首斬役人ではない。阿鼻叫喚する友の介錯をすることはできないのだ。その事実が、絶望する絳に追い打ちをかける。

先帝にたいする怨嗟が、腹の底からごうと燃えあがった。

逆怨みだ。わかっている。だが、親友の首を落とさせなかったという後悔が、絳の心を蝕む。

絳の誇りはあの時、死んだのだ。

✦

「私だったら、あのような死にかたはさせなかった。一瞬で首を落として、親友《かれ》を誇り高い思想家のままで葬ることができたのに」

絳は声を荒らげることもせず、終始落ちついていた。夜の帳を震わせることもなく、凄絶な死を語る声はさながら死者の囁きだ。

寝台に腰かけた紫蓮は言葉を挿まずに耳を傾けていたが、やがて細く息をついた。

「だからきみは、先帝を怨み続けてきたのか」

先帝の傲慢な恩情は絳から役割を剝奪して、彼の彼たる誇りを死に追いやった。どれだけ悔やんでも怨んでも、死んでしまった誇りが息を吹きかえすことはない。

「わかりますかと尋ねたね――理解《わか》るよ、僕は死に寄り添うものだからね」

親友が死刑に処されたことではなく、自身がその首を落とせなかったことを悔やんだ絳の思考は異様だ。壊れている。

他のものには理解できないだろう。

だが、紫蓮にだけは絳の絶望が理解《わか》ってしまった。

「あなたならば、そういってくださると想っていました」

絳が微笑をこぼした。紫蓮が理解してくれたことを喜び、心から安堵するように息を洩らして。けれど、微笑はすぐに陰る。

「私はあのような想いを繰りかえしたくはないのですよ——ああ、違いますね」

微かな鞘鳴《さやな》りが張りつめた夜陰を震わせる。

「友の死は乗り越えた。だから、私はここにいます。ですが、あなたが、あんなふうに惨たらしい死にかたをしたら、私はたえられないでしょう。想像するだけでも気が違いそうになる」

絳は紫蓮が逃げられないよう、壁に腕をついてから剣を抜いた。

「っ」

窓から差す月明かりを映して、しらじらと剣がひらめく。

明確な殺意を振りかざして微笑する絳は静かな眼をしていた。

「紫蓮、愛していますよ」

切実な。割れた鏡のような笑いかただ。

「いつ死んでもかまわない。あなたはそう、おもっているんでしょう？　だったら、私がいまここで、あなたのこの首を落としてもいいですよね？」

紫蓮は息をつめ、絳の眼を覗きこむ。

錯乱しているのならば、まだ。だが、そうではなかった。

真紅を滲ませた眼のなかには怨嗟がある。愛がある。理知がある。絳は取り乱しているわけではなく、まったくもって落ちついていた。

「きれいに斬りますから、ね?」

絳は壊れてはいるが、狂っているわけではない。

「あなたは知っていますよね。私がどれほどきれいに首を落とせるか。……愛しています、紫蓮。心の底から。ですからどうか、ほかの男ではなく、私に斬《ころ》させてください」

縋《すが》りつくような声だ。微かに震えをともなっている。

「いいよ」

ため息をつきながら、紫蓮は微笑をかえした。

「きみにだったら」

それに絳がほんとうに斬るつもりならば、紫蓮にはどうすることもできない。

絳が剣を振りあげた。紫蓮は受けいれるように眼を瞑《つむ》る。祈るような静けさが続き——いつまで経っても首を落とされることは、なかった。

どうしたのだろうか。瞼をあけた紫蓮は息をのむ。

絳は唇をかみ締めて、いまにも泣き崩れそうな顔をしていた。

暗がりに取り残されたような孤独な眼。微かに潤んでいるのは月が映っているせいか、それともほんとうに泣くほどにさみしいのか。

なぜか、紫蓮まで胸を締めつけられて、無意識に手を差し延べた。絳の髪に触れようとしたその時だ。絳の眼がゆらりと変わった。

「……ほんとうにあなたは」

指を絡めとられ、紫蓮は絳に強くひき寄せられる。

「哀れな姑娘《ひと》ですね」

唇が、重なった。

「ん、ふっ……」

なにをされているのか、しばらくは理解できなかった。

絡みあう呼吸、重なる熱。唇に火がともって、燃えているような。

接吻《くちづけ》をされていた。

剣を突きつけられても動じなかった紫蓮が錯乱する。

「っ、やめっ……いやだ」

あばれ、絳を振りほどこうとするが、紫蓮の細腕ではどうにもならなかった。無理矢理に組み敷かれ、接吻がふかくなる。奪われるほどに息を吹きこまれて、火の海で溺れているみたいだ。命を燃やすように脈うつ鼓動は絳のものか、紫蓮のものか。段々と力が抜けて紫蓮は細やかな抵抗すらできなくなった。

熱ければ熱いほど身のうちは凍てつき、神経を掻きみだされる。

怖い。怖い——だが、なにがそれほどまでに怖いのか。いつからか人に触れることが、怖くなってしまったのか。

「っ……ふ」

紫蓮が気絶しかけたところで絳がようやくに身を離す。

銀の糸が、絳と紫蓮の唇をつないで、ふつりと絶たれた。

「妙だとは想わなかったのですか？」

低い声が落ちてくる。嘲笑うような、喉に絡《から》げた声が。

「私は先帝を怨んでいた。ですが、忠実に振る舞うことで、先帝からの信頼を得た。疑われることなく、先帝に毒を盛れるくらいには、ね」

信じられないような言葉に紫蓮が眼を見張る。

「それなのに、あなたは一度たりとも私を疑いませんでしたね？」

嘘か真か。いつもならば、絳の語ることが真実かそうでないか、紫蓮には看破できた。彼は嘘こそつかなかったが、真実ではないことを織りまぜるくせがある。だが、錯乱して意識まで濁っている紫蓮には彼の心を読むことができなかった。

「可哀想に、私なんかにだまされて」

絳は哀れむような微笑だけを残して背をむけ、遠ざかっていく。紫蓮は咄嗟に腕を伸ばしたが、指が痺れて力が入らず、絳の外掛《はおり》をつかむことはできなかった。

外にいた衛官に報告する絳の声が冷たく聴こえてくる。

「後宮を抜けだしていた妃妾を保護しました。直ちに後宮へと還すように」

戸の隙から覗いた絳の背が最後に一度だけ、紫蓮を振りかえる。彼は双眸をゆがめてから、なに

かを諦めるように微笑んで、視線を逸らした。

(なんで、きみがそんなふうに悲しい眼をするんだ)

だが、声にはならず。

視界が滲んで、意識はそれきり、途絶えた。

✦

饐えた臭いが漂っていた。

暗やみを彷徨い続ける夢からさめて、紫蓮が瞼をあげる。

紫蓮はかき集められた藁のなかに横たえられていた。燈火がないのでよくわからないが、獄舎だろうか。後宮には連れもどされずに投獄されたらしかった。

絳のことを想いだして、紫蓮は膝を抱えて唇をかみ締める。

「あなたは一度たりとも私を疑いませんでしたね?」

絳は疑惑の種を植えつけて背をむけた。

仲夏《ちゅうか》に逢って今は仲秋《ちゅうしゅう》。ほんのひと時だが、ともに事件を解き、絳のことはそれなりに理解できているつもりだった。誠実で、奇人で、真実を隠すことはあっても嘘はつかない男だと。

だが、あらためて振りかえれば、紫蓮はなにひとつとして絳のことを知らなかった。彼がどのような想いで先帝の側にいたのか。後宮丞という役職をつとめていたのか。なにを考え、権力によって葬られた事件とかかわっていたのか。

紫蓮は感情を排して、思考だけを巡らせる。

絳は先帝から全幅《ぜんぷく》の信頼をおかれていた。それは事実だろう。表舞台から遠ざけていた紫蓮の母親のことまで絳には話していたほどだ。

彼ならば、先帝を暗殺できる。紫蓮の母親のこともしかりだ。

だとすれば毒菫《トリカブト》とふぐ毒の調毒について知っていなければ矛盾が――いや、ないのか。

毒はわざわざ造らなくとも、調達が可能だ。後宮に縛られている紫蓮と違って、絳は都にも赴けるのだから。再度毒が必要になって、毒の組みあわせを調べていたという考えかたもできる。

紫蓮は絳が「先帝の首を落としたかったのではないか」とおもった。

だがこれだって、推察に過ぎない。毒による死では募り募った怨みを晴らしきれなかった、あるいは紫蓮の思い違いということも考えられる。事実、絳は紫蓮の語りかけに是とも非ともかえさなかった。

絳はいま、なにを考えているのか。

これまで忠実に破らなかった境界線を壊してまで、紫蓮を傷つけたのはなぜか。紫蓮を錯乱させ、嘘を見破れなくするためだったとすれば、なにが嘘だったのか。

わからないことばかりだ。

奈落に腕を差しこむように彼の心がつかめない。

紫蓮は壁にもたれてため息をつく。

静けさを破り、荒っぽい靴音が響いてきた。ふらふらと揺れる燈火がこちらにむかってくる。獄吏だろうか。

「またかよ。捕まる趣味でもあンのか、お姫サマ」

破れた提燈をさげた琅邪《ロウヤ》が格子越しに覗きこんできた。相変わらず鋭い眼つきをしている。

「で、今度はなにをやらかしたんだよ」

「特に。ちょっとばかり、後宮を抜けだしただけだよ」

「結構な罪じゃねェか」

琅邪が嗤った。紫蓮は力なく微笑みかえしたが、唇の端が強張ってしまい、うつむいた。紫蓮の様子がこれまでとは違っていたためか、琅邪は戸惑いながら錠を解いて牢屋のなかにまで踏みこんできた。

藁を踏み散らして琅邪は紫蓮の側に腰をおろす。

「なァ、紫蓮」

妙にあらたまった呼びかけに琅邪の顔をみれば、彼はいつになく真剣な眼差しをしていた。

「死化粧師なんか、辞めたらどうだ」

紫蓮が眼をまるくした。

「わかんねェか？　おまえを娶ってやるって言ってンだよ」

琅邪はぼさぼさの髪を乱暴に掻きあげ、紫蓮から眼を逸らす。

「俺は下等な獄吏だが、いちおう宮廷につかえ続けている由緒ある家だ。血が途絶えないよう、特権をもらってる。最低級の妃妾くらいは身請けできるはずだ。ちんちくりんでやせっぽっちのガキなんざ好みじゃねェが、まァ、うまいもん食わせて三年も経てばそれなりにはなるだろ」

荒っぽい言葉の端々からは彼なりのやさしさが滲みだしていた。

「後宮にいたら三年後に命があるかどうか、保証はない――違うか？」

琅邪の推察はあっている。紫蓮はすでに舌を奪われるくらいでは済まないところにまで、足を踏み入れてしまっていた。だが、だからといって琅邪がなぜ、紫蓮を助けようとするのか。

「どういう風の吹きまわしかな」

「さあな」

肩を竦めてから、琅邪は彼らしくもなく穏やかな微笑をこぼした。

「宮廷の底の底に身をおいてるよしみだよ」

「よしみ、か」

紫蓮はかみ締めていた唇をふっとほどいた。

「ありがとう、良い言葉だね」

月も星もない暗がりを歩き続けてきたものにしかないつながりというものはある。産まれた時から死ぬまで抜けだせないぬかるみに身を浸している。それがひどく心もとなく、さびしいことだと互いに知っていた。

「僕は最期まで死化粧に殉じるよ、碌な死にかたができなくてもね」

果敢なく、それでいて強かな微笑に琅邪が一瞬だけ、見惚れたように眼を見張る。だがすぐに双眸をゆがめて、あきれたように嗤った。

「はっ、強情だなァ、おまえは」

「そうかな。きみだって、そうだとおもうのだけれどね。好きで選んだわけではなくても、いまさら獄吏ではないきみにはなれないはずだよ」

梅枝《うめがえ》からは梔子《くちなし》が咲かぬように。桃実《ももざね》から木蓮《もくれん》が育つはずもない。

「違いねェな」

紫蓮はこれまで死化粧師を辞めるなんて考えたこともなかった。だが、別の選択もできるのだと琅邪に教えられてはじめて、死化粧師ではないみずからを想像することができた。

がらんどうだった。

死から遠ざけられたら、紫蓮のなかに残るものはない。

いかに悲惨な死を遂げるより、紫蓮の魂は死ぬだろう。

絳もこんな気持ちだったのだろうか。

泥の底に産まれたかぎりは泥中《でいちゅう》でしか咲けない。どれだけ豊かな土壌を与えられても根は張れないのだ。

「絳はいったい、なにを考えているのかな」

「あン？　あいつか、さァな、どうか碌でもないことを考えてンだろうよ。昔っからイカれたやつだったからな」

琅邪は喉だけで嗤った。

「だが、あいつなりに信念ってやつはある。理想家なんだよ。こんな底の底で育ったくせしてな。そういうとこはおまえに似てるよ。馬鹿馬鹿しいくらいに律儀な男だからな」

真実を、確かめなければならない。

絳がほんとうに先帝や紫蓮の母親、あるいは珀如珂にまで毒を盛ったのか。無実だとしたら、なぜ、疑わせようとしたのか。

紫の眼を透きとおらせて、紫蓮はここにはいない男に想いを馳せる。

いまとなっては何処までが嘘だったのか、わからない。

ただひとつ、彼は死に惹かれていた。それだけは嘘ではなかった。

彼が死に惹かれるかぎり、紫蓮は彼をあばくことができる。

紫蓮は死に寄り添うものなのだから。

✦

珀如珂の死から七日経ち、宮廷では葬礼が執りおこなわれていた。

大陸には殯《もがり》という葬制がある。皇族が崩御したあと、屍を納棺して祈禱《きとう》を続け、骨になるのを確めるという鎮魂の儀式だ。斎の宮廷では死化粧師の一族がつかえているため、この殯はせずに土葬する。

皇太妃の逝去を悼んで都のいたるところで白い旗があげられ、風が渡るたびに時季はずれの雪のように吹きあがった。

宮廷から銅鑼《どら》の音が響きわたり、孝服《もふく》をまとった民が通りにでて、宮廷にむかって拝礼する。

こうして、皇太妃の葬礼は滞りなく終わった。

＊＊＊

日が落ち、宮廷の中庭では宴会が催されていた。

賑やかなこの宴には死者の魂を喜ばせ、なぐさめる意がある。斎の伝統的な葬制《そうせい》だ。篝火がたかれ、雅楽が奏でられるなか、参列者が杯をかわす。皇帝もともに杯を掲げるのが習わしだが、幼帝はすでに退場していた。

姜絳は孝服をまとい、宴会の場にいた。

告別式では皇太妃の霊柩《れいきゅう》の蓋が外され、屍が披露された。

絳は姜家を代表して花を捧げたが、死化粧を施された珀如珂は美しかった。呪縛から解きはなたれたように穏やかな顔をした如珂をみて、絳は綏紫蓮に想いを馳せずにはいられなかった。

紫蓮はどれほどの想いを乗り越えて、復讐を諦めたのか。

ため息をつき、頭を振る。

すでに退路は絶った。

燃える絳の眼に映るのは老いた宦官——唐圭褐《トウケイカツ》だ。彼はあろうことか、幼帝がすわるべき高座《たかくら》を奪って宴会をしきっていた。

「これからは幼き皇帝にかわって、私が政を統轄する。一族の栄達も没落も私の手のうちにあるものと心得て、忠義をつくせ」

摂政となり、ついに公に実権を掌握した圭褐はこれまでの卑屈な態度からは想像もつかないほど尊大に振る舞っていた。宰相といっても宦官にすぎないと圭褐を軽蔑していた士族や高官たちが青ざめて、彼に取り入ろうといまさらに媚びへつらっている。

「畏まりました、唐圭褐閣下」

「どうか、今後ともわが一族にご恩恵を」

権力が総てという宮廷の醜さが露骨にあらわれていた。

絳は心底から侮蔑するように彼らを睨みつけ、だがすぐに柔順《じゅうじゅん》な微笑をかぶって、踏みだす。進むさきは奈落だと理解していながら、わずかも臆することなく。

◆

獄舎の夜は寒い。

紫蓮は朝に獄舎から一時解放されて、珀如珂の死化粧に修繕を施した。今度は幼帝と一緒に新たな紅を選び、髪を結って。

悔いを遺さぬよう、やり遂げた。

死化粧が終わったら離宮に還れるかと思ったが、また獄舎に連れもどされた。身を縮めて、藁のなかで眠っていると靴音が聴こえてきた。

「起きてるか」

「眠っているよ」

「そうかよ。だったら起きろ」

琅邪はいつもどおりに振る舞おうとしているが、表情は強張り、視線に落ちつきがなかった。彼は言葉少なに紫蓮が収監されている牢屋の錠を外す。

琅邪の背後から闇を破って、老いた宦官が現れた。

「綏紫蓮――いえ、皇姫様というべきでしょうかね」

唐圭褐だ。如珂や幼帝につき従っていた時の穏やかな老人といった印象から一変して、皺に埋もれた眼をぎらつかせている。

「残念ながら、とうに廃されて、いまは後宮の死化粧妃だよ」

「先代の死化粧妃が逝去されたあともいかんなくご才能を発揮しておられ、かねてからお噂は拝聴いたしております。ですが、ふむ、少々動きすぎましたな？」

圭褐はうすら笑いで紫蓮を睨みおろす。

「貴方は実に母親と似ている。よけいなことを嗅ぎまわり、葬っておけばいい真実をあばいて――忌々しい姑娘だ」

「だから、母様の命を奪ったのかな」

紫蓮は身を震わせつつ、声を荒らげることなく冷徹に怨仇《えんきゅう》を睨む。圭褐は黄ばんだ歯を剝きだして、髑髏《どくろ》のように嗤った。

「醜い死にざまだったなぁ」

絳ではなかった。

唐圭褐が、先帝と母親を毒殺した張本人だ。

紫蓮の紫の眼に劫火《ごうか》が燃えさかった。この身のうちにこれほどまでに強い怒りがあったとはこの時まで知らなかった。骨が熔《と》けおちそうなほどの怨嗟だ。

「おまえの母親は毒の組みあわせを解き、あろうことか、私のもとにかけこんできたのだ。私が先帝に毒を盛ったとも知らずにな。絶望したあいつに、娘は助けてやるから毒をのめ、と言ったら、その晩に服毒した。嗤えるだろう？　美しい親子愛というやつか。私には関係のないものだがな」

紫蓮は悔しさで頭がまっしろになった。だが、冷静さを崩してはならないと踏みとどまる。

「きみは父様から恩を享けていたんじゃないのかな。なんで――ああ、だからこそ、なのかな」

異様な死を視てきた紫蓮は、命あるものが腹のうちに抱える腐乱した感情とむきあってきた。嘘、虚飾、怨嗟――恩を享けるほどに劣等感を肥大させて怨みを強くする、そういうものもいる。

「そう、私は宦官に落ち、先帝に拾われた身だ。先帝に慈悲を施され、恩恵に浴するほどに私は惨めになった。あいつには散々恥をかかされてきた。だが、ふふふ、これからは私が皇帝だ」

圭褐は高嗤《たかわら》いする。

「奪ってやったのだ、先帝《あの男》が持っていたものを残らず」

水鏡を想わせる紫蓮の眼に哄笑《こうしよう》する宦官の姿が映る。欲望を滾らせたその様は冥道《めいどう》の亡者さながらだ。

「哀れだね、きみは」

「……なんだと」

揺るがぬ眼差しに静かな忿怒《ふんぬ》を湛えて、紫蓮が声をあげた。

「きみは皇帝にはなれないよ。幼い皇帝を操り、実権を握っても。巨万《きよまん》の富を得ても。欲望を満たしても。なにひとつ、きみのものにはならないんだ」

「このっ、小姑娘《こむすめ》が」

圭褐が紫蓮の髪をつかんだ。だが、紫蓮は動じなかった。

静謐な眼を瞬《またた》かせる。

「だって、そんなもの、死んだら終わりじゃないか」

死——その響きに恐怖を感じたのか、圭褐の眼が臆するように揺らいだ。圭褐の指が震えだす。

彼は恐怖を振りはらうように紫蓮を強く突きとばした。

「ご安心を、皇姫様」

敢えて慇懃《いんぎん》な言葉で嘲って、圭褐は動揺をごまかす。

「殺したりはいたしません。ただ、今後はよけいなことを喋れぬよう、舌を斬らせていただきますがね——琅邪」

命令された琅邪は辟易としながら、紫蓮を組みふせた。

「悪りィな、なるべくきれいに斬ってやるからよ」

顎をつかまれる。

触れられるだけでも背筋が凍るのに、無理矢理に口をあけさせられそうになって紫蓮は総毛立った。顎を必死に食い縛って抵抗する。琅邪越しに圭褐を睨みあげれば、彼はくつくつと皺だらけの喉を膨らませた。

「そう、その紫の眼ですよ。じつに素晴らしい。貴方をこれまで生かしておいたのはその眼のためだ。貴方ならば、皇族にふさわしい御子を産める」

紫蓮は理解する。如珂の忠告していた「死よりもおそろしい」ことが、なにかを。

「今の皇帝は育つほどに眼の紫がくすんできた。あれでは信心深い士族連中を統制するのが難しい。ですが正統な血を一度混ぜれば、今度こそ良い眼が産まれるでしょう」

圭褐は紫蓮に幼帝の御子を産ませるつもりなのだ。彼が操るのに都合のよい皇帝を竜倚《ぎょくざ》に据え続けるために。

まさか、如珂もそうだったのだろうか。彼女には野心などなく、ただ圭褐に脅されて皇族の御子を産むように強いられただけだったのか。

それは女の地獄だ。

紫蓮の母親が、紫蓮を男として育てたのも、こうした危険を遠ざけるためだったに違いない。事実、母親が他界したあと、宮廷は紫蓮に妃の服を身につけるように強いた。青青が女の服をきせられていたのと、どんな違いがあるだろうか。

「幼い皇帝を操り、私は皇帝として君臨し続ける。そうすれば、私を馬鹿にできるものなどいなくなるだろう」

弁舌を振るいながら、圭褐は落ちくぼんだ眼をぎらつかせる。

「これは復讐だ。私を蔑み、嘲笑ってきたものたちにたいする報復なのだよ」

腐乱した怨嗟、貪欲な劣等感が剝きだしになった人の有様は、崩れた屍をはるかに凌ぐおぞましさがある。おぞましくも惨めだ。

こんな矮小な男に愛するものをすべて奪われたのか。

紫蓮は舌を奪われまいと抵抗を続けていたが、琅邪がついに痺れをきらして紫蓮の頰をはたいた。

「てめぇ、顎骨を砕かれてェのか。いいかげんに諦めろよ」

かみ締めすぎた唇から血潮があふれてきた。

(諦めて、しまおうかな)

紫蓮はこれまで、なにもかもを諦めてきた。男として育てられることを諦め、まわりから疎まれて虐げられることを諦め、父親が逢いにこないことを諦めた。

(だから、喋れなくなることにだって諦めがつく)

髪をつかまれ、殴られる。食い縛っていた顎の力を緩ませかけたのがさきか。

また、諦めるんですか――

頭のなかで、いつからか聴きなれてしまった男の声がした。

(しかたないじゃないか)

諍おうが、祈ろうが、現実は変わらない。

だったら端から諦めてしまったほうが、心壊れずに済む。希望を抱かなければ、絶望することもない。そう想い続けてきた。でも、ほんとうは――いつだったか、葬ったはずの想いが息を吹きかえして、叫ぶ。

（母様のことだけは、諦めたくなかったんだ）

だから、紫蓮は母親の死を境に、命ある肌に触れることができなくなった。

紫蓮を組み敷き、抑えつける琅邪の手が、喀《は》きそうなほどに熱く感じる。強烈に想いだす。あの晩、絳に接吻《くちづけ》をされたとき、紫蓮は強い恐怖を感じた。熱を宿した息が、舌が、唇が――鼓動が、命の証明がたまらなくこわかった。

なぜなのか。

紫蓮はいまさらに理解する。

腐るからだ。崩れるからだ。

紫蓮を暖かく抱き締めてくれた母親の躰《からだ》が冷たくなって、崩れていく様をみて、紫蓮は悟《さと》った。

彼女が愛するものはかならず、彼女を遺して、逝くのだと。

命があるかぎり、躰《にくたい》が滅びる時はくる。

だが、魂だけは滅びない。

（死者の魂は遺されたひとのうちにこそ、やどる）

愛していた、愛されていたという経験のなかに故人の魂は生き続ける。

紫蓮にとっては教わってきた死化粧すべてが、母親からの愛だ。屍をよみがえらせるとき、死者から託された真実を語るとき、最愛の魂が紫蓮とともにある。

それを諦めるということは母親の魂を奪われるに等しい。

「くそっ、死にたかねェだろ、なァ」

柄になくあせっている琅邪にわき腹を蹴られる。紫蓮はそれでもまだ、抵抗を続けた。

(諦めたくないよ)

絶望のなかで紫蓮は絳に想いを馳せた。

死をおそれず死を愛でる奇人で、考えていることはちっとも理解できないのに、なにを想っているのかはどうしてか、解《わか》る。だからだろうか。彼と一緒にいる時は奇妙に心が落ちついた。側にいられても、いやではなかった。

彼のなにが嘘だとしても、それだけは真実《ほんとう》だった。

「頼むから、口あけろって！　この強情姑娘《おんな》がッ」

琅邪に腹を踏まれ、紫蓮がついに声を洩らす。弛《ゆる》んでしまった口に短剣が挿しこまれた。

ああ、終わりだ。

語るための舌を斬られ、誇りを奪われるくらいならば。

(絳、あの晩、きみに首を落とされたかったな)

紫蓮は絶望した。なにもかもが思いどおりだと圭褐は嗤笑する。だが、彼は知らなかった。

死は絶えず、側にあるものだと。朗らかに笑っていた。幸福に浸っていた。勝利に酔っていた。

そんな時に死神は跫《あしおと》もなく忍び寄る。

「っ――がはっ」

圭褐が胸を掻きむしりながら、膝をついた。

呻いているが、喉から洩れるのは空咳《からせき》ばかりだ。呼吸ができないのか。

圭褐は顔をひきつらせながら、異様に嗤った。

いや、違う、嗤っているわけではないのだ。

口端が捻くれて、垂れさがった頬が強張ってひきつれ、顔が崩れていく。熟れすぎた果実が踏みにじられるような。嘲笑のかたちに似ているから、よけいに異様さが際だつ。縮こまった背を激しくけいれんさせながら、彼は地に倒れこむ。頼るあてもなくもがき続ける腕が苦痛を訴えていた。

異常事態を察して、琅邪が咄嗟に短剣を紫蓮の口から抜く。

紫蓮は身動きひとつできず、ただその凄惨な死を眺める他になかった。

地獄でもみたように眼を剝き、圭褐は息絶える。

動かなくなった圭褐の後ろに死神じみた男の姿が一瞬だけ、よぎった。燃える紅蓮《ぐれん》の睛眸《せいぼう》が、宦官の死にざまを嘲笑する。

「いったい、どうなってやがる」

琅邪は生死を確かめるためか、圭褐の横腹を靴のつまさきで蹴った。

明らかに事切れている。琅邪は頭を振り、わけがわからないとばかりに髪を掻きみだす。

「後始末は俺がやる。こいつは獄舎にはきてない、そういうことになってンだよ。まァ、面倒だが、てきとうに処理するさ。おまえは藁でもかぶって眠ってろ、いいな」

変死した圭褐の屍を担ぎ、琅邪がその場を後にする。靴の響きが遠ざかってから、紫蓮は崩れるように息をした。

殴られた頬や腹はそれほど痛まなかった。琅邪なりに加減をしてくれていたのだろう。

格子窓から差す月を仰ぎ、紫蓮は傷ついた唇を震わせる。

「死には死を。毒には毒を、か」

検視するまでもなく圭褐の死は毒によるものだ。毒菫《トリカブト》と毒肝《フグ》を組みあわせて効能を遅らせた――

それができるのはただひとり、姜絳だけだった。

✦

時をさかのぼること一刻。

賑やかな後宴《こうえん》のさなか、絳は権力におもねる高官たちに混ざって唐圭褐に拝謁《はいえつ》していた。表むきには従属の意を表しながら、胸のうちには毒を秘めて近寄る。

「姜絳が摂政閣下《せっしょうかっか》に拝礼いたします」

「絳か。あの時の若者が第二官になるとは。先帝陛下がおられたら、さぞや喜ばれたであろうな」

よくも抜け抜けと。絳を牽制するため、第二官に昇進させたのは圭褐だろうに。

「恐縮でございます」

圭褐は絳を疑っているはずだ。

あの晩、絳が紫蓮と一緒にいたのも知られている。だが、絳が先帝の崩御の真実を捜《さぐ》っていることまでは知られていない。毒の秘をあばいたこともまた。

「卑賤な身ではありますが、先帝陛下の恩徳に報いるべく、稚拙《ちせつ》ながら励みます」

圭褐の思惑などつゆ知らず、功をあせって紫蓮の検視に頼っただけの浅慮な若者をよそおう。

「先帝陛下はそなたのことを実の息子が如く気に掛けておられた。先帝陛下の息子ならば、私の孫に等しい。これからは私に忠誠を誓い、皇帝陛下――延いては宮廷のためにつくせ」

「身にあまる御言葉です。確かに拝命いたしました。お畏れながら、私の杯をお受けいただけませんでしょうか？」

絳は黄酒《ホアンチユウ》で満ちた茶壺《きゆうす》を掲げる。圭褐の表情が張りつめた。警戒されただろうか。

「先帝陛下は雅量《がりよう》に富み、私のような卑しい男の杯をお受けくださいました。あれこそ皇帝の器にてございます」

敢えて「圭褐の器はどうだ、忠誠をつくすに値するか？」と試しているかのような言葉を選ぶ。不敬かつ大胆不敵な挑発だ。だが、圭褐ならば乗るだろうと絳は推察していた。圭褐は先帝に劣等感を抱えているきらいがあったからだ。

「ふむ、良かろう」

圭褐は飲みかけていた杯をあけ、差しだしてきた。

他人《ひと》の杯を借りては、杯の底に毒を盛られるという危険があるためだ。絳は毒を盛っていないことを証明するべく、みずからの杯にそそいでから、圭褐の杯を満たす。

「それでは――皇魂《こうこん》のご冥福と新たなる幸いを祈って」

酒を飲みかわす。

杯の底を乾かし、絳は袖を掲げて祝辞を述べた。

「唐圭褐閣下に栄光あれ、万歳」

宴会の喧騒に紛れてから、絳は張りつめていた息を抜く。

紫蓮から毒の組みあわせについて聴いたあと、絳は圭褐の私室をひそかに検《あらた》めた。紫蓮の考察通り、圭褐の薬棚には毒堇《トリカブト》の根とふぐの毒肝を乾燥させたものがあった。毒堇だけならばまだしも、漢方にもちいない毒肝があるのは変だ。彼ならば如何に毒を盛るのも易かっただろう。

絳はひそかにそれを拝借した。

茶壺《きゆうす》を持ちあげる。宮廷でつかわれている酒器を模造しているが、これには実は仕掛けがある。なかが二重構造になっていて、ふたつの飲み物をいれておけるのだ。持ち手部分には穴がふたつあって、上部の穴を塞いでいる時と底部の穴を押さえている時とでは別の中身をそそぐことができる。あとは証拠隠滅のため、茶壺をこなごなに割って破棄すれば完璧だ。青靑に頼んで後宮の堀にでも捨てさせようか。

絳は圭褐のほうを振りかえる。

自身を卑しめて先帝に取り入り、先帝崩御の後は腰を低くして如珂につき従っていた老いた宦官が、いまはさながら皇帝のように振る舞っていた。

「一路走好《さようなら》」

紫蓮の口癖を、唇に乗せる。

あとは、彼女が絳の望んだ通りに動いてくれるかどうかだ。

（彼女ならば、だいじょうぶだろう）

紫蓮は先帝とは違うが――似ている。

浄らかで、信条を貫きとおすだけの強さがある。

（さようなら）

声にはせず繰りかえす。宛てさきのない遺書を、秋風に託すように。

✦

唐圭褐の訃報は宮廷中を震撼させた。

立て続けに斎の権力者が命を落としているのだ。口の堅い高官たちまでもが「先帝の祟りだ」「怨霊に違いない」と声を落としてささやきあった。

死の経緯はふせられ、宴会が終わった後で宮廷の庭で倒れていたところを獄吏が発見し、医官に診せたが事切れていた――ということになった。公表された死因は中風《ちゅうふう》だ。

圭褐の訃報とともに、紫蓮は獄舎から解放されて後宮に還された。

だが、落ちついている暇はなかった。

「直ちに支度をせよ、皇帝陛下からの勅令《ちょくれい》である」

宮廷から遣いがきて、紫蓮は皇帝が謁見をおこなう紫微殿《しびでん》に連れていかれた。

紫微《しび》とは天にある神の宮を表す。その称《しょう》にふさわしく、錦や金砂《きんしゃ》、琅玕《ひすい》で飾りたてられたきらびやかな宮廷で、皇帝の権威を如実に表していた。星の彫刻が施された紫檀《したん》の階《きざはし》があって、最上段に竜倚《ぎょくざ》がある。

冕《かんむり》をかぶった幼帝は心細げにうつむいて、竜倚にすわっていた。紫蓮をみるなり、幼帝は安堵して表情を明るくする。

「きてくれたか、綏紫蓮」

「皇帝陛下に拝謁《はいえつ》いたします」

紫蓮が跪いて額をつける。幼帝は慌てて「免礼《めんれい》」とうながした。

「母上様、いや皇太妃がお亡くなりあそばされたとき、そなただけが毒による死と認めた。検視官や医官は中風としたのに。そなたは検視もできるのだな？」

「私は死者の言葉を聴き、語るまでにてございます」

死化粧師が検視をすることは公には認められていないため、紫蓮は敢えて肯定も否定もしなかった。

「朕《ちん》は皇太妃をよみがえらせてくれたそなたの腕を信頼している。ゆえにそなたに検視を頼みたい」

「私にお役に立てることでしょうか」

おおよそ推測がついていながら、紫蓮は尋ねた。

「宰相の検視だ。宰相は皇太妃と同じ死にかたをしていた。宴会で飲食をしてから一刻経っていたため、医官たちは中風だとしたが、朕は毒殺ではないかと疑っている。どうか、そなたの眼で真実を明らかにしてくれないか」

紫蓮は低頭する。

「拝命いたしました」

身のうちに通う血潮が、ざわりと波だつ。季節を違えた地吹雪のような重い風が何処からともなく吹きこんで、竜倚《ぎょくざ》を照らしだす燈火を揺らした。

＊＊＊

宮廷の最北には霊殿《れいでん》がある。

皇族を始めとして高貴な身分のものが宮廷内部で命を落とした時は、埋葬するまでこの霊殿に安置する。だが摂政とは言えども、宦官の屍が納められるのは異例の事態であった。

霊殿に窓はなく、真昼にもかかわらず燈火《とうか》がたかれていた。火の熱さは屍の腐敗を進ませるため、これも特例だ。

棺蓋《かんがい》の上には布に包まれた唐圭褐の屍がある。

綏紫蓮による検視は幼帝や大理寺《だいりじ》の官吏たちが陪席《ばいせき》するなかで執りおこなわれることになった。

側近たちは「死の穢れがありますので」と幼帝をいさめたが、幼帝は頑《がん》としてゆずらなかった。

紫蓮は布を解けば、屍があらわになった。

唐圭褐は身をひきつらせ、嗤っているとも恐怖しているとも取れる、いびつな顔で息絶えていた。まわりがざわめいた。渦まく恐怖感、忌避感。幼帝だけが落ちついている。

紫蓮は続けて、圭褐の服を脱がせた。

男根《だんこん》のない宦官の躰《したい》が現れる。

紫蓮はこれまで、死んだ肌に触れることにためらいをおぼえたことはなかった。腐敗が進んでいても、損壊していても。身分がどうであれ、敬愛をもって扱ってきた。

だが、今、紫蓮は胃腑《いふ》からこみあげるような嫌悪をもよおしていた。

蜈蚣《むかで》や蜘蛛《くも》といった毒蟲《どくむし》のなかに腕を差しいれなければならないような拒否感を抱きつつ、私情を排して惑いを絶つ。

「それでは始めます」

腹を割《ひら》こうとしたその時だ。

遅れて霊殿に踏みこんできたものたちがいた。そのうちのふたりは大理寺の官吏である。

「このたびの宰相の死が毒殺であった時の、最たる被疑者《ひぎしゃ》を連れて参りました」

官吏に挿みこまれるようなかたちで連行されてきた男が、うつむいていたおもてをあげた。

「被疑者、姜絳《キコウ》」

紫蓮が眼を見張り、動揺する。「なんで」という声が喉もとまでせりあがり、なんとか息をのんでこらえた。たいする絳は唇に微笑を乗せ、酷く落ちついている。

有能な絳がなぜ、容疑が掛かるような失態をおかしたのか。

大理寺の官吏は幼帝の御前《ごぜん》ということもあって、酷く畏まりながら続けた。

「姜絳は昨晩の後宴《こうえん》において唐圭褐に酒をつぎ、杯をかわしました。毒を盛れたとすればあの時をおいて他にはないと、まわりのものは証言しております。もっとも毒にしては死にいたるのが遅すぎるため、このたびの検視が肝要となりましょう」

それを聴いて、紫蓮はようやく事態が理解できた。

現段階で絳が圭褐を毒殺したという確たる証拠はあがっていないのだ。

実際にあの晩、圭褐と乾杯したものなどいくらでもいる。だが士族階級、もしくは地位のある官人ばかりで、証拠もなく容疑をかけるわけにはいかなかった。

姜家の男ならば、事を荒だてずに処分できる。宮廷の常套手段だ。

だが、そんな根拠のない疑いが、このたびにかぎっては事実だ。

紫蓮はすでに真実を知っている。

ほんとうは検視するまでもなかった。圭褐の死は中風ではなく毒によるものだ。

毒を盛ったのは——そこまで思考を巡らせて、紫蓮は視線で絳を糾弾する。

(きみはどうして、こんなことをしたんだ)

証拠を隠滅しても、姜家というだけで疑われる危険があることはわかっていたはずだ。その時に検視を担うのが紫蓮であろうこともまた。

絳は紫蓮と視線を絡ませて、なにを想ったのか、双眸を綻ばせた。

胸を締めつけられるほどに清々しい彼の笑顔をみて、紫蓮は理解してしまった。

「きみは」

ほんとうに救いようがないばかだ――

絳がなにを思い、紫蓮を裏切るようなことをしたのか。疑わせるような嘘をついたのか。いまになって理解《わか》ってしまった。

彼はあらゆる罪をその身にかぶって、死のうとしているのだ。

宰相を暗殺した罪に始まり、先帝を殺めた罪も、紫蓮の母親を死なせた罪も、如珂の死までも一身にひき受けようとしている。

紫蓮がこの場で「毒菫《トリカブト》とふぐ毒を組みあわせれば毒がまわるまで時がかかる」という真実を明かせば、宴会で杯をかわした絳の容疑が確定する。これまで中風とされてきた横死も再調査されるだろう。

そうなれば、先帝を含めて宮廷で続く死は祟りではないと証明できる。すべては姜絳による事件だとして終わらせることができるのだ。

絳の誤算はひとつだ。

紫蓮がすでに絳を疑っていないということである。

紫蓮は絳がそんなことをするはずがないとおもってはいたが、無実を証明するものはなかった。

だが、圭褐が獄舎にいた紫蓮を襲ったことで、先帝暗殺と母親の毒死が絳によるものではないと確定した。

裏がえせば、紫蓮がいまだに絳を疑っていたら、絳を有罪にすることで紫蓮は復讐を遂げられたのだ。紫蓮は抱え続けてきた怨みを終わらせることができ、謀りをはかった張本人である主禍も死んでいるので禍根を残すこともない。

すべてを終わらせて、死刑に処される——これが絳の選んだ死に時というものか。

紫蓮は唇をかみ締める。

絳は敏い男だ。憎らしいほどに。

なにより、彼は紫蓮の信条を理解している。

紫蓮は嘘をつかない。死者の声を偽らない。かならず、死人の声を語る。それが紫蓮の誇りであると。

どくんと、紫蓮の鼓動が脈を打った。

「検視を進めぬか」

高官がうながす。

「承知、いたしました」

心は惑っていても紫蓮の指は乱れなく動き、胸から腹まで割《さ》いて、順に臓を取りだしていった。

六腑《ろっぷ》に異常はない。心臓、壊死。わかりきった検視を続けながら紫蓮は終始絳の視線を感じていた。

静かで、愛しむような眼差しだ。とろけるような熱を帯びている。紫蓮がはじめて、絳の前で屍の腹を割《ひら》いたあの時と一緒だ。

どくん、どくん。

命の証である脈動が、肋骨をたたく。

次第に紫蓮の胸にふつふつと湧きあがってきたものがあった。

怒りだ。

紫蓮は誰の耳にも届かずとも、とがめられて笞に処されても真実を語り続けてきた。命を賭して。

彼女の誇りはなんびとたりとも穢《けが》せぬものだった。

この時までは。

「検視結果がわかりました」

老いて弛《たる》んだ腹を縫いあわせてから、紫蓮が満を持して唇をほどいた。

誰もが緊張して、息をのむ。幼帝は身を乗りだした。

「毒殺か？　毒殺なのだな？」

紫蓮はふせていた睫をあげた。紫の眼が透きとおりながら、しんと燃える。揺るぎない眼差しは、暁に瞬きだす明け星を想わせた。

「これは、毒ではありません」

絳が微笑を崩す。眼を見張り、なにかを訴えるように唇をわななかせた。だが、声にはならない。

幼帝は納得できないのか、再度紫蓮に問い質す。

「まことに毒ではないと言うのか。ならば、なぜ、宰相は死んだのだ」

紫蓮は胸を張って微笑む。

きみだけを、地獄にいかせはしないと。

「中風《ちゆうふう》です」

✦

白い幟《のぼり》が秋空に舞う。

唐圭褐の葬礼は宮廷のはずれで執りおこなわれた。一国の宰相とは想えないほどに小規模で、参列者もまばらだった。

彼が宦官であったためだ。宦官には縁《よすが》となる一族もおらず、埋葬するための墓もない。

紫蓮は後宮の妃妾でありながら、特例で参列を許された。幼帝が望んでいた結果には結びつかなかったが、検視および死化粧を施したという功績を考慮してのことだ。

紫蓮は圭褐の柩を覗きこむ。老いさらばえた男が疲れた顔で眠りについていた。

「棺を蓋《おお》いて事定《ことさだ》まる、か」

圭褐は二歳の時に去勢された身だという。彼の祖父にあたる男が罪をおかしたとして、先々帝が唐一族の男すべてを宦官にした。だが、後々になって祖父が冤罪だったと明らかになった。

圭褐はそれから、宮廷と皇族を怨み続けてきたのだ。彼もまた、宮廷の犠牲者ともいえる。哀れだ。だが、紫蓮に哀れみをかけられることを彼は望まないだろう。

柩のなかはがらんとしていた。義理として冥銭《めいせん》は投げこめども、圭褐のために涙をこぼすものはおらず、哭女《なきめ》の声だけがむなしく響いている。

宦官だから、というだけではないだろうと紫蓮は考える。

「どれほどの権力を握っても、富を築いても、冕《かんむり》を戴《いただ》こうとも。死後には持っていけないんだよ、唐圭褐」

遺せるとすれば、愛だけだ。

だが、欲望を満たすためだけに齢《よわい》を重ねてきた彼は、愛を遺すことはできなかった。

紫蓮は柩のなかに銭ではなく、庭先で摘んだあざみを落とす。

「一路好走《逝ってらっしゃい》」

死化粧妃は祈らず。ただ、葬《おく》るだけ。

刺繍の施されたすそをひるがえして、彼女は柩に背をむけた。脚もとで大輪の蓮が拡がる。

雲ひとつない青天《せいてん》に真昼の月があがった。

✦

「紫蓮」

黄昏がせまり、後宮に帰ろうと橋を渡りかけていた紫蓮の背に声をかけるものがいた。

振りかえれば、帳のような髪を風になびかせて絳がたたずんでいた。まばらに紅葉《こうよう》をはじめた秋の風景を背にして、彼の双眸が微か、紅を帯びる。

「あなたは死者に嘘はつかないとおもっていました。なぜ、毒ではないと？」

紫蓮はそれにはこたえなかった。孝服のような白い袖を拡げ、透徹とした眼差しを絳にむける。

「毒に毒をかえすのはきれいなやりかたではないよ。不条理で、卑劣だ」

「そうですね。だからこそ、あなたは私を許さなくてよかった。私は重い罪をおかした。公正を理念とした先帝ならば、このようなやりかたは認めなかったでしょう」

「でも、きれいなやりかたでは、裁けなかったことだろうね」

宰相ほど身分のあるものを裁くことは、宮廷では不可能だ。唐圭褐が先帝を暗殺したという証拠もない。毒菫《トリカブト》も毒肝も漢方だといわれたら、それまでだ。

「だから、ありがとう」

紫蓮は芙蓉《ふよう》の眥《まなじり》を咲かせて、微笑みかける。

絳は胸をつかれたように双眸をゆがませ、ゆらりと彷徨わせた視線を地に落とした。

「ですが、これで先帝崩御の真実を明かすことはできなくなってしまった」

「葬礼というのは死者のためならず。復讐もしかりだよ。遺されたものが愛するものの死を終わらせるためにすることだ。いまさら真実を明かしても、先帝も母様も還ってはこない」

「それでも先帝の雪辱は果たせたはずです」

理解できないとばかりに絳は頭《かぶり》を振る。

「なにより、あなたの誇りには瑕《きず》がついたはずだ」

「そうだね」

紫蓮は事実を欺いて、信条をまげた。

「でも、毒だといっても、結局は真実にはならなかった。違うかな」

絳が先帝に毒を盛ったということになれば、それもまた、真実からは程遠い。

紫蓮は橋から身を乗りだして、まばらに咲き残っている睡蓮に視線を移す。水鏡には黄昏の空に漂う上弦の月が映っていた。

「それにね、僕は死にたがりにつきあわされるなんて御免《ごめん》だよ」

「は……見抜かれていたんですね」

絳は崩れるように息を洩らした。

「言っただろう、僕に嘘をつかないほうがいいってね」

「ふふ、違いないですね」

風が吹きつける。みなもが波だって、月が崩れた。

「先帝を怨んでいた、というのは嘘ではありませんよ。ですが、身分の差をなくしたいという彼の理想はとてもきれいだった、私怨を捨てて忠誠を誓うほどには」

絳は紫蓮の側まできて、橋にもたれかかった。

「良家に産まれたというだけで悪人でも優遇され、そうでないものはいかに功績をあげても報われず、搾取されて死んで逝く。不条理ばかりがまかりとおるなか、先帝陛下だけがそれを正そうとなさっていた。彼の理想が実現するのならばこの眼で見たかった」

紫蓮は先帝に逢ったことが、ない。

母親からは仁愛に満ちた皇帝だと聴いてはいたが、母親をひとりぼっちにした父親がそれほど素晴らしい男だとは思えず、幼心に怨んでいた。だが絳の言葉を通じて、紫蓮はいまはじめてに父親と邂逅《かいこう》したような心地になる。

「だというのに、陛下は志なかばで惨たらしく息絶えた。あげく、死後は〈祟られた皇帝〉と民から蔑まれることになって――その時に想ったのですよ」

絳の唇が微かにゆがむ。

嘲笑だ。それでいてせつなく、昏い渇望をはらんでいた。

「こんなことになるのならば、他でもない私が、その首を落としたかったと」

異様な彼の後悔に紫蓮は酷く胸を締めつけられて、睫をふせた。

「きみは愛する者たちの死を、穢されてきたんだね」

死を踏みにじられるたび、終われない未練を募らせて。

彼は、壊れたのだ。

死を穢すとは尊厳を穢すことだ。命あるうちに築きあげてきた誇りを蹂躙《じゅうりん》するに等しい。穢されるくらいならばいっそという絳の想いは、わかる。

「陛下は日頃から信頼し、厚遇していた宦官に裏切られた。それは身分差をなくすという理想そのものに裏切られたようなものです」

「先帝は穢れのないひとだったんだろうね。疑わないことが信頼の証だとおもっていた。だから取りかえしのつかないことになった」

だが、そんな先帝だから絳は先帝に敬意を払い、紫蓮の母親は彼を愛したのだ。

「穢れ、か」

風に舞う紫蓮の髪に触れて、絳がぽつりとこぼす。

「あなたを、穢《けが》してしまいましたね」

嘘をつかせた。誇りを捨てさせた。

それらは絳のためというわけではなかったが、絳と逢ってさえいなければ、紫蓮があんな選択をすることはなかっただろう。

「穢《よご》れるのは私だけで充分だったのに」

絳は絡めるようにすくいあげた髪の先端に接吻《くちづけ》を落とす。

「でも、なぜでしょうか。あなたを穢《けが》したのが他でもない私だということが、たまらなく嬉しい」

熱をはらんで潤む絳の眼には、紫蓮だけが映っている。

「愛していますよ、紫蓮。嘘をついても、誇りを穢《よご》しても、あなたは変わらずきれいなままです。さながら泥中《でいちゅう》の蓮みたいに」

「きみは」

紫蓮は苦笑して、あきれたようにため息をつく。

「ほんとうに救いようもない奇人だね」

最大の褒め言葉をもらったとばかりに絳が頬を綻ばせた。

「……宰相は死にました。ですが、宮廷は変わらないでしょう。強いものが弱きを虐げて、虐げられたものはさらに弱きものを苛《さいな》む――」

宮廷に渦まく闇は連綿と続いてきた人の業である。盛者必衰、生者必滅。君臨していたものたちは逝き、幼帝だけが残された。

政権をめぐり、これからまた宮廷に凄絶な血の嵐が吹きすさぶだろう。

「穢された死があるかぎり、僕は屍の声を語り、葬るよ」

真実という骨をあばきだすためならば、腐乱した腹に腕を差しこむことにためらいはなかった。

「罪なきものが裁かれ、罪人が赦《ゆる》されることのないよう、私も動きます。先帝の遺志を、というと荷が重すぎますが」

ならば、それぞれに橋を渡らねばならなかった。

別れを惜しむように絳が問いかける。

「紫蓮、もう一度、接吻《くちづけ》をしてもいいですか」

「喀《は》くよ？　血とか」

「またまた、そんなこといいながら、あの時だって喀《は》かなかったじゃないですか」

「気絶はしたけどね」

にべもなく袖を振ってから、紫蓮は妖しく微笑みかけた。

「いつか、きみが死んだら、僕がきれいによみがえらせてあげるよ。その時だったら、僕から接吻《くちづけ》ひとつくらいしてあげようじゃないか」

最後に夕陽が強く燃えたつ。

滅するまえの燈火がひときわ目映《まばゆ》く燃えるがごとく。

「だから、僕が死にかけたら、その時は」

しどけなく髪を掻きあげ、紫蓮はみずからの項《うなじ》をさらす。

「お約束します。あなたの首は、私が落とす。他にどんな死にかたもさせません」

ひとは産まれを選べず、生きてはかならず、死に逝く。だからこそ、死に際を託す。

「ふふ、約束だよ」

紫蓮が小指を差しだす。

絳はこたえるように指を絡ませようとして、わずかにためらった。

紫蓮の白い指に微かだが、血が滲んでいたからだ。あざみの棘で刺したのだろうか。絳はなにをおもったのか、鞘から剣を抜いて、みずからの小指を浅く切りつけた。

傷と傷をあわせるように指を結ぶ。

焼けつくような痛みをともなって、微かに命の脈を感じた。

身が震えだしても、紫蓮は指をほどかない。

幾百もの時を越えて泥中で眠る蓮の種子は傷がついてはじめてに芽を吹くという。そんなことを想いだしながら、強く強く、指を絡ませた。

いつ、嘘になるともしれない約束だ。それでも希《のぞ》む。

このひとの死を葬《おく》りたいと。

それきり、ふたりは互いに背を預けるように橋を渡っていく。

黄昏はあせて、紫の帳が落ちた。進む先は昏い。それでも、進む。
穢《よご》れた地獄の底に根をおろしてこそ、蓮は浄《きよ》らかに咲くのだから。

# 番外編

時を経て友を想う　－首斬役人と獄吏－

姜絳《キコウ》は首斬役人という役職を恥じたことはない。

だが、生まれを恥じたことは、あった。

姜《キ》家には箸がない。食卓にのぼるのは手づかみで食える包子《パオズ》、匙で掻きこむ粥ばかりだった。箸のつかいかたを教わることもなく、絳は官吏になってはじめて箸をつかって食事をすることをおぼえた。識字もできない。家のなかで読み書きができるのは家長だけだ。字の勉強をさせてもらえるのは長男のみ、二男である絳はいっさいの教育を受けさせてはもらえなかった。

絳は五歳から祖父に預けられたが、十一歳の時に祖父が他界して実家に帰ってきた。首斬役人は卑しい職だが、宮廷につかえる一族ということもあり、実家は宮廷の裏手にある。ここは宮廷の暗部といわれており、獄舎《ごくしや》や獄吏一族の居処《きよしよ》もならんでいた。

ある時、官吏の子から書を読めないことを馬鹿にされた絳は、都にある学舎の窓にはりついて授業を覗こうとした。だが不惑《ふわく》（四十歳）の老師《きようし》に見つかり、散々に殴られた。

「下等な犬が学問を身につけようと結局は犬にしか育たんというのに」

殴りつけられた痛みより老師の言葉のほうが酷く、絳の胸を抉った。

努力では変えられないものがある。越えられない線がある。残酷な現実をむざと突きつけられ、絳は反論する言葉を持たなかった。

殴られて腫れた顔では帰るに帰れず、絳は日が落ちるまで橋のたもとにすわりこんでいた。

もとから家には絳の居場所はない。賭け事好きのだらしない父親、朝から晩まで怒ってばかりの母親。能もないのに威張って絳を奴婢《どれい》扱いする長男。あまやかされてわがままに育った弟たち。掃きだめのような家に帰るのは苦でしかなかった。

橋の下には堀がある。緑に濁った汚い堀だ。

だが、鯉《こい》がいた。台風で堀があふれた時に何処からか流されてきた鯉だ。堀を渡った先に士族たちの屋敷町がある。屋敷の庭で飼われていた鯉だろう。帰ることもできず、淀んだ水のなかで錦の尾鰭《おびれ》を振っている。

日が落ちてきて、夏だというのにうすら寒い風が吹いてきた。風は緑の饐《す》えたにおいがする。なぜだか、今ごろになって涙が滲んできた。

「よォ、またこっぴどくやられたな」

後ろから声を掛けられて振りかえれば、眼つきの悪いうす汚れた少年がいた。

刹琅邪《セツロウヤ》だ。彼は獄吏の家の三男で、産まれついた時から日のあたる道は歩けない身の上だった。首斬役人と大差ない。

だからか、幼い頃から気心が知れた。

琅邪には知られまいと涙を拭う。

「クソ老師だろ。さっき犬を追っ払っただのと抜かしてやがったからな」

「なんでも老師の教えというのは下等な犬には聞かせられないほどに高等なものだそうですよ」

絳は意地を張って、わざと笑った。この頃から絳は敬語がくせになっていた。敬語をつかわなければ、祖父に殴られたせいだ。

「犬に聞かれたくらいで減るンだったら、端《はな》からたいしたもんじゃねェな」

琅邪は路傍《ろぼう》の石を拾いあげた。

なにをするつもりかとおもったら、彼は鯉の群れめがけて石を投げこんだ。水しぶきがあがって、鯉たちはあたふたと逃げまどう。琅邪は哀れな鯉を眺めて楽しそうに笑った。

「むかついた時は堀なんかぼうっと眺めていないで、こうやって憂さを晴らすンだよ。ほら、おまえもやってみろよ」

石を渡される。しばらく考えて、絳は石を落とした。

「やめておきます」

「なんでだよ、鯉がかわいそうだとか馬鹿げたことをいうんじゃねェだろうな」

「可哀想ですよ。だって、鯉にはなんの罪もありませんから」

琅邪はつまらなそうに唇をとがらせた。

「でも、士族が飼ってた鯉だぜ」

琅邪はまた、石を投げる。

まき散らされたしぶきがこちらにまで飛んできた。

鯉の群は紅の鰭をはためかせる。血が拡がるように赤い波紋がたつ。底に身を潜めるわけでもなく波が落ちついたらまたすぐに集まってくる愚かさが哀れで、絳は眉を寄せた。

「でも、まあ、そうだな。鯉なんかいじめても甲斐がねェな」

琅邪は飽きたのか、ぽいっと石を捨てた。

「――――いつかよ」

不意に真剣な声になる。

琅邪の横顔を覗えば、彼は鯉ではなく堀を越えた先にある屋敷町を睨みつけていた。

「あのクソ老師がなんかヘマをして捕まって、獄舎に放りこまれることがあったら、ぜったいに死刑に追いこんでおまえに首を落とさせてやるよ」

ああ、そうか、これが彼なりのなぐさめなのか。

きれいな、なぐさめではなかった。

だが、嬉しかった。そう、嬉しかったのだ。

「ありがとう」

だから絳は友へと微笑みかけた。琅邪もつられたように笑った。

その場かぎりの口約束だ。時が経つうちに絳はそんな約束があったこともわすれていった。

絳は志学《しがく》（十五歳）で、首斬役人として宮廷につかえることになった。

長男も同様に首斬役人になっていたが、絳のほうが遥かに優秀で、一年経つころには指名されるのは絳ばかりになった。祖父の教えがよかったからだ。祖父は毒のあるものを食べるのが好きな変人だったが、斬首の腕は卓越していた。祖父は日頃から医書を読み、骨や筋といった基礎から最も苦痛を与えない首の落としかたを研究していた。そこだけは絳も祖父を敬っていた。

絳は書を読むことはできなかったし、祖父は絳に読み書きを教えてくれるような男ではなかったが、技能だけは修得することができた。

ある時、首斬役人として刑場にあがった絳の前に男が連れてこられた。生徒を殴って死傷させたとして死刑が確定した罪人だった。

男の顔をみた途端に絳は絶句した。

絳はその男を知っていた。幼き日の絳を酷く侮辱して散々殴りつけた老師だ。老師は縄に縛られていたが、膝を擦って絳に縋りついてきた。

「た、助けてくれ。あれは事故だったんだ。殴ってなんかいない。ちょっと突きとばしただけだ。そしたら後ろむきに倒れて、塀で頭を」

だが老師は絳のことなどおぼえてはいなかった。傷というものはいつだって、つけられた側ばかりがおぼえていて、傷つけたほうは気にも留《と》めていない。

老師は懇願する。

「冤罪なんだ」

絳は直感した。

(琅邪だ)

忘れていた約束を想いだす。

五年越しに彼は、約束を果たしたのだ。

「酷い拷問に耐えきれず、殺意があったと罪を認めてしまった。でも違うんだ、私は殺すつもりなんかなかった」

よくみれば、老師の指には爪がひとつも残っていなかった。惨たらしい拷問の痕だ。

絳は理解して、眩暈をおぼえた。

群衆は老師の訴えなど聞かずに湧きたつ。士族階級が死刑に処されるというだけで大衆は歓《よろこ》ぶ。死刑は娯楽だ。

人の垣に埋もれながら、老師の妻らしき女が赤ん坊を抱き、さめざめと泣き続けていた。

ほんとうに絳と琅邪が望んでいたのはこんなことだったのか。

「助けてくれ、死にたくないんだ」

「っ」

だが、絳には死刑を中止にするだけの権限はない。

首斬役人はただ、首を落とすだけだ。

絳は苦い思いをのみくだして、剣を構える。報復を果たせるという昂揚はなく、罪もない者の命を理不尽に奪うのだという罪悪感だけが胸を焼く。

せめて一撃で、老師の首を落とした。

群衆が歓声をあげる。鯉の群に石を投げこんだような苦さが喉を締めた。

「どういうつもりですか」

絳は琅邪に逢うなり、彼の胸ぐらをつかんだ。

琅邪は瞬時に絳の意を察したのか、喉を絡げて嗤った。

「約束を果たしてやったのに、ご挨拶だな」

宮廷の橋に夏の風が吹きつけ、枝垂れた柳の青葉を揺らした。

「私はあんなことを望んでいたわけではありません。あの約束は、その時かぎりのなぐさめでよかった」

それだけでも、充分に救われたのだ。

だが、琅邪はそんな約束を抱え続けてきた。それは執念で。怨嗟ではないのか。

「くだらねェことをいうなよ。なぐさめで腹が膨れるか」

「私は腹を膨らましたかったわけじゃない。満たされなくてよかったんですよ。そのほうがよかった。あんな」

言葉に詰まる。

「あれではただ、不条理に不条理をかえしているだけではありませんか」

「あァ、そうだよ」

琅邪は否定しなかった。むしろ、喰ってかかるように続ける。

「これまでずっと差別されて理不尽な暴力にさらされてきた。だから今度は俺たちが踏みにじる側になる。それだけのことじゃねェか」

「冤罪をつくることで、ですか」

琅邪は服をつかむ絳の腕を振りほどいて、嗤笑する。

「言っとくけどな、おまえのためじゃねェよ。これが俺のやりかただってだけのことだ」

琅邪の眼が怨嗟を滾らせて絳を睨みつけてきた。

ああ、遠い。幼いころから側にいたはずの男を、絳は虚しいほど遠くに感じた。

絳は唇をかみ締め、頭を振る。

「私はあなたのことを友だとおもっていました」

だが、友は変わってしまった。いや、もとからそうだったのか。

そのむかし、琅邪が旨そうな甜菓《かし》を持ってきてくれたことがあった。幼かった絳はなにも考えずにそれを頬張ったが、後からあれは琅邪が盗んできた物だったと知った。絳は「窃盗は罪だ」と訴えたが、琅邪は「もとから刹家《セッけ》は罪人扱いだろ」と吐き捨てた。

だからといって、ほんとうに犯罪をするのは違うだろうとおもった。

けれど、琅邪が「ほらよ」と嬉しそうに甜菓を渡してくれるので、絳はそれを拒絶できなかった。あの時彼をとめられていれば、こんなことにはならなかったのではないか。絳は後悔した。いまとなっては取りかえしがつかない。

「ですが、あなたとは進む理《みち》を違えてしまった」

彼の考えかたを、間違っていると言い捨てることはかんたんだ。だが、ともに底を這ってきた経験が、それをさせなかった。

「は、……そうかよ」

琅邪もまた、それだけしか言わなかった。

絳は思いを振りきるように背をむけた。

続けて琅邪も踵をかえす。再びには振りかえらず、別々に橋を渡っていく。

涙腺がひりついた。だが、涙はこぼれなかった。

涙をこぼすには絳はもう、おとなになりすぎていた。


時は過ぎる。

絳は先帝の推挙で首斬役人を辞めて、科挙試験を及第し官職についた。刑部丞を経て、第二官にあたる刑部少輔になった。あの頃から変わったはずだ。犬は犬だと嘲笑った老師の声がいまだに耳を離れなかった。

絳は橋にもたれて、紫の睡蓮を眺めていた。

後宮丞を解任されてから、約ひと月が経つ。夏はとうに終わって紅葉《もみじ》が錦を織りなしている。睡蓮は花の時期を終えたはずだが、紫の睡蓮だけが最後に咲き残っていた。たったひとつ、咲き続ける睡蓮に想いを惹かれた。

「なァに、物思いに耽ってやがンだ」

「琅邪」

振りかえれば、琅邪がいた。

彼は変わらない。背が伸び、ずいぶんと声も低くなったが、絳にたいする態度にも違いはなかった。変わったのは絳のほうだ。

「あァ、なんだ、紫蓮のことを考えてたのか」

紫の睡蓮に視線を投げ、琅邪は察しがついたとばかりに嗤った。

「オンナにいっさい頓着しなかったおまえが、あんな小姑娘《がき》に惚れこむなんてなァ」

喋りながら、琅邪は煙管に火をつけた。風のせいで煙がもろに流れてきて、絳は露骨にいやな顔をする。紫煙を吐きながら琅邪がくつりと喉を膨らませた。

「ま、でもあれはクるよな」

絳が咄嗟に眼差しをとがらせた。

「強者を甚振っても弱者を虐げないのが、あなたのよいところだとおもっていたのですが」

「なに、寝惚けてやがる」

琅邪は真剣な眼になる。

「紫蓮は強い、だろ?」

違いない。それは絳も認めざるを得なかった。

「男でもすぐに降参するような酷い敲《たた》きかたをされても、縛りあげられてふた晩つるされても、あいつは堪えきるンだよ。泣きだすどころか、悲鳴ひとつあげねェ。だからといって、頭が壊れているわけでもない。そういうところがそそられンだよ、屈服させたくなる」

鞘鳴りは一瞬だ。

絳は腰に帯びていた剣を抜きはなち、琅邪の喉もとに突きつけた。

「紫蓮を傷つけるならば、たとえあなただろうと容赦はしません」

「はっ、傷つくかよ、あの姑娘《オンナ》が」

煙管で剣身をかつんと弾き、琅邪は絳に剣をおろせとうながした。絳はくるりと剣身をまわして、なめらかな動きで鞘に収める。

「傷を、残せるんだったら、まだよかったよ。……俺には無理だ」

琅邪は項垂れて、頭を振る。

しばらく黙りこんでから、琅邪は続けた。

「俺はな、あいつの舌を切り落とそうとしたンだよ」

絳は眼を見張り、琅邪につかみかかろうとした。

だが、できなかった。琅邪の声が微かに震えていたからだ。物心ついたときから一緒にいたが、琅邪という男からこんなふうに懺悔めいた声を聴いたことはひと度たりともなかった。

「なぜ、そんなことを」

「命令だ。逆らえねェよ。だが、手が震えた。信じられるか、この俺がだよ。どんな汚れ役だろうとそれなりに娯楽《たの》しんできたンだけどな」

絳は友の想いを察して、視線を彷徨わせた。どんな言葉を掛ければいいのか、解らなかった。想像するだけでも背筋が凍える。

「でも、ちょっとだけ理解《わか》ったよ。おまえの言ってたことが。どうせ切るンだったら、なるべくきれいに切ってやりたかった」

琅邪がため息をつき、ほつと煙管の燃え滓《かす》を落とした。

「んなことをしたあとでも、俺が飯を持ってたら、あいつは変わらずに微笑んでたよ。なにごともなかったみたいにな」

紫蓮ならば、そうだろう。かんたんに想像がついた。

彼女は傷つかないひとだ。怨むこともしない。

「は、ざまァねェよな」

傷ついたのは琅邪だけだったわけだ。

「理解《わか》りますよ。彼女と逢うまでは、傷ついたものより傷つかないものが惨たらしいなんて知りませんでした。悲惨なまでに強いひとが、いるということも」

「哀れんだか？」

「私なんかが、どうして哀れむことができるでしょうか」

可哀想だとうそぶいたことはあった。だが、言葉だけだ。絳が哀れむには、彼女は強すぎる。

風が吹きつけてきた。黄昏の風だ。紅葉がざわついて、なぜか錆びついたようなにおいが鼻さきをかすめていった。

琅邪が絳の眼を覗きこむ。

「なア、あれに毒をのませたのはおまえだろ」

唐圭褐《トウケイカツ》のことだと、絳は瞬時に理解する。庭で息絶えていた圭褐の第一発見者は琅邪だった。あるいはそれが嘘で、琅邪は圭褐が死んだ現場に居あわせていたのだろうか。

絳は低く、声を落とした。

「眼には眼を、毒には毒を。私は端から、こういうやりかたですよ。殴られたら殴りかえす。奪われたら奪いかえす。過度な報復はしませんが——報いは受けさせなければ」

ほんとうは理解している。

あれはきれいな報復ではなかった。皇帝を暗殺したという罪を公表して、しかるべき裁きを受けさせる。それがあるべきかたちだ。だがそれはかなわなかった。

だから敢えて、道を踏みはずした。

「私だって、ほんとうはあなたと変わらない」

絳は老師に無実の罪をかぶせた琅邪を嫌った。卑劣なことをしたと蔑んだ。だが、報復を選んだかぎり、進む先は一緒だ。

琅邪は絳の鏡だ。ゆがんだ鏡。

どれだけ知識を得て官職なんて飾りを身につけても、結局は宮廷の底に骨を埋めるだけの卑しい犬に過ぎないのだと思い知らされる。だからいまだに箸のつかいかたが身につかないのだと。

絳は宮廷の底に産まれたことを恥じてきた。怨んできた。

だが、泥の底に根をおろして咲き誇る花があった。死の陰を隠すこともなく。

穢れとは恥ではないのだと彼女は絳に教えてくれた。

いつか、絳も底に産まれたことを誇れる時がくるだろうか。いまはまだ、難しくとも。

絳は琅邪に視線をむけた。

「私はいまでも」

あなたを、友だとおもっていますよ。

喉まで出かけた言葉をのみくだして、絳は息をついた。

感傷が過ぎるのはよくない。

絳は歩きだす。進む先は昏いが、じきに燈火がともるだろう。だが、絳は知っている。燈火がともったあとのほうがよほどに陰が濃くなるということを。

橋を渡りかけたところで、紫煙《しえん》混じりの声が追いかけてきた。

「……俺もだよ」

絳は振りかえらず、微かに笑った。

風が吹き渡る。噎せかえるような饐えた緑の臭いがする風だ。だがなぜか、いまだけはそんな風が心地よく、懐かしくおもえてならなかった。

# 番外編

## 中秋節に蓮華燈 -死化粧妃と奇人官吏-

賑やかな祭囃子が聴こえてきた。

標本箱を修理していた紫蓮《シレン》は視線をあげ、はてと瞬きをする。

「なんだか、やけに賑やかだね」

宮廷では伝統のある祭事が年間を通して執りおこなわれている。宮廷祭祀のほか、民とともに豊穣を祈ったり祖霊を祀ったりする祭りもあった。秋晴れの青天に鳴る爆竹の音響を聴くかぎりだと、今日は都をあげての祭りなのだろう。

どちらにせよ、紫蓮には縁遠いものだ。

紫蓮は祭りにいったことがない。都の祭りはもちろんのことだが、後宮の祭事にも参加したことがなかった。

それはこれからも変わらない。そのはずだった。

「紫蓮、お久し振りです」

思いも寄らない客がやってきたのは黄昏がせまるころだった。

「絳《コウ》じゃないか、どうしたんだい」

絳が後宮丞を退任してから約ふた月が経つ。

第二官に昇格したとはいえ、宦官ではない彼が妻を捜すでもなく易々と後宮に渡れるはずもない。重大な事件でもあったのではないか。だがその割には絳は嬉しそうで、特に慌てている様子ではなかった。

「祭りにでかけませんか」

「え、え、ええ……？」

想像だにしなかった誘いに紫蓮は毒気を抜かれた。

「幼帝陛下から許可を賜りました。黄昏《こうこん》の正刻（午後八時）にはかならず後宮に帰還するならば、あなたを都に連れだしてもかまわないと」

「ちょっ、ちょっと、待ってくれないかな。きみがなにをいってるのか、ちっともわからないよ。そもそも僕は祭りになんて」

紫蓮は慌てたが、絳は微笑を曇らせてしおらしい声をだす。

「一緒にきて、くださいますよね？　それとも、せっかく祭りにいけても、私なんかが一緒だと楽しめないでしょうか」

「うっ……そんなことはないよ、そうじゃなくてだね」

そもそもが祭りにいきたいわけではないのだと言いかけたが、顔を輝かせた絳がそれを遮るように安堵の声をあげた。

「よかった。紫蓮でしたら、そういってくださるとおもっていました。それでは参りましょうか」

完璧に絳の勢いにのまれ、紫蓮はため息をつきながら頷くほかになかった。

斎の都は想像よりはるかに賑やかだった。

送迎の馬車の窓から顔を覗かせて、紫蓮は眼をまるくする。

色とりどりの提燈で飾りたてられた大通《おおどおり》は人の群れで埋めつくされていた。雑踏に満ちた舗道の端には屋台がならび、喇叭《らっぱ》や鉦《しょう》といった鳴り物に負けまいと商人たちが客寄せの声を張りあげている。眠らない後宮も日頃から賑わってはいるが、あれは花籠《はなかご》の賑わいだ。それにたいして都はありったけの物をあふれんばかりに詰めこんだ玉手箱のようであった。

果物飴を頬張る姑娘たちがいれば、土産物を吟味している夫婦もいた。誰もがそろって動物のお面をつけている。

お面の群れがひと時、都を現実から遠ざけていた。

神様のお祭りみたいだ。

「ほら、紫蓮もお好きなものをどうぞ」

「え、僕もつけるのかい」

赤、青、緑、黄と賑やかな紋様のお面を渡された。

「そうですよ。今晩は中秋節《ちゅうしゅうせつ》ですから。他の地域は知りませんが、斎の中秋節ではお面をかぶって参加するのがならわしなんです。聞いたことはありませんか。中秋の月は仰いではいけないと」

「月から降りてきた死者に連れていかれてしまうから、だったかな。だから中秋の宴会では水鏡に映る月だけを愛でるとか」

「ええ。だから生者だと死者に知られないよう、お面をかぶって動物の振りをするんですよ」

絳は唐紅の紋様がついた黒狐のお面を身につけた。お面といっても眼もとから鼻までを隠しているだけなので絳だとすぐにわかる。

「中秋節の晩だったら、あなたにこころおきなく都見物をしていただくこともできるのではないかとおもって」

祭の参加は口実で、都まできたのはてっきり依頼絡みだとおもっていた紫蓮は、絳の口振りにぽかんとなる。

「まさか、ほんとうに祭を楽しむためだけに、僕を都まで連れだしたのかな？」

「ご迷惑でしたか？」

絳が心細そうに尋ねかえしてきた。

紫蓮は外がきらいだ。賑やかなところにいると頭がふらふらとする。

それでも、いつだったか、祭りにあこがれた頃があった。幼い頃だ。なぜ、あの賑やかな輪に入れないのかとおもった。だがそれは母親に尋ねてはいけないことなのだとわかっていた。紫蓮は敏かった。諦めることにも慣れていた。

「ありがとう」

だから、紫蓮は微笑んで、白い猫のお面をかぶった。

停車した馬車からおりて夕暮れの街に繰りだす。洪水のような人の海だ。車窓から眺めたときには感じなかった圧迫感に身が竦んで、紫蓮は動けなくなってしまった。絳は先に進みかけていたが、振りかえって紫蓮に手を差しだす。

「御手《みて》をつないでいただけませんか。はぐれてしまってはいけないので」

「う、うん」

肌の暖かさを怖がる紫蓮のため、彼は手套《てぶくろ》をつけていた。

紫蓮はおずおずと指を絡める。絹の手套はひんやりとしていて心地よかった。安堵して紫蓮はきゅっと絳の手を握り締める。

都の大通には様々な店が軒を連ねていた。食物から反物、鍛冶屋までそろっているが、今晩は何処も提燈を飾って祭りに浮かれあがっている。街角には大道芸を披露する芸人がいて、男が火を噴くたびに観客が湧きたつ。子等の賑やかな声が聴こえて振りかえれば、獅子舞が踊りながら練り歩き、厄払いに子どもの頭をかんでまわっていた。

眼に映るものすべてが新鮮で、紫蓮は紫の眼を瞬かせてあちらこちらに視線をまわす。だが次第に頭がふらついてきた。

「う、……なんだか眼がまわってきたよ」

「だいじょうぶですか？」

「処理が追いつかない……」

「ぜんぶ飲みこまなくていいですから。好きなものだけ、ゆっくりとご覧になってください。ほら、あれなんてどうですか。あまいもの、お好きですよね」

絳が指差したのは屋台で売っている硝子珠《ビーだま》のような甜菓《かし》だ。寒天でできた珠のなかに苺、芒果《マンゴー》、葡萄《ぶどう》、蜜柑《みかん》といった果物が入っていた。大きな桶に入れて販売しており、注文すると椀についでくれる。

きらきらと可愛らしい甜菓を眺めて、紫蓮はうっとりとする。

「きれいだね、ほんとうに宝珠《ほうせき》みたいだ」

「ふふ、喜んでいただけてよかったです」

紫蓮は匙ですくって、ぷるぷるの甜菓を吸いこむ。寒天の珠からつるんと芒果《マンゴー》が踊りだして、とろけた。

「ああ、たまらない味わいだねぇ」

「祭りの風物詩なんですよ。でもこればかりは、後宮には持ち帰れませんから」

甜菓を頰張る紫蓮を愛しげに眺めながら、絳が嬉しそうに微笑んだ。

「あ、今度は金魚すくいはどうですか」

食べ終えたところで絳に誘われて、今度は金魚すくいに挑戦する。紫蓮は死化粧ではあれだけ器用だというのに、金魚すくいはてんでだめで、あっというまに紙を破られてしまった。

「うう、悔しいよ」

「もういちどやってみますか」

紫蓮は新たなぽいを握り締め、袖を濡らしてやっきになったが、結局はいっぴきたりとも捕まえられなかった。かわりに絳が続々と金魚をすくって紫蓮に渡してくれた。

「ほんとうにいいのかな。ありがとう、金魚は好きなんだ。暖かくないし、静かだから側においていても落ちつくから。たいせつに育てるね」

「残念ながら、祭りの金魚は長持ちしないかもしれません」

「ううん、骨になってもだいじにするよ」

標本にして残しておきたかった。生き物としては土に還るほうが幸せかもしれないが、許してほしい。そのかわり、たいせつにするから。

紫蓮はそれからも絳と一緒に祭りをみてまわった。

月餅《ゲッペイ》を食べたり土産物を選んだり、獅子舞見物をしたり、めいっぱいに祭りを満喫する。後宮で育った紫蓮は金銭を持っておらず、後になって絳が全部支払ってくれていることに気づいて慌てたが、絳は「こどもの小遣い程度のものですから」と笑った。

「お疲れになられたのでは」

「ふふ、ちょっとだけね」

「こちらは静かですよ」

紫蓮は絳に連れられて橋にあがった。都のはずれにある小さな橋だ。このあたりは喧騒からずいぶんと遠い。

「紫蓮。楽しめましたか」

「うん。想っていたより、ずっと楽しかったよ。楽しくて、忘れられない日になった」

果敢《はか》ないほどに透きとおった微笑をこぼして、紫蓮は幸福をかみ締める。

「きっと、死ぬまでわすれないとおもうよ」

「そうですか」

絳が嬉しいような、切ないような、どちらともつかない表情で微笑みかえす。

「それはよかった」

そのときだ。蓮をかたどった燈火が堀の水を流れてきた。

水燈《すいとう》だ。燈火《とうか》のついた紙の睡蓮はひとつ、またひとつと群れだち、堀を埋めつくした。紫蓮は瞳いっぱいに燈火を映して、橋から身を乗りだす。

「放活燈《とうろうながし》か。死者のための燈火だね？」

「さすがですね。その通りです」

斎では元宵節、清明節、中秋節と年に三度、祖霊のために火を燈す。元宵節には鎮魂を祈って天燈《てんとう》を飛ばし、清明節では墓に提燈を飾り、中秋節は蓮華燈《れんげとう》を水にながす。死者の魂が黄泉からの往き帰りに迷わないようにする標《しるべ》の燈火《あかり》だ。

「実をいうと、あなたを祭りに連れだしたのはこれをお見せしたかったからなんです」

絳は紫蓮に寄り添い、橋にもたれた。

「死者の霊魂は蓮華燈に導かれて、愛するひとのもとに還ってくるといいます。……この祭りでならば、墓を知らずともお母様にお逢いできるのではないかと」

振りかえった紫の瞳から、ひとつ、涙があふれた。

母様。もういちどだけ、抱き締めてほしかった。声を聴かせてほしかった。「さようなら」と伝えたかった。

「……ありがとう、絳」

紫蓮は微笑む。

「とても嬉しいよ」

水鏡に映しだされた盆の月のおもてをかすめ、蓮華燈の群れがいく。黄泉の葬頭河《そうずか》まで続いているといわれても疑えないほどだ。

胸がいっぱいになる。

涙を拭うために紫蓮は猫のお面を外す。どうせ誰もみていない。そんな紫蓮をみつめていた絳もまた、面の紐を解いた。

素顔になった絳がためらいがちに尋ねてきた。

「紫蓮、抱き締めても構いませんか？」

「え、えぇ……どうしてそうなるのかな」

絳の思考はあいかわらず、理解できない。

人の暖かさは苦手だ。だがなぜ、怖いのかはすでに理解っている。ほんとうは怖がることなんてないのだということもまた。

「……いいよ」

紫蓮が袖を拡げた。絳は壊れ物を扱うように紫蓮のことを抱き締めた。微かだが、白檀のような香が漂い、垂れてきた絳の髪が帳のように紫蓮をつつむ。

「きみはあんまり熱くないね」

「そう、でしょうか」

「だからかな、そんなにいやじゃないよ」

絳が息をのんだ。

「嬉しい」

そう聴こえたのがさきか、わずかに身がはなされて。

「っ」

接吻《くちづけ》をされた。

紫蓮は今度こそなにがなんだか理解できずに凍りついた。頭の後ろに手をまわされているので、逃げられない。

「きみねぇ、抱き締めるだけって……んっ」

非難の声をあげた隙に舌が唇に割りこむ。絡みついてきた絳の舌は埋火《うずみび》のように熱くて、紫蓮はうまく息ができなくなった。だが、あの時みたいに怖くはない。

呼吸が絡んで、ああ、生きているのだとおもった。

彼はいま、生きている。

「ふ……」

絳がやっと唇をはなす。

銀の細糸が一瞬だけ、ふたりのあいだに橋を架け、すぐに切れた。

「すみません。嬉しくて、つい。嫌いになりましたか?」

「そうだねぇ、ちょっとだけなったかな」

「それはこまりました。私はあなたに嫌われたくない」

紫蓮が憤慨してみせれば、絳は苦笑する。

「ですが、許してください。これきり、今生の別れになるかもしれないとおもったら、たまらなくなって」

ふたりともいまはお面を外して、橋にいた。

橋は此岸と彼岸を結ぶものだ。死者か、生者か。いまのふたりはとても曖昧な境にある。

祭りの晩だけではない。ほんとうは死者と生者の境なんて、あってないようなものだ。危険な橋を渡り続けているふたりならば、なおのことだった。

「まったく、ほんとうにきみはどうしようもない男だね」

紫蓮はため息をついてから、微笑みかけた。

「でもそうだね。きみが息をしていると実感できるのは……うん、僕も嬉しいよ」

「紫蓮」

絳の眼が燃える。

「愛しています」

しまったとおもったが、口にしてしまった言葉を取りかえせるはずもなく、紫蓮は再びに唇を奪われた。互いの呼吸を確かめあうふたりの背後で水燈の列が続く。死者を、そして黄泉の境に立ち続けるふたりを導くように何処までも。

# あとがき

祖父の訃報を受けたのは八ヶ岳に春の風が吹きはじめたころでした。

小説を書きはじめたきっかけは祖父からもらったワープロで、私が小説の公募に挑戦していると知ってからは電話のたびに「応援してるで」と声を掛けてくれました。

私が小説家になることができたのはそんな祖父の訃報から約三年が経った秋のことです。私の夢は祖父の旅だちには間にあいませんでした。


はじめまして、夢見里龍《ゆめみしりりゅう》と申します。

このたびは〈後宮の死化粧妃 ワケあり妖妃と奇人官吏の暗黒検視事件簿〉を御手に取っていただきまして御礼申しあげます。他の小説にてお逢いしている読者様にはあらためて、よきご縁をいただいたことに感謝の想いがつきません。

皆様は〈エンバーミング〉をご存知でしょうか?

ご遺体に防腐処理を施して、生前の姿に修復する技法です。

アメリカでは土葬が主流であるため、死後にエンバーミング処理はかかせないものと考えられ、一般的な技術として知られていますが、日本は火葬ということもあって、あまり知られていません。ですが昨今コロナ禍によって、日本においてもエンバーミングが意識されるようになってきました。消毒処理をおこなうため、コロナ死ではかなわなかった故人とのお別れができるからです。

エンバーミングというと大変な技術に感じますが、故人の好きな服を身につけさせてあげたり、衰弱してしまった表情をあるべきように微笑ませてあげたりと、細やかな寄り添いこそがこの技法の真髄です。

〈死〉に寄りそうことで、故人の〈命〉に想いを寄せる。

これはそんな〈エンバーミング〉を執りおこなう姑娘の話です。

〈小説家になろう〉に細々と投稿を続けていたところ、読者様から暖かな御言葉をいただけるようになりました。それだけでも充分に嬉しかったのですが、昨夏の終わりごろでしょうか。アース・スタールナ様から「書籍化しませんか」とご打診をいただきました。

嬉しくて嬉しくて、その晩のお夕食が喉を通らなかったほどでした。ご縁を結んでくださった編集者様に感謝の想いがつきません。ほんとうにありがとうございます。

想いかえせば、小説を書きはじめた時から〈死〉という命題はどうあっても私から切り離せないものとなっています。「死を想う」とはきっと命を抱き締めなおすことだからなのでしょう。

命はあわせ鏡。死を覗くとき、鏡のなかに私は息づく命の輝きをみる。

いつだったか、祖父が「骨はいらない」と語っていたことがありました。

「愛する故郷の海に散骨してくれ」

散骨というのはなかなかに大変なことで、残念ながらその想いを実現することはできませんでした。ですが、その言葉を想いだすと、母親から聴いた祖父の海での暮らしぶりが追想されます。海釣りが好きでした。海から離れた土地にきたあとでも、時間があれば車を飛ばして海までいくようなひとだったそうです。

骨は墓のなかにあっても、魂は故郷の海に。

祖父が海を愛していたことを、遺されたものがおぼえているかぎり、祖父はいまでも故郷の海で釣り糸を垂らしているような、そんな気持ちになるのです。

はじめての小説は祖母が位牌の側においてくれたと聴きました。声は聴こえずとも「おめでとう」と喜んでくれているのではないかとそう想います。


最後になりましたが、こちらの小説を御手に取ってくださった読者様に心から御礼申しあげます。星と月の光を持って導いてくださった編集者様、素晴らしい絵にて紫蓮や絳、後宮で紡がれる死の物語に命を吹きこんでくださった夢子様、言葉にできないほど感謝いたしております。特に口絵の裏は絳が本望を遂げたような絵で、拝見するなり胸がいっぱいになりました。よかったね、絳。

そして締切に追いまわされていた私を支えてくれた家族、膝に乗って応援してくれた愛猫にも「ありがとう」を。

願わくは、一蓮托生《いちれんたくしょう》となった紫蓮と絳の物語の続きを、また読者様にお読みいただくことができたら、それほどの幸福はございません。

残夏の風に想いを馳せて
夢見里　龍

〔参考文献一覧〕


『中国人の死体観察学　「洗冤集録」の世界』　宋慈 著、西丸與一 監修、徳田隆 翻訳、雄山閣
『死体格差 解剖台の上の「声なき声」より』　西尾元 著、双葉社
『死体は語る』　上野正彦 著、文春文庫
『死体は生きている』　上野正彦 著、角川文庫
『死体は今日も泣いている～日本の「死因」はウソだらけ～』　岩瀬博太郎 著、光文社新書
『中国歴史文化事典』　孟慶遠 編集、小島晋治・立間祥介・丸山松幸 翻訳、新潮社
『毒と薬　（大人のための図鑑）』　鈴木勉 監修、新星出版社

第7回
小説家になろう
アース・スターノベル大賞
Earth Star Novel Awards 7th 2024
※小説家になろうは、
株式会社ヒナプロジェクトの登録商標です。
※第7回アース・スターノベル大賞はアース・スターノベル、
アース・スター ルナと小説家になろうの合同企画です。
◀詳細はこちら
©福きつね

グランプリ
賞金200万円
+複数刊の刊行確約+コミカライズ確約
応募期間
2024年
7月1日～11月1日
授賞発表時期 2024年12月予定
「小説家になろう」に
投稿した作品に
「ESN大賞7」を
付ければ
応募できます!
金賞 賞金 50万円+複数刊の刊行確約
銀賞 賞金 30万円+書籍化確約
奨励賞 賞金 10万円+書籍化確約
コミカライズ賞 賞金 10万円+コミカライズ確約

EARTH STAR
LUNA

# 後宮の死化粧妃
## ワケあり妖妃と奇人官吏の暗黒検視事件簿


発行 ―――― 2024年9月2日　初版第1刷発行

著者 ―――― 夢見里龍

イラストレーター ―――― 夢子

装丁デザイン ―――― 村田慧太朗（VOLARE inc.）

発行者 ―――― 幕内和博

編集 ―――― 児玉みなみ

発行所 ―――― 株式会社アース・スター エンターテイメント
〒141-0021　東京都品川区上大崎3-1-1
目黒セントラルスクエア　7F
TEL：03-5561-7630
FAX：03-5561-7632

印刷・製本 ―――― 中央精版印刷株式会社





ISBN 978-4-8030-1953-7